Né en 1952 dans une famille ouvrière de l'agglomération lyonnaise, Raymond Domenech se découvre dès son plus jeune âge une passion et un don pour le football. Il joue en club à partir de 8 ans et, appliqué et déterminé, il progresse rapidement. À l'âge de 18 ans, il intègre le groupe professionnel de l'Olympique lyonnais, dans lequel il évolue pendant 7 ans, puis il poursuit sa carrière de joueur dans plusieurs grands clubs français jusqu'en 1986. Pendant cette période, il est sacré deux fois champion de France. Il devient ensuite entraîneur puis sélectionneur de l'équipe de France de 2004 à 2010. Sa carrière se termine à l'issue de la Coupe du monde 2010, un cuisant échec pour son équipe sur fond de polémiques internes.

Raymond Domenech

TOUT SEUL

Flammarion

TEXTE INTÉGRAL

ISBN 978-2-7578-3515-9
(ISBN 978-2-0812-6447-2, 1re publication)

© Flammarion, 2012

*Pour Estelle, qui a su faire front avec dignité,
grâce à qui j'ai tenu, merci mon amour.
Et pour mes quatre enfants, Karen, Maël,
Victoire et Merlin, mes points cardinaux
dans mon voyage au cœur de la déraison.*

Avant-propos

« Papa, tu vas pas aller en prison ? »

Tout est là. Jour après jour, ou presque. De ma nomination au poste de sélectionneur en 2004 jusqu'à l'échec de l'équipe de France à la Coupe du monde 2010, j'ai écrit sur cette histoire en marche. Même les jours où elle était boiteuse. Cela m'a astreint à me souvenir, sans le confort ou l'amnésie d'une mémoire sélective. Et si je tape avec peu de doigts, c'est avec toute ma tête… dans mes bons moments ; aussi rien ne s'évapore, ne s'évanouit, ne s'édulcore. Hélas, parfois !

De ce journal de bord remontent la tempête et l'écume d'une douleur. Relisant ces lignes, je reconnais les mots d'abord, le sentiment ensuite, juste avant d'être rattrapé par la violence du combat. À partir du deuxième ou du troisième chapitre, ce n'est pas mon histoire préférée : je connais la fin.

*

Longtemps après, je ne sais toujours pas comment nous avons pu en arriver là. Je ne sais pas comment le football et l'air du temps peuvent pousser un enfant de trois ans, mon fils, captant tout ce qui lui arrive de l'extérieur comme de la télé du salon, à demander à son père, le soir où il revient d'une Coupe du monde en Afrique du Sud : « Papa, tu vas pas aller en prison ? »

J'ai souvent eu envie de hurler que c'était du foot, juste du foot. Mais on ne peut pas, parce que je sais bien que ce n'était pas seulement du foot, mais aussi autre chose.

*

Moi qui ne suis jamais surpris par la folie du monde, je l'ai pourtant été en juin 2010. Un jour, je me trouvais dans ma voiture, avec les enfants, prêt à partir en vacances en Bretagne, quand un voisin m'a appelé pour me prévenir que des photographes attendaient devant la maison. D'autres étaient en train d'installer des échelles pour voir par-dessus la haie ; bref, je ne serais jamais tranquille. Nous avons changé de destination. Au bout d'une centaine de kilomètres, je me suis rendu compte que nous étions suivis. C'était la même voiture que moi, et cela faisait trois fois que je la voyais depuis la porte d'Orléans : un paparazzi à nos trousses ! D'où la publication, cet été-là, du cliché inoubliable et indispensable d'un type mal rasé en train de faire le plein d'essence sur une aire d'autoroute ! Nous avons semé le photographe en profitant d'un rond-point pour nous cacher sous un pont ; comme dans un film. Les enfants demandaient ce qui se passait. Je leur répondais que ce n'était rien, juste un jeu ; mais ils voyaient bien que nous n'avions pas le cœur à jouer.

Finalement, ma famille et moi avons trouvé refuge dans la maison de Francis Graille, l'ancien président du PSG, près de Clermont-Ferrand. Pourtant lui-même exposé médiatiquement, à l'époque, en raison de problèmes liés au club parisien, il a eu la générosité de nous proposer une semaine loin du monde. Francis et son épouse Florence peuvent me demander ce qu'ils veulent, ce sera toujours oui.

Cet été-là, l'invitation de Charles Biétry (qui a lui-même connu le lynchage médiatique lorsqu'il se trouvait à la tête du PSG) et de sa femme Monique à passer quelques jours sur un bateau au large des îles bretonnes, avec les enfants, nous a aussi fait un bien immense. Ces quatre journées merveilleuses, au milieu du désordre, furent un soulagement. Et voir deux anciens présidents du PSG se transformer en bouées de sauvetage dans une sorte d'élan confraternel, comme si une communauté des meurtris du football existait, je ne l'oublierai jamais.

*

Ce sont – donc et aussi – les questions de mes enfants qui me poussent à expliquer, aujourd'hui ; ou plutôt à essayer d'expliquer, de la même manière que j'ai tenté de comprendre. Expliquer comment un groupe de sportifs de haut niveau se détraque au point de voir ses performances s'amoindrir et la qualité de son jeu se paralyser. Essayer de comprendre comment, au fil des années, la différence entre le message que je m'efforçais de transmettre aux joueurs et la manière dont il a été reçu est allée grandissante, au point de devenir un fossé.

Je voudrais expliquer pourquoi cela peut arriver, et pourquoi c'est arrivé. Expliquer comment les attaques qui viennent de l'extérieur vous diminuent, décrire l'usure du pouvoir, l'érosion inéluctable de votre énergie et de votre lucidité. Quand je relis mes notes, j'y retrouve d'abord, et pendant des années, la trace d'un beau combat. Et puis je constate au fil des lignes qu'il cesse progressivement de l'être, et que j'avais fini par en écrire au jour le jour la fin inexorable et prochaine. La vérité – que je dois aux lecteurs autant qu'à moi-même – tient donc dans cette interrogation montant au gré des pages : pourquoi avoir continué ?

Je sais combien cela paraît incompréhensible de l'extérieur. Ça l'est aussi, parfois, de l'intérieur. Si j'avais seulement pensé à mon intérêt et à mon image, j'aurais dit stop. Mais mon problème est de n'avoir jamais raisonné en terme d'image. J'ai toujours su que j'avais tout à gagner en quittant mon poste et tout à perdre en continuant ; mais je n'arrive pas à renoncer, je ne sais pas faire, je dois toujours m'accrocher, même lorsque le match est perdu. Je me suis régulièrement posé la question du départ entre 2006 et 2010, mais à chaque fois que je me sentais vaciller, un signe d'espoir me tirait de mes doutes et me ramenait au combat.

*

Dans la relecture de ces années brûlantes, je préfère les pages qui mènent à la finale de la Coupe du monde 2006 à celles qui me ramènent à la douleur et à la colère de la Coupe du monde 2010. Je me souviens qu'en 2006 j'étais aux portes du paradis ; et je sais qu'en 2010 personne ne m'a arrêté devant celles de l'enfer. On m'y aurait plutôt poussé. Et je les ai franchies pour consumer mes regrets, mes remords parfois.

Quand je traverse ces six années en faisant défiler les jours, je constate que les bonheurs fugaces et les tristesses durables ne s'annulent pas en un sentiment tiède mais se superposent et font de ce journal un objet animé. La haine, par exemple, est un sentiment remarquablement vivant. Je l'enfouis, mais elle remonte, pour un mot, une phrase, une scène arrachée à l'oubli et à la douleur de ce passé bleu ; une haine qui me donne envie de taper dans le tas. Mais mon principal problème était de ne pas savoir par qui commencer.

*

Ce livre contient ma vision des événements. C'est une vision subjective – d'ailleurs je suis à peu près sûr qu'il s'agit là d'un pléonasme –, et j'assume l'éventualité qu'elle soit faussée, tronquée même. Mais voilà ce que j'ai vécu, au jour le jour ; voilà la manière dont je l'ai vécu et ce que je ressens aujourd'hui.

Mon objectif est d'essayer de raconter comment on passe d'une finale de Coupe du monde à un bus de grévistes. Je veux l'écrire parce que c'est – aussi – une manière de chercher à comprendre. Du reste, l'Euro 2012 m'y a aidé. Il m'a déçu, comme tous ceux qui aiment le football et l'équipe de France, mais, d'une certaine manière, il m'a également apaisé. Cet Euro m'a en effet permis de réaliser que le football français était capable de rencontrer des problèmes… sans moi ! Comme à mon époque, Laurent Blanc a été confronté aux limites sportives et comportementales de son groupe. Dès lors, si je ne suis plus le seul, c'est que je reviens dans la norme, et qu'il est temps de redevenir un entraîneur normal. Mais formuler cette phrase toute simple a nécessité un cheminement long et douloureux.

*

Je ne sais pas vraiment comment nous en sommes arrivés là, mais je sais d'où je viens. D'ailleurs, j'y suis retourné. Je viens d'une enfance en ballon. D'une pelouse au milieu des immeubles du quartier des États-Unis, à Lyon, pelouse bien plus petite que dans mes souvenirs ; je me demande même comment on faisait pour jouer à vingt-cinq ou trente sur cet espace-là.

Je viens d'un temps où, lorsqu'on jouait un match le dimanche matin, je me levais en pleine nuit pour mettre mon short et mes chaussettes de foot et me recouchais comme ça sur mon lit, afin d'être sûr de ne pas arriver en retard et rêvant de devenir pro. Et je le suis devenu parce qu'on m'a dit que faire ce que j'aimais le plus pouvait se transformer en métier. Alors que j'aurais joué pour rien, me contentant de demander l'heure du départ.

Eh bien il me reste quelque chose de cette passion, même si je ne sais pas encore quoi. J'ai l'impression de faire l'inventaire après la tempête. Probablement le football ne m'a-t-il pas toujours reconnu – j'aurais d'ailleurs souhaité qu'il m'oublie parfois –, mais la vérité est que je ne l'ai pas toujours reconnu non plus. Ce livre raconte aussi cette perte.

Prologue

Derrière les rideaux

Knysna, Afrique du Sud, dimanche 20 juin 2010, milieu d'après-midi.

Je me revois l'avant-veille dans les vestiaires, juste avant notre deuxième match de la Coupe du monde contre le Mexique. Et je ne me reconnais pas. Pendant l'échauffement, j'éprouvais le sentiment d'être en marge, ailleurs, ne sentant rien, n'anticipant rien, à la fois tendu par l'enjeu à venir et sans réelle prise sur lui. Même sur le terrain, j'ai peiné à m'arracher à ce sentiment d'irréalité. Pendant les hymnes, face à nous, les photographes tendaient à me couper du monde et du terrain, celui où se jouait notre avenir. Je n'en pouvais plus de la comédie qui durait depuis des mois ; de ces dizaines d'objectifs qui cherchaient sans cesse à voler quelque chose de nous-mêmes, un regard, un geste. Je savais que le sens de ces photos ne viendrait qu'après, en fonction du résultat.

Nous avons perdu (0-2), mais notre défaite ne disait pas tout. On peut sortir d'une défaite grandi par la bataille, mais face au Mexique, nous avons perdu sans grandeur.

Et puis cette scène, à la mi-temps, dans le vestiaire ; entre le sélectionneur de l'équipe de France que j'étais pour quelques jours encore, ou plutôt son fantôme, et

Nicolas Anelka, ou plutôt son ombre. Quarante-huit heures après Mexique-France, en ce dimanche, cette scène avait laissé plus de traces que la défaite.

Le soir même, face à mon écran d'ordinateur, je ne suis pas parvenu à trouver les mots pour décrire la situation, sans doute parce que je n'arrivais pas à comprendre. Devant les joueurs, j'ai continué à essayer de faire bonne figure, d'incarner une autorité, d'indiquer une direction et de ne surtout pas baisser les bras. Mais c'était un masque et un rôle. Le soir, dans ma chambre, une fois ôté ce masque qui cachait de moins en moins mon désarroi aux yeux du monde comme de mes joueurs, me restait juste le sentiment d'être au fond du trou, épuisé, vidé, laminé.

*

Après l'incident, j'avais annoncé, la veille, que Nicolas Anelka s'était de lui-même exclu du groupe et que sa Coupe du monde était terminée. Mais après qu'il avait refusé de présenter les excuses publiques demandées, la Fédération a décidé de l'exclure et cette sanction a mis le feu aux couloirs du Pezula, notre hôtel de Knysna. Les joueurs ne l'ont pas supportée. Malheureusement, ils avaient beaucoup mieux accepté la défaite face au Mexique.

Tout au long de ce samedi, les membres du staff ont tenté de ramener à la raison une équipe précipitée dans la crise par sa défaite et par la fuite brutale de l'information dans la presse. Car ce samedi matin, la « une » de L'Équipe affichait sur huit colonnes ma photo et celle d'Anelka accompagnées de la phrase : « Va te faire enculer, sale fils de pute. » J'ai ressenti le choc de cette « une » et de cette histoire avec une violence inouïe. Mais j'ai vite compris que les joueurs étaient moins affectés par le scandale que par sa révélation.

En période de crise, on cherche d'impossibles réponses à de mauvaises questions. Au sein du groupe, une interrogation tournait en boucle : qui était la taupe ? Cette affaire de vestiaire qui n'aurait jamais dû devenir publique se transformait aux yeux de certains joueurs en un sujet grave mettant en jeu leur honneur et la solidarité qui les lie par principe. Ils s'acharnaient à en convaincre les autres. La contagion de la solidarité avait pourtant, là encore, moins opéré sur le terrain où on l'aurait pourtant attendue. Telle était alors l'atmosphère de branle-bas de combat qui agitait tous les étages du Pezula.

Je ne suis pas parvenu à réduire la tension ; la distance s'est creusée d'heure en heure entre les joueurs et les membres du staff technique. Ce dimanche matin, lorsque nous nous approchions d'eux, leurs regards se baissaient et ils cessaient de parler. La communication était coupée. En milieu d'après-midi, celui qui n'aurait pas vu que quelque chose se préparait aurait été aveugle.

Qu'est-ce qui se préparait ? Nous étions sans réponse, mais pas sans pronostics, parfois révélateurs. Le président Escalettes n'avait qu'une crainte : que les sportifs refusent de saluer le public venu assister à l'entraînement, parmi lequel des enfants du *township* de Knysna, conviés à la fête. C'était son cauchemar : des caméras filmant la scène. Je ne l'ai pas dissuadé, n'ai rien dit. J'ai seulement pensé que si les Bleus se limitaient à ce coup d'éclat, tout irait presque bien. Mais j'avais du mal à croire à un scénario minimum, déclaration de principe ou simple grève des signatures.

*

Ce dimanche matin, en quittant le plateau de Téléfoot, j'ai croisé Patrice Evra. Rien de ce qu'il ne m'a
déclaré ne m'a rassuré. Au contraire.

« Par respect pour l'équipe je ne peux rien vous
dire, coach ; mais il faut que vous sachiez qu'on va
faire quelque chose pour Nico. »

Je l'ai alerté sur les conséquences incalculables que
pourrait avoir une action d'ampleur et l'ai exhorté à y
réfléchir, avec l'ensemble du groupe. Mais j'ai parlé
dans le vide, comme si souvent face à ces garçons
avec lesquels le contact était rompu.

En me dirigeant vers le bus, j'ai croisé Hugo Lloris.
Et tenté d'en savoir plus. C'est un garçon intelligent
et équilibré, avec lequel j'ai toujours entretenu des
rapports francs.

« Vous nous préparez quoi, au juste ? »

Il ne m'a pas répondu ; juste soupiré. Cela m'a donné
une mesure inquiétante de ce que je pressentais sans
parvenir à lui trouver un nom. Je voulais en savoir
plus, mais ne pouvais lui poser une question directe,
il se serait refermé.

« Et toi, tu en penses quoi ?

– Qu'on va passer pour des cons !

– D'accord. Et tu ne vas rien faire pour essayer de
contrer le mouvement ? Ça ne te gêne pas de passer
pour un con, comme tu dis ?

– Vous savez bien que c'est difficile de se désoli-
dariser du groupe…

– Oui et non. Quand on se prépare à faire une
connerie collective, il suffit qu'un seul arrête pour que
les autres comprennent. »

Il a hoché la tête, sans répondre. Nous arrivions au
bus et le doute n'était plus permis : le drame n'allait
pas tarder à éclater.

J'ai tenté un dernier geste, comme une bravade, pour sauver la situation qui m'échappait. Je me suis placé devant l'entrée du bus et j'ai regardé dans les yeux chacun des joueurs qui passaient devant moi. Ce n'était pas mon habitude, mais je voulais donner à ce moment une dimension plus grave, leur montrer que je n'étais pas dupe. J'ai espéré jusqu'au dernier qu'un seul accroche mon regard et ait le courage d'entamer la conversation. Mais ils ont tous défilé sans un mot, sans lever la tête, comme ils le faisaient depuis deux jours.

J'ai éprouvé un soulagement – furtif et naïf – lorsque j'ai vu que l'équipe au complet était montée dans le bus. Le fait que certains joueurs soient en baskets, sans leurs chaussures à crampons, ne m'a pas alerté : comme d'habitude, ils n'avaient pas dû les sortir de leur sac. Et puis, Thierry Henry tenait les siennes à la main – un bon signe ; s'il avait décidé de venir à la séance d'entraînement, c'est que la totalité du groupe le suivait. Ce que je ne savais pas, c'est qu'il passait aux yeux de plusieurs de ses coéquipiers pour la « taupe » du groupe, celui qui aurait raconté la séquence du vestiaire à *L'Équipe*, suspicion gratuite bien sûr mais, à leurs yeux, il était grillé et son aura avait disparu dans les flammes. Il aurait pu porter les chaussures de toute l'équipe à la main que cela n'aurait, en fait, rien signifié.

Le bus a démarré dans le silence. Pour atteindre le terrain d'entraînement en contrebas, il ne fallait que quelques instants. À l'arrivée, j'ai demandé au chauffeur de ne pas ouvrir les portes. Ayant toujours eu du mal à accepter la défaite sans me battre, j'ai pris la parole, sans savoir vraiment où j'allais, et si la situation était encore rattrapable. Je voulais juste essayer, une dernière fois.

« Je ne sais pas trop ce que vous préparez, les gars, leur ai-je dit. Simplement je veux vous expliquer quelque chose : avant d'entreprendre quoi que ce soit, pesez bien les conséquences de vos actes. Dans quelques instants, vous allez être mitraillés par les journalistes qui vous attendent sur la butte surplombant le stade. Tout ce que vous ferez, tout ce que vous direz, sera aussitôt diffusé sur les écrans du monde entier et des millions de gens vous décortiqueront, vous jugeront, vous encenseront ou vous descendront en flammes. J'espère que vous en avez conscience. Vous avez donc le devoir de rester fiers et dignes, parce que vous portez sur la poitrine le symbole de la France, et que des millions de gens vous regardent sur leur télé. C'est pourquoi je vous répète que nous n'avons qu'une chose à faire : rester concentrés sur la seule chose qui compte, le match d'après-demain contre l'Afrique du Sud, notre ultime chance d'arracher la qualification. Le reste ne doit même pas exister à nos yeux. »

Seul le silence m'a répondu. J'ai laissé s'écouler quelques secondes pesantes avant de reprendre : « Je vous ai dit ce que j'avais à vous dire. Maintenant vous pouvez y aller. Chauffeur, ouvrez les portes. »

Un à un les joueurs sont passés devant moi, comme lors de la montée, et j'ai encore pris soin de les regarder dans les yeux. Mais leurs visages étaient fermés et personne n'a prononcé un mot. Mon discours n'avait eu aucun effet. Au dépit et au découragement s'est mêlée la colère.

*

Patrice Evra s'est approché, un papier à la main. Je l'ai entraîné derrière le bus, à l'abri des caméras, et j'ai découvert le fameux texte, tapé à la machine : la déclaration collective des joueurs. Au milieu d'affirmations de principes grandiloquentes et compliquées, il était question d'un mouvement de protestation par solidarité envers Nicolas Anelka, qui prenait la forme d'une grève de l'entraînement.

Bizarrement, la première idée qui m'est venue à l'esprit, c'est que les joueurs étaient incapables d'avoir pondu ce texte seuls, sur un ton aussi froid et en recourant à des termes que la plupart ne comprenaient pas. Un agent ou un avocat avait dû leur donner un coup de main.

Envahi par la colère, j'ai fixé Patrice Evra :

« Tu te rends compte de ce que vous avez écrit là ? On nage en plein délire. Vous êtes tous des inconscients, des irresponsables ! Est-ce que tu as bien conscience que nous sommes en train de jouer la Coupe du monde et que nous allons peut-être en être éliminés ? Et face à ça, le raffut de la presse ne suffit pas, vous y ajoutez le ridicule ! Il faut vous ressaisir, les gars. C'est un vrai scandale, un texte comme ça ! Et vous allez le lire à la presse, j'imagine ?

– Euh… Oui, je crois…

– Formidable. Franchement, tu crois qu'il s'agit de la meilleure manière de passer au journal de 20 heures ? Et toi, le capitaine, tu laisses faire ? Est-ce qu'au moins tu te rends compte qu'on court à la catastrophe ? »

Je ne suis même pas parvenu à trouver les mots pour exprimer ce que je ressentais. La palette des sentiments était large, du dégoût à la colère.

Evra a repris son papier sans un mot. Il nous fallait traverser le terrain pour rejoindre l'équipe partie saluer, comme prévu, les supporters dans la petite tribune au pied de la colline. Nous avions cent mètres à parcourir et j'ai tout essayé, soufflant le chaud et le froid, le traitant de noms d'oiseaux pour aussitôt, plus calmement, tenter de lui faire entendre raison. Il n'a pas prononcé une parole mais derrière son masque impénétrable, je l'ai senti ébranlé par mes arguments en désordre. J'ai même pensé que tout n'était peut-être pas perdu.

C'est à ce moment précis que Robert Duverne, notre préparateur physique, s'est approché. Je l'ai mis au courant de l'intention des joueurs de faire la grève de l'entraînement ; il est entré aussitôt dans une colère noire. La scène était filmée en direct et l'image a fait le tour du monde. Il hurle, Evra essaie de se défendre, et je suis au milieu :

« Vous n'avez pas le droit de faire ça ! Mes enfants pleurent devant la télé en regardant les matches, j'ai renoncé à mon boulot pour cette Coupe du monde et je vais me retrouver au chômage demain à cause de vos conneries ? Mais vous avez quoi dans la tête ? »

Tout s'est mélangé dans ses propos : le travail de préparateur de Lyon qu'il avait sacrifié pour venir en Afrique du Sud, la fierté du sport, son désarroi d'entraîneur… Incapable de savoir quoi dire, je suis resté tétanisé par la tournure dramatique de la situation. Face à ce torrent difficile à contenir, Evra n'a rien trouvé d'autre à répondre que cette formule faussement fière, mille fois entendue dans la bouche des joueurs lorsqu'une vérité les arrache à la certitude de leur excellence : « Tu ne me parles pas comme ça ! »

C'en était trop pour Robert, qui a perdu son contrôle. Ils ont commencé à en venir aux mains, en direct, devant les caméras. Je les ai séparés. Ma première erreur de l'après-midi ; ce n'était pas la dernière. J'aurais dû les laisser aller au bout de leur logique d'affrontement : leur bagarre aurait montré que le staff était prêt à se battre pour défendre l'intérêt de l'équipe de France, alors que les joueurs n'étaient pas capables de placer leur fierté et leurs principes collectifs sur le seul terrain où cela comptait vraiment.

Mais ce dimanche-là, je crois encore en la qualification pour les huitièmes de finale. Elle tient à un fil, c'est vrai, mais elle tient encore. Mon boulot consistait à préserver cet espoir et à préparer ce sursaut, non à calculer notre sortie. J'ai donc essayé de maintenir, devant les caméras, l'image de notre unité, même si elle avait volé en éclats depuis longtemps, même si elle n'avait jamais été à ce point factice. J'ai bien vu que tout se rassemblait pour la catastrophe, et qu'un suicide collectif en direct s'annonçait. Mais je me suis dit que mon travail et ma responsabilité visaient, aussi, à abréger les souffrances.

*

Les joueurs se sont regroupés devant les spectateurs pour tenir un conciliabule. De loin, j'ai trouvé ce cercle plutôt agité. J'ai appris par la suite que Fabrice Grange, l'entraîneur des gardiens, adjoint de Bruno Martini, tentait d'empêcher cette grève débile et néfaste. Il a parlé dans le vide, lui aussi, d'autant qu'Evra venait de rejoindre le cercle. Le débat a été court. Evra m'a lancé : « On vous confirme qu'on refuse l'entraînement, coach. On s'en va, on repart tous dans le car, on rentre à l'hôtel. »

Scène surréaliste. Les joueurs sont retournés vers le bus d'un air tranquille, tout en saluant les spectateurs. Je me suis dit qu'ils étaient devenus fous. Je me suis dit, aussi, que quelques instants avaient suffi pour que tout s'écroule en moi, pour que s'éteigne une flamme qui remontait à l'enfance. J'avais toujours cru à l'éthique, la fierté, la noblesse du foot. Mais comment m'identifier à ces gosses inconscients ? À leur place, j'aurais fait autre chose de ma colère et de mon indignation, j'aurais utilisé mon terrain d'expression. Je n'aurais pas pris la décision irresponsable de détruire l'essence de mon sport et la source de mon bonheur en refusant de jouer.

*

J'ai suivi les joueurs. La deuxième très grosse erreur de mon après-midi m'attendait.

J'aurais dû les empêcher de quitter le terrain, exiger qu'ils s'entraînent, et non pas négocier et subir. Mais je me suis retrouvé terriblement seul. Le président Escalettes est resté invisible, muet et accablé au fond du bus, et je n'ai pas souvenir d'avoir seulement croisé le regard d'Alain Boghossian, mon adjoint, qui avait rejoint le staff en 2008 sous la pression de mon président, parce qu'il était champion du monde et à ce titre censé être plus proche des joueurs. On l'appelait « Lolo m'a dit » parce qu'il commençait ses phrases de cette manière, en faisant référence à ce que pensait Laurent Blanc, le futur sélectionneur. J'ai toujours trouvé cela très délicat.

*

Me voilà dépassé, démuni, prisonnier de la tourmente. Impossible de mettre mes idées en ordre. Il aurait fallu le secours du GIGN pour m'aider à négocier avec ces sales gosses en train de prendre l'équipe de France en otage.

Le président Escalettes est finalement descendu du

bus. Il avait assisté aux événements de loin sans les comprendre. Je lui ai sous-titré les images et il s'est décomposé. La situation le dépassait encore plus que moi, ce qui n'est pas peu dire. À son air, j'ai compris qu'il ne dirait pas un mot aux joueurs, parce qu'il en était incapable. Les joueurs, eux, remontés dans le bus, ont si bien assumé leur grève qu'ils ont tiré les rideaux pour échapper aux regards et aux caméras.

Il est toujours difficile de savoir ce que des garçons aussi immatures ont dans la tête. J'ai eu l'impression qu'ils avaient besoin de discuter entre eux. Je me suis même dit que l'un d'eux se désolidariserait et ouvrirait les yeux des autres. Je savais l'unanimité de façade ; l'instinct grégaire prévalait. Quelques mots suffiraient peut-être à le dissoudre. Cela valait la peine d'essayer ; ce qui se déroulait depuis une demi-heure était trop énorme.

Après avoir fait signe au chauffeur de ne pas démarrer, je me suis jeté à l'eau. J'ai mieux choisi mes mots, essayant de ne heurter personne et de convaincre :

« Je peux comprendre beaucoup de choses. Votre gêne devant la sanction que vient de recevoir Nico, même si vous savez tous qu'elle était amplement méritée, votre besoin de vous montrer solidaires de lui, votre colère face au cirque médiatique que cette affaire déclenche. Admettons. Mais refuser l'entraînement, je ne comprends pas. Vraiment pas. En agissant ainsi, vous ne montrez pas votre solidarité, vous accomplissez un acte suicidaire que personne ne comprendra. Ce que vous faites, c'est tout simplement… »

Je n'ai pu finir ma phrase. Plus aucun son ne sortait de ma gorge. Je me suis alors senti couler, incapable d'accrocher le regard de ces joueurs tassés sur leurs sièges, incapable de me raccrocher à de l'humain et de susciter la moindre bribe d'émotion partagée. La colère m'aurait aidé, le désarroi m'a enfoncé. De toute façon, j'en avais dit assez. Une parole supplémentaire aurait été inutile. Je n'allais pas les supplier. Ils connaissaient ma position. À eux de réfléchir.

Je suis redescendu du car dans un silence de mort. J'ai effectué quelques pas pour me calmer et tenter de reprendre mes esprits.

*

Je suis revenu une dizaine de minutes plus tard, sans illusion. Patrice Evra a alors pris la parole.

« Coach, j'ai refait le tour du groupe et tout le monde est d'accord : on vous confirme qu'on a décidé de faire la grève de l'entraînement. »

La colère est revenue d'un coup.

« Alors ayez au moins les couilles d'aller tous ensemble devant les caméras expliquer aux journalistes ce que vous allez faire !

– J'y vais », a répondu Evra sans se démonter.

Il était maintenant sûr de lui, armé de cette résolution des faibles qui, une fois leur décision prise, s'y accrochent comme à une bouée de sauvetage. Mais, connaissant ses limites, je ne pouvais le laisser faire. Je voyais déjà les images tourner en boucle sur toutes les télés du monde : Patrice Evra ne prenant pas la mesure d'une décision unique dans les annales du foot mondial, démuni face au feu des questions… Impossible. Je lui ai pris le papier des mains. À ce moment-là, j'espérais encore faire changer d'avis les joueurs. J'ai proposé une solution de sortie de crise :

« Non, laisse ce papier. Si vous lisez ça, on est tous foutus et la Coupe du monde est finie pour vous. Ce n'est même pas la peine de jouer le dernier match. Ce que tu fais : tu lis le début, sans le paragraphe sur la grève, et quand vous avez bien dit ce que vous aviez sur le cœur, vous allez tous vous entraîner. »

Il a refusé. J'allais quitter le bus quand le président, de façon imprévue, a choisi de s'adresser aux joueurs à sa manière : lyrique, moralisatrice et décalée par rapport aux véritables enjeux.

« Les gars, vous savez, pour ma femme et pour moi ça a été très dur depuis deux ans. J'ai soutenu Domenech en 2008 parce que certains d'entre vous me le demandaient, et aujourd'hui voilà ce qui se passe, alors comprenez… »

Ses paroles sont arrivées jusqu'à moi à travers un brouillard. Il n'allait tout de même pas, devant les joueurs en grève, refaire le film des conflits internes à la Fédération ! Pourquoi ne pas leur donner raison contre moi, au point où on en était ? Et puis m'entendre appeler par mon nom comme si je n'étais pas là, comme si tout était déjà fini… La sensation fut insupportable. Je me suis efforcé de garder bonne figure alors que j'avais envie de vomir. J'ai à peine écouté la suite. Tout y est passé. En vrac : les clubs, le métier de footballeur, la Fédération, son président, mais rien sur la situation présente. Son discours a seulement ouvert aux joueurs un espace de contestation et de discussion stérile.

L'échange est devenu chaud. Toulalan s'est énervé : « Mais si vous n'étiez pas d'accord avec le coach, pourquoi la Fédé n'a pas porté plainte ? ». Je ne voyais pas bien de quel désaccord il s'agissait, sinon que la plainte en question aurait dû viser *L'Équipe*, mais ce ton m'a exaspéré. Que les proches d'Anelka soient parvenus à convaincre certains joueurs influençables était une évidence, mais qu'un joueur aussi sensé et raisonnable que Toulalan hurle avec les autres, et même plus fort qu'eux, m'a porté le coup de grâce. Comment avais-je pu me tromper à ce point sur des individus ? Je jugeais, au sein de cette équipe immature, certains plus lucides, plus capables de discours et de conduites claires parce qu'ils menaient une vie plus adulte, plus régulière, et parmis eux notamment Jérémy Toulalan. J'ai appris par la suite que c'était son avocat qui avait retouché le communiqué de l'équipe. Les bras m'en sont tombés. Comment croire qu'un conseiller responsable n'ait pas freiné les joueurs et les ait au contraire épaulés dans leur aventure ? Certaines questions n'ont pas fini de me hanter.

Maigre consolation, au milieu d'un tel désastre : cette réécriture leur aura épargné le ridicule d'un texte qu'ils auraient rédigé eux-mêmes.

Plus tard, devant la commission de discipline, au cœur de l'été 2010, Jérémy Toulalan refusera de révéler les noms de ses coéquipiers et de leurs conseillers qui avaient participé avec lui à la réécriture du communiqué. (La presse a cité, parmi eux, les noms de Sébastien Squillaci et Sidney Govou.) Certains verront quelque grandeur d'âme dans cette attitude. Pour ma part, j'y décèle les ressorts ayant mené le groupe à sa perte : une solidarité de façade et de faux principes qui conduisent dans le mur.

C'est une blessure à l'intérieur de la blessure. J'ai emmené à la Coupe du monde Jérémy Toulalan, Sidney Govou, Sébastien Squillaci, Hugo Lloris, Steve Mandanda, Anthony Réveillère ou Marc Planus en pensant que je pouvais compter sur leur maturité et leur intelligence. Ils m'ont déçu plus que les autres, dont je n'attendais rien. Quand je constate qu'aucun n'a eu le courage de venir me dire quoi que ce soit alors que j'ai pris des coups pour les installer en équipe de France et les faire jouer contre vents et marées, je conclus que j'ai vraiment raté quelque chose.

En Afrique du Sud, après le dernier entraînement, j'ai trouvé Marc Planus en larmes. « Coach, je suis désolé pour ce qu'on a fait. Mais un jour, je raconterai tout… » Je lui ai répondu : « T'es gentil, mais c'est trop tard. »

Après la Coupe du monde, aucun d'eux ne m'a joint pour en parler. J'ai croisé une fois Toulalan, plus tard, en commission de discipline. Je ne lui ai dit qu'une chose : « Un jour, tu m'expliqueras ? » Il a vaguement hoché la tête. Or, jusqu'à ce jour, personne n'a rien raconté ni expliqué.

*

Pendant que Jean-Pierre Escalettes poursuivait son laïus et s'empêtrait dans des réponses où il cherchait à ménager tout le monde, j'ai quitté le car une fois de plus, achevé par ce que je ressentis comme un lâchage du président. Il m'a très vite rejoint, dépité de n'avoir pas su convaincre les grévistes. Je n'ai voulu ni le plaindre ni le consoler, tout le monde jouait « perso ». On ne risquait pas de s'en sortir.

René Charrier, le vice-président du syndicat des joueurs, a lui aussi essayé. Il est monté dans le car pour en redescendre dix minutes plus tard en hochant la tête, sous le coup de l'échec et de l'incompréhension. « J'ai fait vingt ans de syndicalisme, j'ai mené bien des négociations, mais jamais je ne me suis heurté à un mur de refus comme aujourd'hui. Crois-moi, Raymond, il n'y a rien à faire. Les gars sont butés, ils ne reviendront pas sur leur décision. »

On a alors entendu des coups violents sur une vitre du bus. C'était Abidal qui, furieux, se défoulait et demandait au chauffeur de démarrer. Muré dans sa colère, devenu inaccessible à la discussion et au raisonnement, il entretenait par son attitude et ses regards la pression sur un groupe sans repère. Je me suis demandé si cette agitation et ces foudres pousseraient les joueurs à se saborder ou à se réveiller. La réponse n'allait pas tarder.

*

Je suis remonté dans le car, captant au vol une bribe de phrase que Thierry Henry a suspendue à mon arrivée : « Le coach a quand même dit des choses vraies, il a peut-être raison, les mecs… » Mais j'ai rapidement compris que l'influence de Thierry était aussi nulle que la mienne. Les visages étaient fermés ou livides de rage. Certains affichaient carrément leur mépris. Je me suis lancé.

« La comédie a suffisamment duré, les gars. Qu'est-ce que vous décidez ? Vous maintenez votre grève de l'entraînement ou non ? »

En guise de réponse, j'ai eu droit à des grommellements. J'ai compris que ce n'était pas le problème. Au-delà des enjeux du Mondial ou de l'image calamiteuse que l'équipe donnait au monde par son inefficacité sur le terrain et son attitude en dehors, au-delà même de la sanction d'Anelka, une seule chose les préoccupait : découvrir « la taupe » qui avait vendu la mèche aux journalistes. Ce qui dérangeait ces messieurs, c'était moins le scandale lui-même que l'idée qu'il soit connu de l'opinion publique et que leur image en sorte ternie ; une attitude ahurissante d'égocentrisme.

Les discussions ont duré encore de longues minutes.

Elles n'ont abouti à rien, sinon au renoncement de Jean-Louis Valentin, le représentant de la Fédération auprès de l'équipe de France, qui s'est levé en pleurant, a quitté le bus avant de remonter la colline vers l'hôtel en annonçant sa démission.

À nouveau, René Charrier a tenté, en vain, de les convaincre de renoncer à leur grève. Au bout d'une demi-heure de ce manège, et alors que le fameux communiqué se retrouvait maintenant dans les mains de François Manardo, mon attaché de presse qui, visiblement, ne savait pas comment s'en débarrasser – car la question qui désormais faisait tourner les têtes était : Qui lira le papier aux journalistes ? –, j'ai une nouvelle fois quitté le car, écœuré.

Je suis monté dans le mini-van arrêté à côté pour cacher mon désarroi et mon découragement derrière les vitres en verre fumé. Pendant un instant, je me suis dit : « Qu'ils se démerdent… » Depuis une demi-heure, le bus n'avait pas bougé. La position des joueurs non plus.

Le président Escalettes, toujours aussi pâle, s'appuyait sur la carrosserie ; on aurait dit qu'un malaise cardiaque le menaçait. Et revenait le même constat : j'étais complètement seul face à une crise dont je ne voyais pas la fin.

Au milieu de tous les sentiments qui m'agitaient, l'écœurement dominait ; parce que tout était gâché et que les joueurs se montraient incapables d'assumer leurs responsabilités. Je me souviens d'avoir lancé : « Qu'ils aient le courage de descendre du car et de lire leur saloperie de papier, comme ça, on n'en parlera plus ! » Un autre coup d'épée dans l'eau. Autour de moi, personne n'a réagi, que ce soit pour protester, approuver ou proposer une autre solution.

Si quelqu'un avait pris ses responsabilités, on ne

m'aurait plus revu de tout le dimanche. Mais la colère m'a fait sortir du mini-van où je m'étais réfugié. Je me suis dirigé vers le bus. Et pour mon plus grand malheur, personne ne m'a retenu.

*

Rideaux tirés, le car était plongé dans la pénombre. Impossible de prendre le pouls de ce groupe ; pas à cause du noir, mais à cause du silence. Les joueurs ne se parlaient même plus. On aurait dit que l'affaire était classée, c'est-à-dire que chacun attendait que l'autre prenne l'initiative de lire le communiqué à la presse. J'ai alors entamé une ultime tentative en essayant de faire vibrer la corde sensible de ces joueurs que je croyais connaître, à défaut de comprendre, mais qui étaient devenus des étrangers. Je leur ai parlé de la dignité de leur pays, du jugement de leurs familles, de l'honneur du foot. J'essayais de m'adresser à leur intelligence et à leur sensibilité, dont je me demande laquelle est la plus sourde. J'ai joué mon va-tout : « Vous avez tiré les rideaux, et après ? Qu'est-ce que ça signifie ? Vous croyez que le monde entier ne vous voit pas ? Allez, on se lève, on descend, on va s'entraîner. » J'ai insisté, convaincu que le premier qui aurait le courage de sortir du car entraînerait les autres. Mais personne n'a bougé. Je ne sais même pas si quelqu'un a hésité. Mes mots ont seulement suscité mutisme et indifférence.

Plus tard, j'ai compris que je m'étais trompé sur toute la ligne. Au lieu d'essayer de les convaincre de toutes mes forces, j'aurais dû les menacer, agiter la perspective d'une suspension à vie en équipe de France au motif qu'ils ne méritaient pas ce maillot et qu'en bafouant les codes et l'honneur de leur sport ils s'en excluaient d'eux-mêmes. Mais était-ce à moi de tenir ce genre de discours ? Quelqu'un aurait dû protéger l'institution : le président de la Fédération, désormais invisible et muet, que ses propos maladroits semblaient avoir anéanti. Au lieu de me débattre seul et de chercher une solution, même la plus mauvaise, j'aurais dû pousser la logique de la passivité jusqu'au bout : laisser les joueurs assumer leurs actes, les planter là, face aux journalistes, et rentrer à l'hôtel avec le staff. Agir comme j'ai agi a constitué une grosse faute stratégique.

Dans le bus, j'ai fini par me trouver à bout d'argument et par me taire. Le papier circulait de main en main. Le président écoutait les conciliabules étouffés sans faire un geste. Personne ne voulait se mouiller. Patrice Evra, c'est vrai, souhaitait lire la déclaration des joueurs en arrivant à l'entraînement. Mais ensuite, dans les discussions, il ne me l'a plus jamais proposé.

Je me sentais épuisé et ne voulais plus rien entendre. J'avais seulement envie de mettre un terme à cette mascarade. Puisque personne n'en avait le courage, j'allais le lire, moi, leur foutu texte !

Avec le recul, j'ai toujours du mal à analyser cette impulsion suicidaire. Je ne cesse de me poser cette question : mais pourquoi, au juste, devait-on lire ce document ? Qu'est-ce qui nous obligeait à le lire ? C'était devenu un enjeu, au cœur de la confusion, et je n'ai toujours pas compris pourquoi je me suis obligé à trouver une solution. J'aurais dû monter dans la voiture, partir, les laisser se débrouiller.

Sans doute voulais-je éviter l'éclatement de l'équipe en me maintenant à mon poste, éternelle image du capitaine et du navire au moment du naufrage ; et donner une leçon de courage aux joueurs, leur prouver que leurs belles paroles et récriminations ne servaient à rien si elles n'étaient pas suivies d'actes. Face à ces va-t-en-guerre du dimanche qui se dissimulaient derrière leurs sièges et marmonnaient à voix étouffée, j'ai eu la brutale et stupide impulsion de montrer que la bravoure existe. Je n'avais pas réussi à faire évoluer le mental de cette bande d'ados que rien n'affectait ; ce n'était pas une raison pour les laisser dire n'importe quoi et ruiner le peu de crédit qu'ils conservaient dans l'opinion publique. Et puis, il nous restait un match à jouer pour arracher la qualification. Nos chances d'aller en huitièmes de finale étaient faibles, mais existaient ; on avait vu mille fois des équipes ressusciter après avoir été données pour mortes. Les joueurs s'étaient jetés à l'eau sans savoir nager, mais moi, j'étais encore assez bête, ou assez entraîneur, pour rêver de leur éviter la noyade.

Je sais que c'était vouloir la quadrature du cercle. Mais je n'avais plus qu'une obsession : sortir au plus vite de cette crise pour rétablir un semblant de sérénité au sein de l'équipe et affronter l'Afrique du Sud dans les moins mauvaises conditions possible. Mais l'incendie était trop important pour un pompier armé d'un verre d'eau. C'est un proverbe sud-africain : qui veut éteindre le feu périt par les flammes.

*

J'ai saisi le texte des mains de mon attaché de presse et suis descendu du car. Ni les joueurs, ni le président n'ont fait le moindre geste pour m'en empêcher. Pendant que Yann Le Guillard et son adjoint, membres du staff, rassemblaient les journalistes, j'ai espéré un court instant qu'un membre de l'équipe, son capitaine, ou Thierry Henry, vienne me rejoindre afin d'assumer les responsabilités collectives, soit en lisant le communiqué, soit en le déchirant et en annonçant que la séance d'entraînement allait débuter. Mais personne n'a bougé, trop content d'être protégé par mon impulsion.

Je me retrouvais seul face aux caméras. J'ai commencé la lecture dans un état second, sans réelle conscience de ce qui se passait. Et j'ai commis ma troisième erreur de la journée, mais pas la moindre : oublier de préciser que je ne cautionnais pas le texte. C'était tellement évident, dans mon esprit, que je n'ai même pas pensé à le dire. Pour les journalistes, notre naufrage était une mine d'or, inépuisable. En direct, tandis que je lisais ce maudit texte, le public assistait à ce que je redoutais le plus : le suicide collectif de l'équipe de France.

*

C'était fini. Je me suis senti vidé mais étrangement serein, prêt à redevenir le battant que je n'aurais jamais dû cesser d'être, à préparer la rencontre du surlendemain, à la recherche des formules capables de faire enfin jaillir une étincelle. En montant dans le minivan, j'ai regardé une dernière fois le bus qui sortait lentement du parking pour retourner à l'hôtel. Je n'ai pas aperçu le moindre mouvement derrière les rideaux tirés. Comme si ce bus était vide.

Et je me suis demandé comment on avait pu en arriver là.

1

Jour de victoire

Le dimanche 11 juillet 2004, dans le couloir de l'hôpital Saint-Vincent-de-Paul, à Paris, j'attends le plus beau moment de la vie, la naissance d'un enfant, et le plus grand moment d'une carrière, ma nomination à la tête de l'équipe de France. C'est un bonheur total, une plénitude et un mystère, une journée comme il n'en arrive qu'une seule dans l'existence. Et encore, pas toujours, pas comme ça, pas à tout le monde.

Vers 8 heures du matin, nous sommes partis pour l'hôpital, les contractions se rapprochaient. J'ai mon portable avec moi. J'attends un coup de téléphone. Celui que Claude Simonet, le président de la Fédération française, va passer au nouveau sélectionneur de l'équipe de France. Ce dimanche, je suis à la « une » de *L'Équipe*. La veille, le journal a fait de moi le grand favori pour le poste ; cette fois, il annonce ma nomination. Mais je n'ai reçu aucune confirmation. Je reste seulement le sélectionneur de l'équipe de France Espoirs. À l'hôpital, on m'a autorisé à garder le portable près de l'écran de *monitoring*. Je me souviens avoir traversé ce dimanche avec la sensation rare que ma vie était en train de changer.

Claude Simonet m'a appelé en fin de matinée ; j'étais bien placé, mais rien encore de définitif. Si je comprenais tout ce qu'il cherchait à me dire, ou à ne pas me dire, je pouvais être l'heureux élu. Mais l'incertitude restait trop grande et ma double attente reprit, crispante, intense, belle. Et si c'était moi ? Depuis quelques jours, ce pressentiment m'accompagnait. Or il ne m'avait pas traversé, deux ans plus tôt, après la Coupe du monde 2002, lorsque j'avais été candidat à la succession de Roger Lemerre.

Je savais ne pas être le seul à rêver. Laurent Blanc et Jean Tigana, peut-être d'autres, nourrissaient le même rêve depuis que Jacques Santini, dans les jours qui précédaient le championnat d'Europe au Portugal, avait annoncé qu'il rejoindrait Tottenham après la compétition. J'étais devenu le favori depuis peu. Pendant longtemps, je ne l'avais été pour personne. Mais si, ce dimanche matin, les journaux évoquaient ma nomination imminente, c'est parce que la situation s'était renversée. Grâce à quelques appuis indispensables et un peu de ce sens politique ne s'apprenant pas à l'école, j'avais modifié la donne initiale. Ma nomination aura été le fruit d'un long combat.

Il avait débuté pendant l'Euro au Portugal, où bruissaient les rumeurs et fleurissaient les candidatures ; mais pas la mienne. J'y avais rencontré Michel Platini ; il n'était pas le président de la FFF, donc pas décideur. Mais il était celui dont on écoute l'avis et qui adoube. Deux ans plus tôt, il avait annoncé sa préférence pour Jacques Santini, et Claude Simonet avait nommé Jacques Santini. Michel Platini s'était montré honnête en m'avertissant qu'il soutiendrait la candidature de Jean Tigana mais que je conserverais les Espoirs, dont je m'occupais depuis l'été 1993. Je lui avais répondu : « Alors d'accord, je ne suis pas candidat. »

Mais les moments incertains où se nouent les alliances

et se défont les pactes firent évoluer ma position au fil de l'été. Laurent Blanc se porta à son tour candidat, et les bruits de couloirs me firent rapidement comprendre que René Girard serait nommé à la tête des Espoirs dans tous les cas, que Blanc ou Tigana soit nommé. Dégagé de ma parole donnée à Michel Platini, je repris le combat. Objectif : devenir selectionneur de l'équipe de France.

Pour me lancer dans cette conquête, j'avais décidé d'une posture : ne pas être candidat. Du moins l'être sans l'être, c'est-à-dire sans le dire, et en prétendant plutôt que je ne l'étais pas. Ne disposant pas du choix des armes, il me fallait donner l'impression de les avoir déposées.

Car deux ans plus tôt, je m'étais déjà porté candidat. Trop tôt, sans doute, et trop en première ligne. Cette fois, j'utiliserais les atouts qui s'étaient retournés contre moi en 2002 : les sous-marins, et la force de la Direction technique nationale.

En 2002, j'avais avancé en franc-tireur. Cette fois, je décidai que les sous-marins m'aideraient à rectifier mon image, faire passer mon message, freiner le déséquilibre de l'exposition médiatique entre les candidatures de Laurent Blanc et Jean Tigana, et la mienne. La DTN constituerait mon socle. Aimé Jacquet dirigerait le combat. Et lui seul. Je le laisserais agir.

*

À l'hôpital, l'attente se poursuit. Vers 13 heures, je rejoins mon fils Maël à la maison. Je l'emmène déjeuner dans un restaurant de mon quartier, à Montparnasse. Dans l'après-midi, je reviens à l'hôpital. Avec Estelle, nous avons déjà choisi le prénom, Victoire. Je l'avais d'abord trouvé un peu prétentieux et trop en rapport avec mon activité professionnelle, mais Victoire est avant tout un très joli prénom. En cette journée extra-ordinaire, j'ai l'impression de ne plus rien maîtriser, mais sans rien lâcher du combat parallèle qui se joue, qui se noue, et que je n'ai pas encore gagné.

Deux jours plus tôt, à Clermont-Ferrand, le vent a tourné. Jusque-là, deux candidats se dégageaient. Jean Tigana, l'ancien milieu de terrain champion d'Europe en 1984, soutenu par Michel Platini, et Laurent Blanc, le défenseur champion du monde de 1998, très apprécié par Claude Simonet et surtout par Henri Émile, intendant de l'équipe de France depuis vingt ans. C'est Henri Émile qui, à l'heure des débats souterrains, avait avancé ce nom, créant ainsi une concurrence qui, finalement, m'aura été très utile. Ces deux candidatures, cousines par certains aspects, ont divisé les soutiens qui auraient propulsé un candidat unique. Dans les débats, et dans les médias, je n'étais que le troisième homme.

À Clermont, Aimé Jacquet prend la parole. La sienne a le poids du sélectionneur champion du monde en 1998, désormais directeur technique national. Un souffle passe dans son discours. Il défend l'idée d'un candidat issu de la direction technique, brosse le portrait du sélec-tionneur idéal sans citer de nom, mais c'est comme s'il dessinait mon profil. À la fin de son intervention, un dirigeant s'est levé : « En fait, vous nous avez dressé le portrait de Domenech… »

N'étant pas à Clermont et ignorant qu'Aimé allait prendre la parole, je n'ai appris les faits que le len-demain. Aimé ne m'a pas dit : « Je te défendrai à Clermont », il y est allé. Un jour, dans le courant du mois de juin, au Portugal, il m'avait lancé : « Il faut que tu y ailles. » J'avais répondu : « Je veux bien, mais je n'irai que si toi, tu le décides, et si tu le dis. Seul, je n'ai aucune chance. » Il m'avait seulement répété : « Vas-y. »

À Clermont ses propos frappèrent les esprits. Il marqua des points, la Direction technique nationale aussi, et même sans être candidat, je sais qu'on va parler de moi. Sans le soutien d'Aimé Jacquet, je ne serais pas en train d'attendre le coup de téléphone qui peut me nommer au poste de sélectionneur. En outre j'ai compris que Michel Platini, par-delà sa fidélité envers Jean Tigana, son choix initial, n'est pas opposé à ma nomination.

*

L'après-midi s'éternise. Je navigue entre la salle et le couloir pour répondre au téléphone. Rien n'est fait. Je dois continuer le travail de sous-marin. Le réseau, disait Gérard Houllier dans les cours d'entraîneur, le réseau…

Impossible de débrancher mon téléphone. On m'appelle sans cesse ; des journalistes, des dirigeants, des amis. Les rumeurs et les informations dessinent des courbes changeantes qui ressemblent à celles du *monitoring* pour les battements de cœur du bébé. L'incertitude reste complète. Bien que je me trouve dans les locaux d'un hôpital, tout le monde comprend : je ne peux pas ne pas répondre au téléphone, pas aujourd'hui.

À 20 h 52, ce dimanche soir 11 juillet, ma vie prend un nouvel élan : Estelle met au monde notre petite Victoire. Je la prends contre moi et lui donne son premier bain. La mère et la fille sont si belles que des larmes de bonheur me montent aux yeux. J'oublie tout, téléphone, poste de sélectionneur, monde du football.

Un bonheur comme celui-là ne se partage pas, il se vit à fond. Moi qui ai souvent été spectateur de ma propre vie, j'ai enfin le sentiment d'être acteur de mes émotions.

À 23 heures, je reçois le coup de téléphone de Claude Simonet qui m'apprend ma nomination au poste de sélectionneur national. « C'est vous. C'est fait. Mais pour le moment, je souhaite que vous n'en parliez à personne. » Je ne sais pourquoi le président de la Fédération française désire cette confidentialité. À travers ses mots, je crois comprendre qu'il craint un éventuel veto du ministre de tutelle, Jean-François Lamour. J'ai du mal à y croire, mais je m'en fiche, j'obtempère.

Cette fois, je peux bien éteindre mon téléphone portable. Je flotte dans la béatitude. La coïncidence des deux grands événements de ma journée est une joie et un mystère ; le président de la Fédération française aurait pu m'appeler la veille, ma fille aurait pu naître le lendemain. Mais Victoire est venue au monde le jour où je suis devenu moi-même sélectionneur de l'équipe de France, et un tel signe me renforce. Ce dimanche m'a donné deux responsabilités considérables qui vont s'équilibrer, me permettront de respirer. Je ne me projette pas plus loin que ce bonheur simple ; ou double, si l'on veut.

Je suis sélectionneur, et incapable d'interpréter ça comme un aboutissement. On dit que, dans ces cas-là, on peut voir sa carrière défiler en une seconde. Pas moi ; le passé, c'est le passé, et je m'en fiche. C'est la suite que je vois défiler ; je pense au poids des responsabilités, à la composition de mon encadrement technique. J'ai passé de longues nuits à y penser, à calculer, à construire, et donc à éliminer. Désormais, ce n'est plus qu'une question de courage. Il ne me fera pas défaut, car je n'ai rien à perdre.

Le dimanche où ma vie a basculé plonge déjà dans la nuit. Il est tard à l'hôpital. J'ai appelé Karen, ma première fille, pour lui apprendre la naissance de sa petite sœur. Puis je quitte Estelle, Victoire, l'hôpital Saint-Vincent-de-Paul, et vais me coucher. Mon fils Maël est là. Il est heureux, lui aussi. Moi, je suis soulagé, euphorique, mais épuisé. Et je sais que demain sera un autre jour.

*

Lundi 12 juillet, six ans jour pour jour après la victoire de l'équipe de France en finale de la Coupe du monde, face au Brésil (3-0), je me réveille donc dans la peau d'un sélectionneur. La conférence de presse de présentation se tiendra au sous-sol des bureaux de l'avenue d'Iéna. Je n'ai pas mis de cravate. L'essentiel est ailleurs. À deux ans de la finale de la Coupe du monde 2006, la question inévitable arrive sur le tapis :

« Pensez-vous pouvoir gagner la Coupe du monde en 2006 ?

– Je suis le premier à y croire. Sinon, à quoi bon se qualifier pour la phase finale ?... »

Il n'y a pas de conquête sans conviction. La tâche qui m'attend n'est pas aisée, j'en suis extrêmement conscient et insiste sur la nécessité d'une union sacrée derrière les Bleus. Je sais, on rêve de vœux pieux, parfois. Déjà, dans mon discours, sonnent les mêmes verbes : je précise, je répète, je rabâche, j'insiste, je souligne. Dans la période à venir, une intuition m'annonce que je ne vais faire que ça. Je suis déjà dans le sentiment de la répétition, à puiser au fond de mon imagination les synonymes pour répéter autrement la même chose.

Face à Claude Simonet, encore traumatisé par le piège de la prolongation du contrat de Roger Lemerre, j'accepte les conditions du contrat à objectifs sans même les discuter. Il s'agit d'un contrat de deux ans, reconductible. Ma première mission est de qualifier l'équipe de France pour la phase finale de la Coupe du monde 2006, en Allemagne. La deuxième suppose la présence des Bleus en demi-finale. Si ces deux exigences sont satisfaites, mon contrat sera renouvelé pour deux saisons supplémentaires. En revanche, au cas où les objectifs ne seraient pas atteints, il se verra rompu sans indemnités. C'est un contrat inconfortable, dénué de tout parachute, mais je m'en fous. Même en conservant mon salaire de sélectionneur des Espoirs, je me serais lancé dans l'aventure avec une passion identique, et infinie. Ces Bleus, je les ai tellement suivis et surveillés de loin depuis longtemps que je me sens apte à relancer l'histoire.

J'ai déjà en tête le staff que je désire. Je sais ce que je veux mettre en place et comment avancer. Je peux maintenant concrétiser mes idées sur le fonctionnement de l'équipe de France. En somme, tout se passe comme si, après une longue préparation, j'étais enfin sélectionné : à moi de prouver, à moi de jouer. Le match est lancé.

À 14 heures, je reprends la direction de l'hôpital Saint-Vincent-de-Paul. Je suis heureux. Estelle et Victoire se portent bien, et les voir toutes les deux me procure un bonheur incroyable. Avec elles, il n'y a plus de sélectionneur qui vaille, je redeviens père de famille. Je coupe mon portable jusqu'à 16 heures pour rester dans cette bulle.

Mais un jour comme celui-là, l'accalmie ne peut durer. À nouveau, le tourbillon médiatique de ma nomination s'empare de moi. À 20 heures, dans le journal de TF1, je réponds en direct aux questions de Patrick Poivre d'Arvor. L'interview satisfait tout le monde. Charles Villeneuve entame son numéro de séduction. Je ne suis pas dupe car je connais les règles du jeu ; le patron du service des sports fait partie de ces gens de pouvoir que j'aurai à côtoyer. La chaîne est partenaire de l'équipe de France, elle a du poids.

En quittant TF1, au crépuscule de ma première journée de sélectionneur, je retourne à l'hôpital. La vie est belle. Victoire est magnifique.

*

Huit ans se sont écoulés. Jour après jour, Victoire reste une source de joie et de bonheur constants. Je ne peux pas en dire autant de mon parcours de sélectionneur de l'équipe de France. En cet été 2004, l'état de grâce n'a pas duré. Pas un mois sans harcèlement des médias, sans mauvaise querelle montée en épingle, sans appréhension à l'ouverture des journaux, sans gaspiller mon énergie à résoudre des problèmes inutiles. Tout de suite, j'ai dû avancer par un fort vent de face. Très vite, quoi que je dise ou ne dise pas, quels que soient mes choix ou mes hésitations, les succès et les échecs de l'équipe de France, certains médias ne m'ont plus lâché. Ils ont fabriqué une image largement fausse de moi, cherchant sans cesse à me mettre en porte-à-faux avec l'opinion comme avec mes propres joueurs.

Pendant un long moment, j'ai été plus fort que tout cela, et l'équipe de France aussi. Je ne rejette pas ma part de responsabilité dans la longue suite d'événements qui nous a conduits à l'échec de l'été 2010 ; je souhaite seulement que, comme tout bilan, celui de mon action à la tête des Bleus accorde une place aux acquis positifs à côté des éléments de passif. Et rappeler que je n'ai pas assumé seul la charge de ces six années : d'autres ont apporté leur pierre à l'édifice ou saboté sa construction.

Mais en ce matin du 12 juillet 2004, j'étais loin d'imaginer ce qui m'attendait. Je m'attends toujours au pire, pourtant.

*

L'histoire et l'expérience enseignent que les réformes doivent intervenir très rapidement après que le pouvoir a changé de main, car ce qui ne se décide pas d'emblée risque de ne se faire jamais. J'ai donc essayé d'agir dès mon entrée en fonction.

Dans le staff technique de l'équipe de France, il fallait crever des abcès connus de tous. Face à ce que plusieurs membres de la Fédération considéraient comme des débordements préjudiciables, Aimé Jacquet avait toujours adopté la même attitude lorsqu'il était sélectionneur : fermer les yeux. Peut-être même ignorait-il certaines choses, ou feignait-il de les ignorer ; car, pour lui, rien ne passait avant le confort des joueurs. Un temps, cette indifférence lui offrit un blindage face aux attaques. En se cantonnant au domaine purement sportif, il s'épargnait les problèmes périphériques. À ma connaissance, il est intervenu une seule fois auprès de ses joueurs, et vertement, pendant la Coupe du monde de 1998, sur une question de primes. Pour le reste, j'ignore s'il connaissait les agissements discutables de l'un ou l'autre, ou s'il ne voulait pas les connaître.

Je m'interdis de juger une ligne de conduite qui, à l'époque, n'a pas entravé la bonne marche d'une équipe victorieuse. Mais sous les sélectionneurs suivants, certaines habitudes installées débouchèrent sur de nombreux abus. Je les connaissais, comme beaucoup d'autres membres de la Direction technique nationale basée à Clairefontaine. Mais devenu sélectionneur, je ne voulais pas fermer les yeux sur des comportements injustifiés et peu propices à la performance.

Je me sentais le devoir de changer tout cela, convaincu même, qu'en haut lieu, on attendait que je donne un bon coup de balai et élimine les pratiques discutables. Cela ne m'a pas posé de problème : à mes yeux, pendant la Coupe du monde 2002 comme à l'Euro 2004 (sept matches, deux victoires sur l'ensemble de ces deux compétitions), la structure avait failli. Tout en faisant passer le message que les joueurs n'avaient pas à dicter leurs conditions sur l'organisation du staff technique, comme certains en avaient l'envie, je me suis efforcé d'assainir une situation nuisible pour la cohésion de l'équipe.

Je ne le regrette pas, même si j'en ai payé le prix en subissant une longue guerre d'usure conduite par certaines personnes que j'avais écartées. Rumeurs, fausses nouvelles, intoxications diverses, certains ont utilisé toutes les armes auprès de leurs interlocuteurs, journalistes ou membres de la Fédération, et dispensé un magnifique discours sur l'intérêt de l'équipe de France quand ils défendaient leurs seuls intérêts. S'ils avaient uniquement songé à l'équipe de France, ils ne l'auraient pas ainsi fragilisée par leur action souterraine. Elle n'en avait pas besoin, et moi non plus.

*

Le staff me paraissait trop centré autour de certains joueurs dominants. Ceux-ci disposaient d'un cuisinier spécial pour les pâtes, et d'un ostéopathe, Philippe Boixel, essentiellement dédié à leurs soins. Philippe Boixel a eu une attitude très élégante par rapport à ma décision ; avec lui, il ne s'agissait pas d'un problème de compétence, mais sa proximité avec quelques joueurs créait des différences au sein du groupe, ce qui était déjà le cas avec certains kinés.

Pour bousculer des situations figées et sortir d'une logique de rente, j'ai également remplacé le médecin de l'équipe et deux kinésithérapeutes. S'agissant du médecin, Jean-Marcel Ferret, connu à Lyon lorsque j'entraînais l'OL entre 1988 et 1993, je m'étais entretenu avec lui au téléphone avant de prendre ma décision. Lui-même voulait arrêter et avait déjà souhaité s'en aller deux ans plus tôt. Nous avons convenu qu'il annoncerait lui-même son départ, et j'ai expliqué à la FFF que l'affaire était réglée. Mais quelques jours plus tard, la Fédération a reçu un courrier dans lequel il réclamait des indemnités… Comme quoi, il existe parfois des interférences sur les lignes téléphoniques. Je me suis également passé des services de l'intendant.

J'ai largement choisi leurs remplaçants dans le staff de l'équipe de France Espoirs ; le médecin, l'attaché de presse, deux kinésithérapeutes. Selon les époques et les pics correspondant aux périodes de compétition, le staff technique a compté entre vingt-cinq et trente membres. Mon adjoint, Pierre Mankowski, l'entraîneur des gardiens de but, Bruno Martini, et le préparateur athlétique, Robert Duverne, en formaient le cœur. Et je me suis appuyé sur Pierre Repellini, mon ami, ancien joueur de Saint-Étienne, pour régler tous les problèmes dans l'ombre. J'écris ici le début de notre histoire en bleu, mais j'ai déjà envie de les remercier ; ce sera fait à nouveau plus tard, mais une fois n'aurait pas suffi.

Par ailleurs, j'ai instauré des séminaires de réflexion afin de renforcer la cohésion du staff. Lors du premier, construit comme les suivants par Jean-Pierre Doly, sorte de DRH du staff qui nous a accompagnés durant six ans, l'une des activités consistait, pour chacun d'entre nous, à sélectionner, parmi plusieurs photos, celles qui répondaient le mieux à la question suivante : « Comment imaginez-vous l'aventure que vous allez vivre ? » Dans un deuxième temps, la discussion collective permettrait de sélectionner parmi la vingtaine d'images retenues celle qui recueillait l'adhésion du groupe. C'est une des miennes qui a été choisie. Elle représentait une charrette remplie de foin cheminant sous la pluie battante, tirée par un bœuf et conduite par un paysan coiffé d'un large chapeau ; nous étions ce paysan obstiné qui avance sous la pluie afin de sauver son foin. Dans les deux années qui ont suivi, j'ai sans cesse répété aux membres du staff, sur un ton mi-rieur mi-persuasif : « N'oubliez pas, les gars ; on avance doucement, mais on y arrive. On va finir par rentrer le foin à l'abri dans la grange. »

En choisissant ce symbole de notre action future, il était difficile d'imaginer qu'il soit à ce point prémonitoire et que la réalité nous donnerait aussi rapidement raison : l'averse allait prendre des allures de tempête.

*

Dès mes premiers contacts avec les joueurs, au téléphone ou au hasard d'un match, j'ai expliqué que plusieurs changements allaient intervenir. Je souhaitais plus de rigueur dans l'organisation de la vie du groupe. Respecter les horaires de repas – surtout ceux du petit-déjeuner que la plupart sautaient car ils se couchaient tellement tard qu'ils voulaient dormir le matin –, se montrer ponctuel lors des départs, mettre des protège-tibias durant les séances d'entraînement et quelques autres mesures ne changeraient pas la face du monde mais amélioreraient l'harmonie de l'équipe. Je ne voulais pas non plus de visites extérieures lorsque nous serions en stage, à Clairefontaine ou ailleurs, sauf accord de ma part.

En dépit de mes explications, j'ai senti que ces décisions ne plaisaient pas à tout le monde. Je m'en fichais, du moins je passais outre. Je me disais qu'à force de tout mettre sur la table et de tout expliquer, les objectifs, les moyens d'y parvenir, les règles de vie en commun, le message finirait par passer. Mais les réformes ne sont pas toujours compatibles avec l'état de grâce.

*

Le premier avis de tempête a suivi l'annonce par quatre joueurs phares, Zinedine Zidane, Lilian Thuram, Claude Makelele et Bixente Lizarazu, de la fin de leur carrière internationale. J'ai réussi à convaincre Makelele de continuer deux mois de plus, pour aider les jeunes, mais pas les autres.

La décision de Lizarazu ne me gênait pas, l'éclosion du talent d'Abidal pouvait palier cette défection. Zidane et Thuram, c'était autre chose. J'avais connu Zidane dix ans plus tôt, en équipe Espoirs ; et contrairement à ce qui a été dit, écrit et répété, je voulais qu'il revienne. Il était toujours le meilleur, et un sélectionneur veut pouvoir retenir les meilleurs joueurs. Je n'ai jamais eu besoin de me poser la question : je savais qu'avec lui, l'équipe serait plus performante. D'ailleurs tout le monde le savait. Il n'avait pas apprécié le changement de staff, la mise à l'écart de ses proches ? C'est possible, mais cela ne l'empêcherait pas de revenir un an plus tard. Je reste persuadé qu'il avait mal vécu 2002 et 2004, et n'avait pas envie de replonger immédiatement. Lors du premier déplacement de l'équipe de France après la Coupe du monde 2002, en Tunisie, Zidane s'était isolé dans l'avion, plusieurs rangs devant les autres, un peu triste ; Dugarry et Candela étaient partis. Les témoins de ce voyage m'ont rapporté que le changement de décor semblait lui peser. Deux ans plus tard, le changement était plus important encore, à ses yeux. Aussi, il a eu besoin de s'éloigner pour mieux revenir, et je l'ai compris. Je n'avais guère le choix, du reste, mais je n'ai jamais abandonné l'espoir qu'il revienne.

De même, ce n'est pas moi qui ai décidé de renoncer à Lilian Thuram et à son impact formidable. Son intelligence, sa lucidité, son énergie, la révolte qui l'habite ont toujours impressionné ses coéquipiers et l'élevaient, déjà jeune, au niveau du sage qui jouit d'une influence non hiérarchique. Dans le fond, Lilian fonctionne comme moi ; il n'aime pas dire aux autres : « C'est comme ça, stop, on ne discute plus », car il voudrait que les gens se conduisent par eux-mêmes et comprennent sans qu'on ait besoin de leur donner des ordres.

Thuram a souvent répété que l'Euro 2004 et le sentiment de dilution de l'équipe l'avaient d'abord poussé à tourner la page ; malgré cela, mes nombreux « amis » ont aussitôt répandu la rumeur selon laquelle j'avais moi-même souhaité ces départs. C'était faux. Cette campagne a seulement donné le ton aux mois qui m'attendaient : le combat serait à ma porte, chaque matin, sous des formes que je ne pouvais prévoir et selon une intensité à laquelle je devais me préparer.

Mais mon énergie et ma foi étaient telles que je n'avais qu'une idée en tête : avancer sans me laisser distraire par quoi que ce soit. Évidemment, en avançant, on laisse sur le bord du chemin de futurs ennemis qui reviendront plus tard, dans l'actualité ou dans votre dos. On ne m'a donc pas lâché une seconde à propos des joueurs écartés. À l'automne 2005, je n'ai plus sélectionné Robert Pires, que j'estimais en bout de course, préférant le remplacer par Florent Malouda. Robert étant populaire auprès des médias, j'ai pu constater lors de cette mise à l'écart le pouvoir du mensonge et de la désinformation.

Dans mon journal de bord, après Chypre-France (0-2), sa dernière sélection, j'écris : « À la mi-temps, je lui ai annoncé au dernier moment, juste avant de revenir sur le terrain, qu'il était remplacé par Moreira. Il a vécu la seconde mi-temps sur le parking. Il ne s'est plus intéressé au match, ni aux autres, après sa sortie. Il s'est doublement isolé, parce que la victoire a fait du bien à tous les autres. Il me sera plus facile de prendre les décisions sportives qui s'imposent à son sujet. »

*

Je m'accommode facilement d'avoir raison contre tout le monde – ça va, c'est pour rire… –, mais je ne pouvais remporter le combat sans l'appui de joueurs auprès desquels mon message passait et qui pouvaient ensuite le relayer. La première fois que Fabien Barthez est venu me voir, il m'a lancé : « On m'a dit beaucoup de choses sur votre manière de fonctionner, mais je n'ai pas l'habitude de juger avant d'avoir vu par moi-même. » Nous avons longuement discuté, moi lui expliquant comment j'envisageais l'avenir de l'équipe de France et décrivant mes exigences et mes attentes. Et après notre premier match contre la Bosnie (1-1), en août 2004, à Rennes, il m'a confié : « Ça me va, coach. Je viens avec vous, je continue dans l'équipe. » Merci encore, Fabien.

J'aime les gens qui s'appuient sur leur jugement personnel plutôt que sur les rumeurs. Je n'ai pas le souvenir du moindre différend qui nous aurait opposés durant ces années, Fabien et moi. Quand, en 2007, il a arrêté de jouer, je l'ai incorporé à notre encadrement : c'est un homme généreux et détenteur de valeurs fortes qu'il sait transmettre à une équipe. Sans doute, comme tout gardien de but, son influence sur le terrain est-elle limitée, en tout cas sans commune mesure avec celle que peut avoir, par exemple, un Zidane. Ce qui n'a pas empêché ma tendresse mêlée de respect. Fabien appartient à l'espèce des gardiens instinctifs, quand d'autres sont plus cérébraux, comme Bruno Martini, qui passera des nuits à réfléchir à la meilleure manière de placer sa main ou son pied, étudiera avec application les montages vidéo des coups de pied arrêtés pour anticiper des parades futures. Là où Bruno se montre méticuleux jusqu'à en devenir obsessionnel, calcule, remarque et mémorise tout, Fabien marche à l'impulsion, entre sur le terrain sans forcément connaître tous les noms de ses coéquipiers, ne calcule rien à l'avance mais sait accomplir des miracles. Il y a en lui une pointe de folie qui rassure, avec laquelle tout devient possible. Il reste le plus grand gardien français de l'histoire, l'un des meilleurs au monde, dans une caste qui se partage à part égale entre les goals du type Fabien et ceux du type Bruno. À ceux qui sont entre les deux, ni complètement cérébraux ni complètement impulsifs, manquera toujours quelque chose ; car la fonction répugne à la synthèse.

*

À la tête de l'équipe de France Espoirs, j'avais été un bon client pour la presse. Mais dès le premier match avec la grande équipe de France, le 17 août, à Rennes, contre la Bosnie, j'ai compris que j'étais devenu un client différent, et que, dans ce rapport de forces, ce dernier n'avait pas toujours raison. Mais ce poids moderne des médias, je le percevais mal. Devant une cinquantaine de journalistes, j'ai constaté très vite que le ton avait changé et que l'on me posait maintenant des questions incisives, aux frontières de l'inquisition. Les journalistes affirmaient qu'ils étaient contents de me retrouver, mais ils se sont montrés moins heureux de ce que je leur ai offert. J'ai essayé, pourtant, de tenir compte de leurs doléances, je me suis même attaché pendant quelques mois, du moins lorsque j'estimais que cela ne nous mettait pas en difficultés, à leur communiquer la composition de l'équipe la veille des matches. Il s'agissait d'un geste en leur direction, mais aussi, pour être honnête, d'une manière de les décourager d'obtenir l'information auprès des joueurs après les entraînements. Je voulais couper cette ligne directe qui avait fait beaucoup de mal à l'équipe de France pendant l'Euro 2004 au Portugal. Mais les journalistes ne sauraient rien d'autre, même ceux que je connaissais de longue date. Je ne serais donc l'informateur de personne ; certains joueurs évincés s'en chargeraient très bien eux-mêmes.

Je conserve une image forte liée à ce premier match.

Pendant l'échauffement, j'ai soudain réalisé que la plupart de ces jeunes joueurs, Gaël Givet, Patrice Evra, Bernard Mendy, entre autres, je les avais entraînés en Espoirs. C'est comme si je les avais quittés quelques semaines plus tôt, alors que nous avions tous changé de monde. Désormais j'étais le sélectionneur en titre de l'équipe de France, le stade affichait complet, les caméras filmaient nos moindres gestes, et j'ai pensé en un éclair : « Ce n'est plus un jeu. » J'ai senti presque physiquement sur mes épaules le poids des enjeux et la lourdeur de la charge. Après l'émotion des hymnes, ce mélange de fierté, de solennité et de l'imminence du combat, je me souviens avoir ressenti une véritable paix intérieure : voilà, j'y étais, il n'allait pas falloir décevoir.

Ce soir-là, je n'ai pas aimé notre match nul (1-1), après un penalty manqué par Thierry Henry à 1-0, qui nous fit perdre le contrôle du jeu : si l'on avait pu asseoir nos réformes sur une première victoire, on aurait gagné beaucoup de temps. Dans le sport de haut niveau, le résultat légitime l'action.

On a beaucoup parlé de la séance de débriefing approfondi que j'ai imposée à l'équipe après la rencontre de Rennes. Il ne s'agissait pas d'enchaîner critiques et remarques négatives, mais de laisser la parole aux joueurs en leur permettant de réfléchir sur leur jeu et le déroulement du match sans imposer des solutions toutes faites. Ce que je demandai à chacun tenait en deux phrases : « Qu'est-ce que tu as fait de bien ? Qu'est-ce que tu aurais pu améliorer ? » Des questions simples, mais qui auparavant avaient désarçonné les Espoirs, incapables de parler d'autre chose que de leurs erreurs et de leurs insuffisances, tant le formatage par l'éducation qui pointe la faute ou le manque est puissant. Il n'est pas facile, non plus, de montrer aux autres que l'on est content de soi. Mais connaissant la moitié des joueurs de l'équipe de France pour les avoir entraînés en Espoirs, j'imaginais qu'ils ne seraient pas dépaysés par ces débriefings.

Je me suis trompé. Les résistances au changement se révélèrent considérables. À Rennes, les joueurs les plus anciens n'avaient qu'une idée en tête : rentrer chez eux sitôt le match fini. Déstabilisés par les réticences de leurs aînés, les jeunes ne savaient plus quoi faire. J'ai tenu bon. Ce soir-là, le débriefing aura duré bien au-delà de minuit, dans une ambiance d'abord lourde, puis de plus en plus positive. Nous avons terminé la séance épuisés, mais satisfaits du travail accompli.

Dans le métier d'entraîneur, on est souvent content jusqu'au journal du lendemain. En raison de l'heure tardive, cela a attendu, cette fois, le surlendemain ; la presse fustigeait la séance en évoquant des interrogatoires dignes d'un procès chinois. De quoi donner une mesure de la durée de l'état de grâce qui accompagna mes premières semaines de sélectionneur. Les joueurs que j'avais évincés mirent joyeusement de l'huile sur le feu, moquant mes méthodes. Mais ces attaques stupides ne me firent ni chaud ni froid. Seuls comptaient à mes yeux la relation avec les joueurs et ce que nous construisions ensemble, pas les élucubrations journalistiques ni les frustrations des oubliés. Mais pour parvenir à rôder tout cela, encore fallait-il nous laisser un minimum de temps.

*

Les rencontres qui suivirent n'améliorèrent pas vraiment l'image de l'équipe de France ; des matches fermés, bouclés à double tour même, avec une série de nuls qui maintenaient à la fois nos intérêts, dans la course à la qualification pour la Coupe du monde 2006, et les questions sur cette nouvelle ère.

L'absence de Zidane, Thuram et Makelele se faisait cruellement sentir ; le jeu était solide, mais manquait de brio. Et cela malgré Thierry Henry, efficace mais pas toujours aussi présent que je l'aurais voulu, et Fabien Barthez, impliqué dans l'équipe mais dans une forme irrégulière. Pourtant, je ne m'inquiétais pas ; l'équipe amorçait une évolution positive, il fallait la laisser progresser. Mais en attendant, face à ces résultats, les critiques décollaient, venant parfois de l'intérieur et bien sûr relayées par les médias.

*

Du temps où j'entraînais les Espoirs, j'avais noué de bonnes relations avec quelques journalistes. J'étais celui que l'on appelait pour un avis, une déclaration, afin d'étoffer un portrait ou un papier technique. 80 % de leurs articles sur les joueurs de la génération montante ont dû être nourris par moi. Mais désormais je n'avais plus les mêmes responsabilités. Aussi ai-je changé de mode de fonctionnement : j'ai refusé de transmettre des informations et ai évité au maximum les rencontres avec ces contacts. Cela a choqué ceux qui se croyaient au centre du monde et l'objet de sollicitations universelles ; mais comme ils ne faisaient pas partie de mes objectifs professionnels, je ne m'en souciais guère.

Je n'ai pas cherché à infiltrer leur monde en leur fournissant le *off* qui aurait influencé leurs confrères, par ricochet, et contribué à transformer le climat général. Dans le football de haut niveau, le mécanisme est le même que dans la politique : je te donne des infos confidentielles avant tout le monde, tu me renvoies l'ascenseur avec des articles de soutien. J'ai refusé ce système dès le début et placé tous les journalistes à égalité, même ceux qui étaient des copains. Du coup, ces derniers ont recueilli moins d'informations que du temps des Espoirs, et m'ont rapidement reproché cette perte de proximité et la fin des confidences.

Très vite on a affirmé que je méprisais la presse, ce qui était dénué de sens. Je ne voulais simplement pas être distrait par une politique de communication à mes yeux inutile : j'étais persuadé que les résultats parleraient d'eux-mêmes. Entre certains journalistes et moi, le climat est donc vite devenu agressif. Je m'en fichais, ce qui constituait une erreur fatale. La force de frappe des médias est supérieure à tout ce que l'on peut imaginer. Si on n'a pas les médias avec soi, on les a contre soi.

Mais j'avais une ligne et essayais de m'y tenir. Je connaissais les risques, je savais que je me ferais des ennemis, mais ne voulais en aucun cas devenir prisonnier du système médiatique. Comme je le répétais aux membres de l'équipe qui, parfois, s'inquiétaient de cette pression : « Je préfère avancer avec un fusil dans le dos qu'avec deux boulets aux pieds. Au moins, je peux courir en zigzag. » Dans cette formule, le mot important est le verbe courir, puisque le métier d'entraîneur exige d'avancer, de ne jamais faire de sur-place et encore moins de reculer. Le passé peut nous faire rêver, comme la formidable aventure du Mondial de 1998, mais ne doit jamais se transformer en exemple à suivre à la lettre. Il faut donc avancer sans se soucier du qu'en dira-t-on ni écouter ceux qui savent mieux que vous ce qu'il faut faire, ou plutôt ce qu'il aurait fallu faire, car les leçons, de manière bizarre, arrivent toujours après les rencontres.

Je me suis sûrement trompé, je le répète. Et si je ne regrette pas de ne pas m'être ficelé aux journalistes par la recherche d'une connivence, j'aurais probablement dû prendre soin d'allumer quelques contre-feux efficaces. Quand j'ai compris que la situation risquait de me dévorer, il était trop tard. Mais même si je l'avais vraiment voulu, je n'aurais pu changer mon mode de fonctionnement. À leurs yeux j'étais celui qui ne parlait pas, ou mal, à la presse, maniait l'ironie et refusait de distiller les infos comme d'autres entraîneurs. Ils créèrent ce personnage, et je n'ai jamais pu en sortir.

*

La saison sans les anciens a été remplie de polémiques et de matches à moitié réussis, mais sans défaite. Avec de nombreux jeunes joueurs sans expérience internationale, l'équipe de France a rendu possible la qualification pour la Coupe du monde 2006. Cette période sportivement difficile a été riche, humainement, et dans la construction d'un groupe auquel le retour des anciens allait donner le surplus de talent et de vécu qui lui manquait. Mais sans l'action de ce groupe, dans l'adversité de rencontres difficiles et d'un environnement impatient et critique, ce retour aurait été inutile. Cette saison-là, la défense centrale Squillaci-Givet n'a pas encaissé un seul but en compétition. Tous ces joueurs qui ont assumé cette transition agitée ont rendu la suite possible.

L'époque 2004-2005 a été pour moi un combat permanent ; déjà. À l'automne, il a même fallu que j'aille à Arsenal, comme en mission, éteindre ce que l'on m'annonçait comme une révolte des internationaux français du club (Thierry Henry, Patrick Vieira, Robert Pires). Je savais qu'ils pouvaient mettre le feu. Je les ai vus dans le bureau d'Arsène Wenger, prêt à écouter leurs récriminations. Mais je ne les ai pas compris. Quand ils ont évoqué l'obligation des protège-tibias à l'entraînement et leur volonté de se lever plus tard le matin, je me suis demandé ce que j'étais venu faire là. Au moins, ce voyage m'a fait réaliser le décalage qui existait entre Pires et les autres. Plus tard, Thierry Henry et Patrick Vieira m'ont avoué qu'ils avaient « pourri » Robert Pires : « Tu nous casses les bonbons pendant des semaines et quand tu es devant lui, tu ne dis rien ! » Cet épisode symbolise la période lourde et compliquée que j'ai vécue à me battre afin d'aider une équipe à grandir, malgré les campagnes médiatiques et les influences négatives.

*

Zinedine Zidane, Lilian Thuram et Claude Makelele sont revenus en Bleu au bout d'un an. En mon for intérieur j'avais toujours parié qu'ils nous rejoindraient parce que l'équipe de France leur manquerait. Tout au long de cette période, j'ai maintenu le lien avec eux. Patrick Vieira, mon capitaine, a eu un rôle essentiel dans ces retours en relançant sans cesse ses camarades. Quand je l'appelais, la même question revenait : « Alors, tu les as eus, ils en sont où ? » J'ai aussi fait passer mes messages par Jean-Louis Legrand, le représentant d'Adidas, qui avait un contact direct avec tous les grands joueurs français sous contrat avec la marque, et également utilisé Jean-Pierre Doly, qui connaissait bien Franck Riboud, un proche de Zizou. Je savais qu'il me fallait multiplier les contacts pour avoir une chance de les faire revenir.

Je les ai rencontrés, je leur ai téléphoné, j'ai pris de leurs nouvelles et leur ai demandé de revenir. Je n'ai jamais médiatisé ces échanges ni m'en suis vanté. J'ai agi en silence, loin des micros et des agents, au point que certaines personnes, qui prétendaient savoir mais ignoraient tout, m'ont reproché de n'avoir rien entrepris pour que ces stars rejouent en bleu. Dans ce dossier comme dans tant d'autres, je n'ai pas usé mon énergie à démentir. Les faits ont parlé d'eux-mêmes, et mon président a parlé pour lui en révélant qu'il leur avait envoyé une lettre afin de les convaincre. Sa démarche pour s'attribuer la paternité de ces retours résume bien des choses. Car il a expédié ces courriers sans m'avertir, comme s'il effectuait la sélection à ma place. Soit il pensait que je n'étais pas capable d'y parvenir seul, et c'est humiliant, soit il me prenait pour un idiot, ce qui me laisse sans voix.

*

Le 15 avril 2005, je me suis envolé pour Madrid afin de rencontrer Zinedine Zidane. Il continuait de jouer pour le Real et avait quitté les Bleus après l'Euro 2004.

Je veux qu'il revienne. Je sais, je ne suis pas le seul. Voilà ce que j'écris, ce soir-là, dans mon journal de bord, à mon retour d'Espagne.

« C'est la rencontre que j'attendais. On se retrouve dans un quartier cossu de Madrid. Il me dit qu'il y a du monde chez lui, et on se voit donc dans un bar, à côté de son domicile.

Dès ses premiers mots sur l'équipe de France, je me fais une idée de son état d'esprit. J'ai le sentiment qu'il a envie de revenir, mais ne sait comment faire. Apparemment, c'est un problème de méthode. Mais il n'y a pas que ça, non plus. Il dit que quelque chose s'est brisé dans sa tête, que sa motivation pour le foot n'est plus la même qu'avant. Je lui réponds que j'ai vu son match contre la Juventus en huitièmes de finale de la Ligue des champions, et qu'il y en avait, de la motivation, dans son jeu et dans ses attitudes.

J'essaie de le convaincre qu'il doit revenir. Mon unique objectif est qu'il rejoue avec nous. Je lui explique que tout se passera bien, que je trouverai facilement les moyens de l'annoncer à la presse et aux joueurs.

Il est hésitant. Je repars sans avoir de réponse, mais je devais aller le voir pour essayer. Tenter de le convaincre que les Bleus ont besoin de lui. Que j'ai besoin de lui. Maintenant, il sait que je l'attends. Il sait que je désire plus que tout qu'il revienne.

À la fin de l'entretien, il a voulu savoir si j'obligeais vraiment les joueurs à se lever tous les matins à 8 heures 30 pour des raisons de diététique. Je me demande quel joueur lui en a parlé. Je lui ai répondu que je proposais des choses, mais que je n'imposais rien, qu'il était le bienvenu. Et qu'il était Zidane... »

*

Lui et moi nous nous ressemblons trop pour nous parler beaucoup. Nous sommes de nature peu expansive. Il est secret, mutique, doit se sentir dans de bonnes conditions pour livrer quelque chose de lui-même, un trait de caractère que j'avais relevé en équipe de France Espoirs. Il possédait déjà une présence incroyable, fascinante même. À cette époque il n'était pas le joueur le plus connu du groupe ; il l'était moins que Christophe

Dugarry, qu'il ne quittait pas, derrière lequel il se cachait même, mais sans m'abuser sur le *leadership* de leur duo : le véritable patron de l'équipe, c'était déjà lui, avec cette autorité naturelle qui ne s'explique pas, sur le terrain comme en dehors.

Je me souviens d'un match de 1993 contre Israël à Mulhouse. Avant même la rencontre, les joueurs étaient déjà partis dans tous les sens, sûrs de gagner, tout ce qu'il faut pour que le match n'ait ni queue ni tête et qu'on le perde. J'ai pris Zinedine à part et lui ai dit : « C'est toi le patron. Il sera toujours temps après de faire la fête, mais pour le moment le match n'a pas commencé et il faut le gagner. Tu vas ramener les autres à la raison et à l'efficacité, et si je te le demande c'est parce qu'il n'y a que toi qui en sois capable. » Il a hoché la tête sans prononcer un mot, avec cet air fermé qu'on lui connaît, et le match fut exceptionnel, parce que Zinedine avait décidé qu'il le serait. Il n'a pas fait son numéro comme d'autres joueurs, mais simplement joué à la Zidane, ce qui a soudé l'équipe. Il avait vingt ans, et il était déjà le patron.

Une telle présence est rare. Être leader d'un groupe est la chose la plus difficile du monde, et ce n'est pas parce que l'entraîneur l'a décidé qu'un joueur le devient. Je revois Yoann Gourcuff pendant la Coupe du monde catastrophique de 2010 : à l'entendre, j'aurais dû le protéger pour lui permettre d'être lui-même. J'aime beaucoup Yoann, qui est un très bon joueur, mais je n'ai pas pu m'empêcher de lui ouvrir les yeux, un peu brutalement : « Écoute-moi bien, Yoann. J'ai joué avec Platini en équipe de France et vu Zidane grandir parmi les espoirs. Quand on ne leur donnait pas le ballon au bon moment, tout le monde en prenait pour son grade ; ils insultaient les autres joueurs, ils leur collaient une peur bleue. Au lieu de ça, toi, tu boudes et tu vas te replacer sans un mot. La différence, c'est qu'eux, c'étaient des patrons. Pas toi. Si tu veux le devenir, il faut que tu t'imposes par toi-même, car personne ne peut le faire à ta place. Tu espères quoi ? Que je vais dire aux autres de te donner le ballon, d'être gentils avec toi ? Mais tu rêves ! Ils ne le feront jamais ! » J'aurais pu alors ajouter : « N'est pas Zidane qui veut. » Mais je ne l'ai pas fait. Jusqu'à aujourd'hui, du moins. Et ma remarque pourrait s'appliquer à beaucoup d'autres.

*

Avec Thuram, j'entretenais une relation beaucoup plus complexe bien que, lui aussi, je le connaissais depuis l'époque des espoirs. Mais Lilian ne donne pas sa confiance de manière directe, il faut prouver, construire, justifier, parce qu'il a lui-même une ligne de conduite et des valeurs auxquelles il ne déroge pas, outre que la dimension affective est essentielle dans son rapport à l'autre.

Pendant un an, nous avons joué tous deux au chat et à la souris. Il refusait de me parler au téléphone ou de me fixer le rendez-vous que je lui demandais. Il a fini par accepter de me rencontrer, chez lui, à Turin.

C'était le 18 mai 2005, ce dont atteste mon journal : « L'entretien n'est pas concluant pour moi : il ne veut pas revenir chez les Bleus, et je n'arrive pas réellement à le faire changer d'avis. Mais au moins, cela m'a permis de créer un climat. En partant, il m'a dit : "Pour Zidane, ne lui proposez pas que les matches éliminatoires." Sous-entendu : il a envie de jouer la Coupe du monde en Allemagne. Je lui réponds : "Et toi ?" Il ne dit rien, mais sourit. J'espère seulement qu'il continue de réfléchir. Il m'a rassuré, pour Zidane. Parce que cela signifie qu'ils en ont parlé ensemble. Pour l'instant, lui, c'est non. Mais Zidane, ce n'est peut-être pas non. Cela me donne de l'espoir. Cela me pousse même à aller plus loin. J'entends ses mots comme une invitation, quelque chose comme "Allez-y, vous pouvez le convaincre." Cela résonne comme un soutien. J'y vais. Je ne lâche pas. Toujours pas. »

*

Je relis ces mots, mais j'ai pourtant le souvenir d'une pointe de découragement. À un moment, j'en ai eu assez de relancer Zidane et Thuram sans résultat. J'ai attendu qu'ils fassent un pas vers nous.

J'ai attendu jusqu'à juillet 2005. Un dimanche, quelqu'un m'a appelé sur un numéro masqué, je ne voulais pas décrocher, mais j'ai fait une fausse manœuvre, je me suis rendu compte que j'avais pris l'appel. Je m'apprêtais à répondre de manière cassante, pour décourager mon interlocuteur, quand j'ai entendu une toute petite voix, qui m'obligeait à me boucher l'autre oreille pour ne pas entendre les bruits de la rue : « Allô, c'est Zizou… » Il voulait bien me rencontrer la semaine suivante, en compagnie de Lilian Thuram et de Patrick Vieira. On a convenu que cela resterait entre nous, et je me suis dit, en raccrochant, que tous trois n'allaient pas se déranger pour m'annoncer qu'ils quittaient une deuxième fois l'équipe de France.

*

La rencontre a eu lieu au bar de l'hôtel George V, à Paris. Elle a suscité de nombreux fantasmes dans la presse. Les journalistes auraient voulu être des petites souris pour savoir ce qui se disait en cette journée qui avait changé le destin de l'équipe de France sur le chemin de la Coupe du monde 2006. Je ne trahis rien, je témoigne du combat de tous les sélectionneurs : c'est un élément d'une belle histoire, achevée par une finale de Coupe du monde. Voici ce que j'ai noté dans mon journal, dimanche 31 juillet 2005.

« Zidane m'appelle pour confirmer le rendez-vous, vers 18 heures, mais il ne sait pas où, pas encore. Il me rappellera. Il a l'air en forme et détendu. J'ai douté un moment, surtout par rapport aux réticences de Thuram. Hier, Patrick Vieira m'a dit que Thuram commençait à cogiter. J'espère qu'il ne réfléchit pas trop. Lilian Thuram réfléchit toujours.

18 heures. J'arrive à l'hôtel, proche des Champs-Élysées. Je suis là à moins dix, je laisse un texto à Zizou. L'un de ses amis vient me chercher au bar. Il m'amène dans un salon où Zidane, Thuram et Vieira m'attendent. Visiblement, ils ont mangé ici, ils sont là depuis un moment, ils ont eu tout le temps de discuter. Tant mieux.

Thuram lance l'entrevue : "Alors, nous vous écoutons…" Je reprends mon laïus sur la nécessité d'avoir des cadres dans l'équipe. Je leur ai déjà dit. Des cadres, des vrais. Pour moi, ils sont indispensables à l'équipe et à la France. Ils doivent redonner quelque chose. Ils ont besoin de l'entendre. Zizou, surtout. J'explique : "Je sais que vous avez envie de revenir. Notre seul problème, c'est le meilleur moyen de l'annoncer." Je les écoute. C'est Zizou qui prend la parole : "Il faut que ce soit vous qui parliez", me dit-il.

J'enchaîne : "D'accord, j'assume, mais si je parle, c'est que vous êtes d'accord pour revenir. On joue le jeu comme ça ?" J'ajoute : "Il faut que vous pesiez les conséquences et les répercussions, si c'est moi qui l'annonce."

Après réflexion, on se rend compte que ce n'est pas la solution. Thuram le dit : "Non, il vaut mieux qu'on l'annonce nous-même. Qu'on dise que, après en avoir discuté, on a envie de revenir. C'est tout. C'est mieux."

Comment annoncer leur retour ? Zidane propose que chacun utilise son site Internet. Seul problème, Vieira et Thuram n'en ont pas. Ils chambrent Zizou, et se mettent d'accord : c'est Zizou qui va l'annoncer pour tout le monde.

Ils m'ont aussi parlé de l'équipe en elle-même. Ils en avaient discuté entre eux. On a évoqué Thierry Henry, comment procéder avec lui, dans quelle organisation, parce qu'il est indispensable à l'équipe, mais comment régler les problèmes de jeu, aussi. Il y en a eu. Je me rends compte que l'Euro 2004 pèse dans les mémoires de tous. Les médias ont relaté les tensions entre Zidane et Henry. Zizou les évoque à demi-mot. Thuram a, lui, un autre souci, avec les jeunes, mais je leur réponds que les séquelles du Portugal seront faciles à éliminer avec un nouvel objectif commun.

Je les lance sur la technique. C'est une manière de les impliquer, d'éviter une discussion sur les conditions de leur retour, une façon de faire comme s'ils étaient déjà revenus. Mais s'ils sont là, c'est qu'ils veulent revenir. Ils se prennent au jeu et proposent une équipe. Cela m'est égal. Même s'ils avaient voulu que Barthez joue avant-centre, je leur aurais dit que j'allais réfléchir.

Ils aimeraient un milieu avec Vieira et Makelele, qui accepte lui aussi de revenir. Je suis d'accord. Ils ne font que confirmer ce que je voulais faire il y a un an, avant qu'ils ne décident de partir. C'est un retour à la case départ. Ce n'est pas grave. L'essentiel, c'est de pouvoir compter sur la meilleure équipe pour les échéances qui nous attendent.

Gallas en défense centrale ? Ils enfoncent des portes ouvertes. Je le fais depuis longtemps, c'est la meilleure option ; mais avec Thuram comme patron, William en sera incapable.

On n'a pas parlé des attaquants. J'ai confirmé que leur statut de leaders les amènerait à discuter avec moi pour être de vrais relais sur le terrain. Thuram arrive sur le terrain du capitanat par une boutade. Mais il a raison, c'est nécessaire. Pas de problème, Vieira est d'accord pour que Zidane prenne le brassard. Je pense qu'ils en avaient parlé avant entre eux.

La discussion a duré une heure. Avant qu'ils partent, je leur ai rappelé que j'avais toujours refusé leur match d'adieu depuis un an, parce que j'avais la conviction que je les reverrais, et que l'on fêterait leur départ après la Coupe du monde. Je leur ai dit que ce serait grandiose, qu'ils le méritent.

Zidane et Thuram n'ont pas dit oui, mais c'est positif : ils ne sont pas venus pour un café. D'ailleurs, Pat' confirme. *Alea jacta est.*

Je suis rentré satisfait du devoir accompli. Maintenant, je vais pouvoir envoyer chier quelques connards. C'est mesquin, je sais, mais ça fait du bien, parfois. »

*

Bon, d'accord, la conclusion n'était pas très gentille. Mais je savais que ces retours allaient changer beaucoup de choses. Il a tout de même fallu finir de convaincre Lilian Thuram. Il faut dire qu'entre nous traînait un contentieux remontant à l'équipe de France

Espoirs. À l'époque, je ne l'avais pas retenu pour un match contre l'Italie au motif qu'il ne s'était pas entraîné, le kinésithérapeute l'estimant blessé alors que lui-même ne ressentait aucune douleur. Plusieurs années après, ce malentendu lui restait sur le cœur. Puisqu'on n'en avait jamais reparlé ensemble, il m'en voulait encore, imaginant même que mon rejet avait des relents racistes, explication qui lui avait été suggérée par un ancien membre du staff. Il faut dire que, quand Lilian a une idée en tête, elle a du mal à en sortir. Mais la raison majeure de son refus tenait au fait qu'il ne voulait pas se déjuger ; il avait dit non à l'équipe de France, voilà.

J'ai trouvé un argument : « Tu sais que je peux t'obliger à revenir en équipe de France. Les règlements sont clairs : si tu ne viens pas en sélection, tu encours une suspension pour un match avant et un match après. Bien sûr je ne le ferai pas, parce que je suis respectueux de la volonté des joueurs, mais je pourrais… »

Avec lui, il fallait accepter le jeu à fleurets mouchetés, l'échange d'arguments. J'ai fini par lui proposer une solution qui ménageait sa susceptibilité : il suffisait de laisser courir le bruit que je l'avais officiellement convoqué, et que les règlements ne lui laissaient pas le choix.

C'est exactement de cette manière que les choses se sont déroulées. Tandis que, le 3 août, Zinedine Zidane annonçait sur son site Internet qu'il réintégrait l'équipe de France, la nouvelle tombait que Lilian revenait, contraint et forcé par les règlements internationaux du football.

*

69

J'ai eu moins de problèmes à convaincre Claude Makelele.

Je savais qu'il suivrait la décision des autres par admiration et respect envers leur jugement. Même s'ils appartiennent tous trois à la même génération par l'âge, Zizou et Lilian sont, à ses yeux, des figures tutélaires du foot. Ils avaient été champions du monde en 1998, champions d'Europe en 2000, et même si « Maké » avait connu sa première sélection dès 1995, il s'est installé chez les Bleus après ces titres, beaucoup plus tard. Et puis, entre lui et moi, la relation était plus simple, quasi filiale. Elle remontait à mes premiers pas en Espoirs, en 1993. Dans ses déclarations comme dans ses attitudes, Claude Makelele a toujours été d'une fidélité durable et exemplaire. C'est un homme et un joueur comme tous les coaches en rêvent. Dans une vie d'entraîneur, on croise peu de garçons comme lui.

*

En août 2005, les trois revenants étaient là pour le match amical contre la Côte d'Ivoire à Montpellier. Les journaux ont évoqué le retour des Beatles. C'était exagéré, mais j'ai compris l'idée : la ferveur des spectateurs m'a replongé dans mes souvenirs de la liesse populaire de la Coupe du monde 1998. Nous avons gagné 3-0, dont un but de Zidane. Entre la transformation des Bleus et celle de l'environnement, j'ai eu vaguement l'impression de changer d'équipe et de métier. Une mécanique s'est enclenchée. J'ai commencé à penser que l'on pouvait aller très haut.

*

Alors a débuté la période la plus heureuse de ma vie de sélectionneur. Bien sûr, la construction de l'équipe de France ne s'est pas faite toute seule, j'ai souvent souffert, je me suis posé mille questions sur tout, je n'ai pas cessé de mobiliser les joueurs sur les enjeux et notre projet, mais l'histoire a été belle, jusqu'à la prolongation de la finale de cette Coupe du monde 2006 merveilleuse.

Pendant cette période, tout a réussi, ou presque. Le plus étrange, c'est que j'en avais une sorte de prescience : je ne doutais pas de mes choix, et tout marchait comme je l'avais imaginé. Je n'écoutais pas les critiques qui me reprochaient mes décisions. J'ai avancé, sûr de la route et des joueurs. Et tout a fonctionné.

2

« Gagner le Mondial 2006 »

Les séminaires de l'encadrement de l'équipe s'inscrivaient sous un titre d'une remarquable simplicité : « Gagner le mondial 2006 ». L'enchaînement de la gloire de 1998 et de l'échec de 2002 avait créé un sentiment de nostalgie qu'il fallait combattre afin de mieux rebondir et donner un autre sens à l'ensemble de la période. Mais avant de remporter la Coupe du monde, encore fallait-il la disputer, et donc se qualifier, difficulté historique du football français. En gros, depuis 1958, soit l'équipe de France s'était qualifiée le dernier jour des éliminatoires, soit elle avait été éliminée avant. Il n'y avait donc aucune raison que l'aventure soit aisée pour nous. Elle ne l'a d'ailleurs pas été.

Le retour des anciens constituait un atout considérable, mais pas une garantie. Le cadre avait changé. Et j'ai senti, sinon une angoisse, du moins une pression chez eux. Ne pas décevoir, fédérer une équipe qui avait beaucoup bougé en leur absence, et se qualifier, bien sûr.

J'ai tout mis en œuvre afin d'alléger cette pression. Pour montrer que je prenais en compte leur retour, j'ai légèrement adapté mon comportement ; je ne voulais plus me fatiguer, las de toujours me battre pour obtenir ceci ou cela. Les joueurs savaient où se trouvaient les priorités, à eux de les assumer.

Entre l'autoritarisme et l'efficacité, j'ai choisi. Par exemple, j'ai renoncé à l'obligation de mettre les protège-tibias à l'entraînement. Entre deux périls, mieux valait opter pour le moindre : la blessure éventuelle d'un joueur plutôt que la perte de cohésion du groupe. En fait, je craignais aussi qu'apparaisse une attitude dont j'avais déjà constaté les dégâts au sein de certaines équipes : le réflexe de la meute ; tout le monde suit sans discuter le comportement de quelques dominants. Si Zidane, par exemple, s'était braqué contre mes décisions, tous les jeunes l'auraient imité. Autant éviter d'en arriver là. J'ai préféré apaiser les esprits et instaurer une relation forte avec mon capitaine pour mieux faire passer les messages à l'équipe.

*

Je pouvais compter sur la qualité et la solidité de mon staff. Ses membres sont présents du début à la fin de l'histoire, à chaque page. Je n'ai rien fait tout seul, en dehors de certaines bêtises, peut-être. Je leur dois donc une reconnaissance considérable. Pierre Repellini, mon intendant, a été un soutien permanent ; dans mon journal je le fais peu parler, mais il était là tout le temps, à l'écoute, prêt à régler le moindre problème avec les joueurs. Il possède les qualités des meilleurs intendants du monde, sans leurs défauts. Ce fut un bonheur de travailler avec lui. Et c'est un ami véritable.

Pierre et Mohamed Sanhadji, dit « Momo », capitaine de gendarmerie détaché auprès de l'équipe de France pour veiller à la sécurité, ne se sont pas toujours bien entendus ; mais ils ont représenté deux soutiens énormes, deux pôles, même si parfois les pôles s'opposent. Quant à moi, au milieu d'eux, j'ai ressenti l'équilibre que je cherchais. « Momo » est un vrai soldat, loyal quel que soit le gouvernement et capable d'initiatives. Il a parfois tendance à imaginer le pire, mais c'est son travail, et je sais que j'ai eu raison de lui avoir fait confiance les yeux fermés.

Sur le terrain, j'ai pu constamment m'appuyer sur Pierre Mankowski. Je ne l'avais pas vraiment choisi au départ, et cela s'était mal passé entre nous à un stage d'entraîneurs ; mais il m'avait tenu tête, et je l'avais respecté pour ça. Il me connaissait si bien qu'à la fin, il pouvait devancer mes colères, mes rejets, mes emballements, la moindre de mes réactions. J'ai eu la même confiance aveugle envers Bruno Martini, un entraîneur de gardien scrupuleux, passionnant à écouter sur l'évolution du poste et d'une grande fidélité ; c'est l'homme le plus compétent que je connaisse pour la préparation des gardiens de but. Je peux dire la même chose de Robert Duverne, préparateur physique déjà connu à Lyon. Ses certitudes peuvent parfois sembler excessives, mais il possède des capacités de raisonnement qui obligent l'entraîneur à la réflexion, ce qui est précieux.

*

Pour aller à la Coupe du monde, il fallait livrer un grand combat à Dublin, sur la pelouse de Lansdowne Road, le vieux stade de rugby, célèbre pour son train qui passe sous la tribune. Mais nous en avons tous rapporté un autre souvenir, étrange et pénible.

Ce 7 septembre 2005, Yann Le Guillard, l'attaché de presse de l'équipe de France, est entré en trombe dans ma chambre, très excité, téléphone portable à la main. Il avait en ligne la présidence de la République :

Jacques Chirac en personne désirait me parler, ainsi qu'à Zidane. J'étais plutôt surpris, d'autant que le chef de l'État venait d'être hospitalisé à la suite d'un léger malaise.

Je pris le téléphone avec beaucoup de réticence, demandant à Yann : « Tu es sûr ? » J'ai dû lui poser la question dix fois, d'autant qu'en voulant saisir l'appareil, j'ai d'abord coupé la communication. Puis le téléphone a sonné à nouveau. Une voix, reconnaissable entre mille, mais cependant un peu différente de celle à laquelle je m'attendais, enchaînait les encouragements à l'égard de l'équipe et tous ses vœux de réussite. Je répondis aux questions que mon illustre interlocuteur me posait, mais sans m'étendre, me contentant d'une sorte de service minimum poli. Quelque chose me gênait.

Puis il demanda qu'on lui passe Zidane. J'ai tendu l'appareil à mon attaché de presse, qui s'est dirigé vers Zizou, lequel, déjà peu disert, s'est montré encore moins loquace. « Oui, monsieur le Président… Non, monsieur le Président… Merci beaucoup, monsieur le Président. » Il a fini par raccrocher.

Le chef de l'État souhaitait que, durant les hymnes, les joueurs chantent avec la main posée sur le cœur. Pourquoi pas. C'était un beau symbole, en ce jour de match décisif où, en outre, la santé du président de la République paraissait chancelante.

La soirée s'est déroulée comme dans un rêve : *La Marseillaise*, entonnée la main sur le cœur, l'attitude noble des joueurs, puis notre belle victoire (1-0) sur un but de Thierry Henry. Ce bonheur a duré jusqu'à l'émission de radio qui, à grands renforts de tambours et de trompettes, a révélé la supercherie : un imitateur nous avait piégés, Zidane et moi. Jacques Chirac n'avait jamais téléphoné.

Je ne l'ai pas supporté. Parce que je ne possédais aucun humour ? Non, mais parce que j'ai eu du mal à trouver drôle cette façon de nous ridiculiser en montrant au pays notre naïveté et notre stupidité.

Mais aussi pour d'autres raisons. D'abord parce que mon intuition que cette voix n'était pas exactement celle que j'attendais s'était vérifiée, malheureusement trop tard. Ensuite parce qu'un énergumène était parvenu à piéger une équipe entière alors que celle-ci, par respect pour le chef de l'État, avait adopté enfin l'attitude patriotique que beaucoup de ses détracteurs lui reprochaient jusqu'alors de ne pas partager.

Je jurai qu'on ne nous y reprendrait plus, mais le mal était fait. Nous étions en train de redresser la barre en marchant vers la qualification, quelques mois après qu'on nous avait promis l'enfer, et voilà qu'un trublion utilisait l'un des moments les plus forts de notre vie collective en asseyant au passage sa petite gloriole personnelle, en nous roulant dans la farine. Alors, non, je n'ai pas aimé. Oui, cela m'a mis hors de moi. Je ne l'ai pas montré, tant les rieurs ne méritaient pas cette victoire ni le médiocre talent du comique une telle publicité, mais j'ai sacrément fulminé.

L'affaire fut peu à peu oubliée. Elle m'a au moins appris que, à la longue liste de tout ce dont un sélectionneur doit se méfier, s'ajoutaient désormais les coups de téléphone pièges.

*

Heureusement, les Bleus continuaient d'avancer, sur le terrain et en dehors. Comme je l'avais prévu, Zidane prenait rapidement l'ascendant sur une équipe de France qui avait elle-même du vécu, au point que deux ou trois discussions suffirent pour caler la stratégie.

Après ses deux premiers matches, l'ajustement était nécessaire. Zinedine m'a dit avoir l'impression de ne servir à rien parce qu'il ne savait pas où j'allais. J'ai pris une heure pour lui expliquer quel meneur de jeu et capitaine je voulais qu'il soit, et après, nous n'avons plus eu besoin d'y revenir. L'expérience m'a appris que, s'il faut discuter cent fois avec un capitaine, on n'arrivera à rien ensemble.

En cet automne 2005, l'équipe avait retrouvé ce que je cherchais depuis le début : une cohésion. Je me souviens qu'avant mon premier entraînement de sélectionneur, à Rennes, en août 2004, lassé d'attendre un joueur en retard, j'avais donné l'ordre au chauffeur du bus de partir. Aussitôt les autres s'étaient mis à discutailler, trouvant ma décision excessive. « Mais coach, c'est pas grave, ça peut arriver à n'importe qui… » En fait, au lieu de s'avouer que le retard de leur copain leur faisait perdre du temps et les ennuyait autant que moi, ils pensaient que s'ils s'étaient trouvés dans le même cas, ils auraient estimé normal que le car patiente. Leur indulgence n'était pas de la solidarité, mais une forme d'égoïsme, une manière de revendiquer : « Je veux que l'on m'attende, moi. »

Je leur ai demandé : « Mais si on regarde le problème sous un autre angle, tu es content, toi, d'attendre ? » La difficulté consistait à les faire exister en tant qu'individus, non comme membres d'un groupe dont ils se voulaient à tout prix solidaires ; en fait, ils considéraient leurs singularités interchangeables. J'ai répondu à celui qui m'avait interpellé – au nom du groupe, bien sûr, car dans ces cas-là chacun s'exprimait toujours comme porte-parole de tous :

« Et toi, à ton âge, tu n'es pas capable de te réveiller ?

– Si, mais c'est pas le problème. C'est lui qui ne s'est pas réveillé, pas moi.

– Eh bien comme ça, il y pensera la prochaine fois et il se réveillera, comme toi, comme les autres. »

Il n'y avait plus d'argument. Dans ce genre de situation, impossible de céder.

Par la suite, j'ai suggéré aux joueurs de mettre eux-mêmes en place un système d'amendes qui viendraient pénaliser les manquements à la vie quotidienne de l'équipe. La méthode a si bien marché que ni moi ni le staff technique ne nous en sommes jamais occupés ; c'était la preuve que, dans une équipe capable de s'appliquer des règles, les joueurs savent se parler, s'imposer, en un mot se comporter en adultes. Quand un leader dit « tu paies, c'est comme ça, c'est la loi, sinon tu t'en vas », c'est gagné : vous savez que vous avez une équipe solide.

J'ai souvenir d'une séance de mise au point pendant laquelle je n'ai pas prononcé un mot. C'était en 2006, durant le Mondial. Tout le monde était assis à la même table et discutait du paiement des amendes hebdo-madaires, lesquelles pouvaient monter jusqu'à 500 euros pour les manquements graves. C'était devenu comme un jeu, les sommes collectées alimentaient une cagnotte qui financerait ensuite un bon repas pour tout le monde ou une donation à une association. La discussion était âpre, les arguments volaient à travers la salle : « Non, je paie pas. C'est trop, c'est pas mérité, etc. »

C'était bon signe, déjà ; chacun osait prendre la parole, s'expliquer et contester, en son nom et sans l'obsession sempiternelle de la cohésion du groupe. Mais il fallut conclure. Willy Sagnol, le porte-parole du groupe, s'est alors tourné vers Zinedine Zidane :

« Zizou, comment on fait ? » Et ce dernier a tranché :
« Arrête de discuter pour rien, c'est comme ça, tu payes
William. » Quand Zizou décidait, chacun acceptait.
C'était gagné : l'équipe avait intégré le fonctionnement
de la loi et s'y pliait, parce que l'autorité du leader
s'avérait incontestable. Je n'ai pas retrouvé ce genre
de situation par la suite. Personne n'a pu prendre la
place de Zidane, patron aussi évident avec l'équipe
que joueur exceptionnel sur le terrain.

*

Nous avons fini par nous qualifier pour la Coupe
du monde 2006, sans perdre un seul match, sans en
gagner beaucoup non plus, il est vrai, en terminant par
une victoire sur Chypre (4-0) au Stade de France. Il
fallait gagner 5-0 pour être qualifiés directement, sans
dépendre du résultat d'Irlande-Suisse qui se jouait à la
même heure. Mais Djibril Cissé, notre avant-centre, a
raté ce soir-là occasion sur occasion, et nous avons vécu
la fin de match dans l'angoisse, jusqu'à l'annonce du
nul entre l'Irlande et la Suisse (0-0) qui nous qualifiait
directement pour la Coupe du monde.

*

Dans la construction du groupe et de son ambition,
notre voyage en Martinique, en novembre 2005, fut
fondamental. Il a été le moment fédérateur que j'attendais, même sans Zidane, qui voulait souffler : on s'était
mis d'accord, j'annoncerais qu'il était blessé pour ne
pas l'obliger à venir, et il profiterait de cette période,
au cœur de sa dernière saison de footballeur, pour
récupérer. Aux yeux des joueurs antillais, ce voyage

possédait une force symbolique considérable, d'autant qu'il résonnait comme un hommage aux victimes de la catastrophe aérienne qui venait de frapper la Martinique.

Je savais que les clubs s'opposeraient à un aussi long périple, et j'avais sondé les joueurs, notamment les Antillais, Lilian Thuram, Thierry Henry ou Éric Abidal : « Ce match aux Antilles dépend de vous. Je vais me battre pour qu'on y aille, mais les entraîneurs et les présidents de club vont tout faire pour l'empêcher... » C'est ce qui est arrivé : Arsène Wenger, pour Arsenal, et Gérard Houllier, pour Lyon, se sont montrés les plus virulents. Ils se sont plaints d'avoir été prévenus au dernier moment, mais je sais exactement ce qui se serait passé si je les avais avertis. Comme j'avais réglé le problème avec les joueurs au préalable, je n'ai pas eu à me battre, tout est venu d'eux : donner un match aux Antilles, dont ils allaient abandonner la prime aux familles des victimes du crash aérien, avait du sens à leurs yeux. C'était la première fois que l'équipe de France jouait là-bas, et l'atmosphère fut magique, entre nous comme autour de nous.

L'absence de Zidane n'a pas été un problème, parce qu'elle laissait aux joueurs antillais toute la place à domicile. Je me souviens du dernier entraînement public, la veille du match contre le Costa Rica, à Fort-de-France : les garçons sont entrés sur le terrain avant l'heure, ce qui n'arrivait jamais, les uns derrière les autres ; ils se sont ensuite regroupés dans le rond central et ont salué les quatre côtés du stade, dans une incroyable ferveur.

Ces trois jours ont été exceptionnels. Nous sommes allés à la rencontre du poète Aimé Césaire, et l'équipe s'est montrée d'une écoute surprenante. Je me suis dit que cela signifiait que ce groupe portait quelque chose de fort en lui, comme la suite l'a prouvé. Ce voyage a vraiment créé d'autres liens, notamment dans ma relation à Lilian Thuram. Lilian n'est pas naturellement un opposant à l'entraîneur, mais jusque-là, il semblait neutre. Or, à partir de ce moment, il est devenu un vrai leader, un véritable relais ; et notre relation a changé parce que je m'étais battu contre le reste du football français afin que ce séjour existe. Je le revois à l'hôtel de ville de Fort-de-France, en larmes, après avoir appris la fameuse déclaration de Nicolas Sarkozy sur les banlieues qu'il faudrait « nettoyer au Kärcher » ; je l'avais amené sur le balcon, pour qu'il échappe aux photographes, et nous avons eu une belle discussion. Cette relation a été un socle dans l'aventure qui se dessinait.

*

Je suis sûr de moi. Mais cela ne signifie pas pour autant que je n'ai pas réfléchi, douté, soupesé, écarté, médité, supervisé… tout cela dans le désordre.

Ma décision tardive tint au choix de Chimbonda, que je suivais au hasard de ses matches en Angleterre et dont j'avais apprécié les performances, cette année-là excellentes. Or, j'avais besoin d'un bon remplaçant, d'un joueur capable aussi d'apporter de la bonne humeur, comme Vincent Candela y était parvenu en 1998. Les Guignols de l'info renforcèrent mon opinion en transformant Pascal en star de l'été.

Deux personnalités faisaient en revanche polémique depuis longtemps : Robert Pires et Ludovic Giuly, auxquels je préférais Florent Malouda et Franck Ribéry. Pourquoi ? Parce que les deux premiers ne correspondaient pas à l'idée que j'avais d'un groupe solide ; point. J'ai donc résisté à toutes les pressions extérieures ou internes pour imposer mes deux autres choix. Et je n'ai pas douté une seule seconde.

Les signes du destin s'en sont même mêlés ; et ils ne trompent pas. Le jour de la finale de la Champions League Barcelone-Arsenal, l'arbitre a, en effet, refusé un but à Giuly et expulsé le gardien d'Arsenal. Dans la foulée, Arsène Wenger, l'entraîneur de cette dernière équipe, a sorti Pires. J'écris dans mon journal : « On aurait pu avoir une pression d'enfer sur ces deux joueurs non retenus, mais on aura cette fois la paix. Merci monsieur l'arbitre. »

Si choisir, donc éliminer, ne m'a pas posé de problème, en revanche l'exercice de l'explication en direct sur TF1 des raisons ayant conduit à cette liste fut plus délicat. J'étais stressé, blanc comme un linge, pas maquillé (je ne saurais jamais pourquoi). La France footballistique attendant mon verdict, j'ai agi comme d'habitude lors des conférences de presse d'avant liste. J'ai montré les images des joueurs en train de défiler sur deux écrans à mes côtés. Sauf que la chaîne, qui retransmettait la conférence en direct, n'avait qu'une caméra dirigée vers moi. Panique générale dans la rédaction ; elle a dû improviser. Un couac dont je ne me sens aucunement responsable, mais qui a perturbé mes relations avec TF1 un bon moment.

Le plus dur, pour moi, était néanmoins passé. Maintenant, avec mes choix, mes certitudes, nous pouvions attaquer cette Coupe du monde.

*

Notre préparation a débuté le 21 mai à Tignes. Deux jours plus tard, on partait pour le glacier, en funiculaire, passer la nuit dans un refuge. Si cette expédition a fait la « une » de tous les journaux pour une autre raison, elle a constitué un moment essentiel dans la cohésion du groupe. Nous avons débarqué en début de soirée dans le refuge meublé de lits de camp ou de matelas posés à même le sol. Les joueurs étant habitués au luxe des grands hôtels, j'ignorais comment ils réagiraient. Je suis sorti le premier du téléphérique et les ai laissés entrer en pensant que je n'avais pas de plan B s'ils refusaient de dormir dans ces conditions. Mais j'ai vu Zidane aller à sa place, poser son sac et sortir ses affaires. C'était gagné. Ils auraient pu accepter la contrainte, mais râler. Eh bien, aucun n'a ronchonné.

Les guides leur ont présenté l'ascension du glacier, prévue le lendemain à l'aube ; et les joueurs les ont écoutés dans un silence respectueux et émerveillé. J'avais préparé différentes questions destinées à relancer le débat, mais les Bleus se montraient tellement intéressés que je les ai laissées dans mon classeur. Il m'a même fallu intervenir pour clore la discussion et orienter les garçons vers la salle de restaurant. La soirée, ensuite, a été magique, comme je n'en avais jamais vu et n'en reverrais sans doute jamais : les garçons ont joué aux cartes et aux dés jusqu'à 2 heures du matin. Personne n'a protesté, tous s'amusaient, et *in petto* je pensais que c'était trop beau : enfin une vie de groupe !

Pour les réveiller avant un entraînement, en général, il fallait les cloches du Vatican ; mais ce matin-là, à six heures, les joueurs se sont levés et préparés sans que personne ne leur dise quoi que ce soit. L'ascension a été magique. Seul Fabien Barthez, avec l'autorisation du staff médical, s'est arrêté à mi-pente pour redescendre à l'hôtel, en raison d'un tendon d'Achille récalcitrant.

Hélas, le problème en équipe de France, c'est que même les journées magnifiques ne durent pas. Après l'ascension, les femmes nous rejoignaient au chalet d'altitude pour déjeuner, et Fabien aurait dû remonter avec elles. Or le médecin lui accorda de rester à l'hôtel pour se soigner avec un kiné, ce qui partait d'un bon sentiment mais s'avéra catastrophique en terme de cohésion de groupe. Car il fallut gérer Grégory Coupet ; installé au chalet devant une bière et ressassant l'absence de Fabien, son rival, il sentait monter sa rancœur et son désespoir de n'être pas notre gardien numéro un pour la Coupe du monde, puisque j'étais allé à Lyon personnellement le prévenir, quelques jours auparavant.

Juste avant de livrer la liste des vingt-trois joueurs pour la Coupe du monde, je lui avais en effet donné rendez-vous dans un hôtel situé en face de la gare de Perrache. Bruno Martini, l'entraîneur des gardiens, m'accompagnait. Je lui ai annoncé la nouvelle immédiatement : « Je sais que sur l'ensemble de la saison, tu as été le meilleur gardien, mais j'ai choisi Fabien. Je ne vais pas te donner telle ou telle raison, c'est comme ça. » Sur le coup, Grégory a semblé bien encaisser, nous laissant entendre qu'il s'y attendait. La discussion a d'ailleurs duré à peine une demi-heure. Quand nous sommes sortis, je lui ai dit, sur le seuil : « Serre-moi la main avec le sourire encore une fois. Quand tu vas rentrer chez toi, entendre ce que tout le monde en dit et réaliser, tu me haïras. » Et les choses se sont passées ainsi. Malheureusement, c'est Bruno Martini qui a pris l'engueulade alors qu'il ne le méritait pas puisqu'il s'agissait de ma décision.

Ce jour-là, un monde s'était écroulé pour Grégory Coupet. Et à Tignes, la rancœur et les regrets accumulés finirent par exploser. En redescendant du refuge, il envoya balader les membres du staff qui tentaient de le calmer, et quand j'ai à mon tour voulu l'apaiser, j'ai constaté combien c'était inutile puisqu'il n'avait toujours pas digéré notre décision.

Lorsque je suis revenu à l'hôtel, on m'a appris qu'il

n'était plus là, avait laissé ses affaires en vrac dans sa chambre et pris sa voiture pour repartir à Lyon. L'information a circulé rapidement. Or à Tignes, en cette station quasi déserte à la fin mai, les caméras s'étaient installées en contrebas de l'hôtel pour filmer les voitures qui passaient. La fibre lyonnaise a fonctionné : Robert Duverne, notre préparateur physique, mais également celui de Lyon, est parvenu à persuader Grégory de faire demi-tour. Je crois avoir compris que Gérard Houllier, alors entraîneur de Lyon, est également intervenu. J'ai fini par croiser Coupet plus tard à l'hôtel et je lui ai expliqué qu'il ne pouvait pas s'adresser à l'entraîneur des gardiens, Bruno Martini, de cette manière, car j'avais personnellement pris la décision de nommer Barthez numéro un.

Le lendemain matin, tout ou presque se retrouvait dans les journaux. Agacé, j'ai réuni les joueurs dans le rond central du terrain d'entraînement pour échapper aux preneurs de son, et orienté ma causerie collective sur le stress et la pression, le rôle du groupe face à ceux qui traversaient des moments difficiles, la volonté de Greg, désormais, de participer à l'aventure. Personne, dans l'équipe, n'a reproché à Coupet son attitude : les autres ont seulement senti qu'il traversait une passe difficile, l'un de ces moments où un joueur a besoin de tous. J'ai songé qu'au moins cet incident avait permis de crever l'abcès à une période où n'en découlerait aucune conséquence sportive immédiate. J'en ai cependant voulu au médecin de son ingérence et de sa légèreté, car elles étaient directement responsables de la situation. En tout cas, cet été-là, entre les gardiens, l'histoire a mieux fini qu'elle n'avait commencé.

*

Ce n'est pas parce que cette Coupe du monde reste un bon souvenir qu'elle ne fut pas une lourde lutte. Les trois matches de préparation m'ont donné le sentiment d'une montée en puissance. Cela a été difficile contre le Mexique (1-0), mais mieux face au Danemark (3-0). Le combat était aussi, encore, celui de ma relation avec Zidane. J'écris, le soir de cette deuxième rencontre de préparation : « Il a fallu que je force la poignée de mains de Zizou. Il y a quelque chose. Il faut que je trouve vite. Peut-être n'a-t-il pas digéré que je ne vienne pas le voir avant l'annonce de la liste des vingt-trois pour la Coupe du monde. C'est peut-être, aussi, parce que je ne veux pas intégrer son ostéo au staff. Je n'aime pas sa façon de demander à me parler, et de faire comme si je n'étais pas là quand je suis avec lui. Il y a malaise, en ce moment. »

Nous en avons discuté le lendemain. Notamment de son rôle de relais. Parler repousse toujours le malaise… jusqu'à la prochaine fois.

*

Je n'ai pas apprécié notre troisième match de préparation, contre la Chine cette fois (3-1). J'ai été traumatisé par la fracture de la jambe dont a été victime Djibril Cissé, amusé par la visite de Jacques Chirac qui voulut être pris en photo avec moi, et inquiété par cette rencontre. C'est à la suite de ce match que j'ai décidé de passer à un seul attaquant, de demander à Vieira de défendre avant de monter à l'assaut, ayant pris soin au préalable d'en informer Zidane. Le capitaine fut d'accord avec le sélectionneur. Patrick Vieira n'était-il pas sorti du terrain très en colère contre lui-même, ayant raté une énième passe ? Mais quand je l'en ai averti, il m'a répondu : « Ça ne sert à rien de parler. À la fin, vous allez avoir raison. » Je lui ai rétorqué qu'il convenait seulement de faire ce qui était le mieux pour l'équipe.

Durant ce match, mes relations avec David Trezeguet ne se sont pas améliorées non plus. Pourquoi ? Parce qu'il avait remplacé Djibril Cissé et que moi je l'avais remplacé à son tour. Le remplaçant remplacé, les joueurs n'aiment guère.

À l'approche de notre première rencontre de Coupe du monde contre la Suisse, j'ai écrit : « Certains soirs, j'ai envie de mordre, de hurler que tout cela n'est qu'un jeu. Qu'ils arrêtent de se monter la tête, de faire la gueule, d'être susceptibles pour un rien, de croire que l'oiseau qui chante sous leur fenêtre le fait exprès pour les emmerder. Qu'ils regardent autre chose que leur nombril. Je sais, j'étais pareil quand j'étais joueur. Mais ce soir, je fatigue. J'ai envie que ça commence. »

Dans ma causerie devant l'équipe, avant France-Suisse, j'ai cité Saint-Exupéry et conclu : « Il n'y a pas de solutions, il y a des forces en marche. Il faut les créer, et les solutions suivent. » Amen. Pour ceux qui n'avaient pas compris, j'ai dû un peu expliquer.

Ce premier 0-0 n'a satisfait personne. Pire, il a créé une tension et suscité une attente. La presse m'a posé des questions qui n'en étaient pas : des avis personnels interminables sur ce que j'aurais dû faire, en m'incitant à réagir. Cela ne m'a pas amusé. Je me souviens avoir cependant soutenu Patrick Vieira en prophétisant qu'il serait l'homme de la Coupe du monde pour éteindre la polémique sur sa place dans l'équipe. En tout cas, il paraît qu'il fallait que je sourie, mais en voyant certains j'avais du mal.

La situation ne s'est pas améliorée avec notre deuxième match, cette fois face à la Corée du Sud (1-1). Le but encaissé en fin de rencontre nous a plongés dans le doute. J'ai sorti Zidane à quelques minutes de la fin, il m'en a voulu, mais il était suspendu pour la rencontre suivante. Je me suis également posé la question de maintenir ou pas ma confiance à Fabien Barthez. Et de noter : « Ce résultat est dur. À cause des conférences de presse, quand je suis arrivé dans le vestiaire certains étaient déjà sous la douche. Zidane était sorti avant, et pas avec le sourire. À ma grande surprise, je me suis rendu compte que certains ne connaissaient pas les conséquences du résultat. Lilian Thuram et William Gallas étaient même persuadés qu'on était éliminés ! Non, je ne rêve pas… Je m'en suis voulu, je voulais leur expliquer avant le match, mais je me suis dit que c'était élémentaire, qu'ils savaient forcément. Mais non… Par réaction, ils auraient pu se faire virer, péter les plombs, et partir complètement à l'abordage, alors que moi, je gérais, en me disant qu'à 1-1, la qualification dépend toujours de nous, qu'il nous suffira de gagner 2-0 lors du troisième match contre le Togo. J'en suis malade… »

Les femmes ont passé la soirée et la journée du lendemain avec nous, ce qui a calmé les rancœurs. Avant qu'elles partent, je suis allé leur dire au revoir. Zizou et son épouse sont passés devant moi sans que lui s'arrête pour me saluer. C'est seulement quand elle est revenue en arrière afin de me dire au revoir qu'il a fait trois pas et m'a serré la main. À aucun instant je n'ai cru qu'il ne m'avait pas vu.

Avant le troisième match contre le Togo, pour lequel Zidane était suspendu, nous avons eu tous les deux une longue discussion, un soir, avant le repas. J'en ai fait, à chaud, une retranscription la plus fidèle possible dans mon journal :

« Nous sommes pareils, toi et moi, on a le même

défaut : du mal à faire le premier pas. Nous sommes des observateurs. Je sais faire le premier pas pour mon métier, mais entre un sélectionneur et un capitaine, il doit se passer d'autres choses, et je sens beaucoup de recul et de retenue de ta part. Il y a quelque chose qui bloque et je voudrais comprendre...

– Non, il n'y a rien. Mais puisqu'on parle, je trouve justement que je ne sers à rien comme capitaine. Les joueurs me demandent ce qui se passe, et je ne peux jamais leur répondre. »

Nous avons parlé de l'établissement du programme, de leurs sorties en dehors du foot ; et de son remplacement en cours de jeu contre la Corée, qu'il n'avait – effectivement – toujours pas digéré.

« Pour moi, le match était fini. Ce n'était pas une sanction. Pourquoi t'aurais-je sanctionné ? J'ai fait rentrer Trezeguet parce qu'il joue le prochain match. Tes amis et la presse le traduisent comme une sanction, mais pour moi, c'était seulement préparer l'avenir, le match d'après.

– Mais sans faire injure aux autres, le seul qui pouvait donner un bon ballon à David, c'était moi. Et quand je suis sorti, vous ne m'avez même pas regardé !

– Arrête ! Déjà, contre la Chine à Saint-Étienne, c'est toi qui es passé devant moi sans me voir alors que j'ai cherché ton regard. Là, pareil...

– C'est vrai, j'étais en colère ! À Saint-Étienne, je ne sais pas, je suis allé vers les autres, je n'ai pas fait attention... Et puis, il y a aussi le problème des entraînements. C'est comme la vidéo, ça nous pompe de l'énergie, et on a toujours l'impression qu'on va jouer contre le Brésil, même si c'est la Corée, ça ne sert qu'à nous faire peur.

– Mais vous montrer comment jouent vos adversaires

est plus que nécessaire ! Et on ne montre pas que ça, on montre aussi ce qui est positif dans notre jeu et ce qu'il faut renforcer.

– À l'entraînement, vous demandez des jeux à une touche de balle, mais pour certains, c'est impossible. Je préférerais qu'on répète certaines situations, et qu'après on fasse des jeux libres…

– Mais quand on les fait, vous vous ennuyez. »

Je l'ai écouté, il s'est exprimé. Comme on dit en communication, le contact est plus important que le contenu. J'ai conclu en lui expliquant qu'on préparait le match contre l'Espagne, que je n'avais aucun doute, on se qualifierait. Il fallait battre le Togo par deux buts d'écart.

Avant cette rencontre décisive, j'ai achevé une courte causerie devant les Bleus en ces termes : « Vous allez jouer pour le public et les gens qui vous aiment. Pas pour une vengeance quelconque, mais pour du bonheur. » Aimé Jacquet est ensuite venu me voir à l'hôtel ; sa visite m'a fait chaud au cœur, car je me suis senti soutenu. Nous n'avons pas parlé beaucoup mais au moins il était là.

Nous avons fait ce qu'il fallait : battre le Togo (2-0). Nous nous sommes qualifiés pour les huitièmes de finale et mon journal se souvient du retour à l'hôtel, cette nuit-là. « Arrivés à 3 heures 30. Un vrai bonheur de se dire qu'on a échappé à la scène des bagages à faire en pleine nuit pour rentrer en France, éliminés, le lendemain. Je me suis posé, je me suis allongé sur le lit, et j'ai souri. C'est ça, le bonheur, dans ce métier : dix minutes de détente. »

*

Le matin de France-Espagne, le 27 juin 2006 à Hanovre, j'ai constaté que l'équipe espagnole avait dormi avec moi, alignée sur un tableau, face à mon lit. Je ne sais pas si elle avait bonne mine ; moi, franchement, plutôt oui. Je ne parvenais pas à m'angoisser. La décontraction des joueurs, la veille à l'entraînement, avait rejailli sur mon humeur. Après avoir imaginé toutes les options possibles (plutôt Ribéry ou Wiltord que Dhorasoo ?), je m'étais demandé si Raúl et Fabregas allaient jouer, et j'en avais discuté avec Zizou, devant les journalistes, avant le dernier entraînement, parce que cette image-là pouvait servir l'équipe en calmant l'environnement avant une rencontre aussi importante. Zizou m'a d'ailleurs glissé : « Ils essaient de nous monter l'un contre l'autre, ça m'énerve… » Plutôt que de lui répondre qu'il était le seul à pouvoir mettre fin à ce refrain médiatique, je lui ai répondu : « Ce qui compte, c'est que l'on puisse tous les deux se regarder dans les yeux. S'il y a quelque chose, tu me le dis, moi aussi, et le reste on laisse faire, on s'en fout. L'essentiel, c'est l'Espagne… » D'accord, il n'avait aucune envie de voir sa carrière s'achever un mardi soir à Hanovre.

Lors de la séance vidéo, le matin, quelqu'un a écrit sur le tableau une phrase qui raillait mes remarques à Thierry Marszalek, le responsable vidéo : « Thierry, euh, remets-la, celle-là ! » S'ils arrivaient à se moquer, même de moi, surtout de moi, c'était bon signe.

Durant la sieste, l'équipe d'Espagne affichée sur le tableau se trouvait toujours au pied de mon lit. Je n'ai cessé de l'observer, puis me suis douché, rasé de près, pour cette représentation susceptible de devenir la dernière. C'est la différence avec le théâtre : on ne sait jamais quand vient la dernière fois.

Nous sommes arrivés tôt au stade parce que Momo

nous avait expliqué que l'équipe entrée la première avait gagné six fois de suite. De fait, les Espagnols sont apparus seulement cinq minutes après nous : ils avaient eu l'information, eux aussi ! Je ne suis pas resté longtemps dans le vestiaire, trop petit. Et puis je sentais mes gars tellement motivés que je n'avais plus rien à faire ni à dire, seulement à les laisser vivre. Alors je me suis juste mis à la porte – dans cet ordre-là, cela n'a pas le même sens – pour une poignée de mains avec chacun, les yeux dans les yeux.

*

Quand nous avons battu l'Espagne (3-1) – buts de Ribéry, Vieira et Zidane –, je n'avais jamais ressenti une joie aussi sauvage, une telle envie de hurler. J'aime les photos de cette soirée-là ; pas seulement parce qu'elles ressuscitent le sentiment intense ressenti sur le bord du terrain, sous l'émotion de la victoire et le poids de la responsabilité, mais parce que l'on y voit des joueurs m'associer à leur bonheur en me sautant dessus ou en me prenant simplement par l'épaule. Dans de tels moments étrangers à tout calcul, l'image de ce partage sincère montrait que j'avais ma part dans ce succès et cet élan collectif semblables à ceux d'un autre été, huit ans plus tôt.

J'ai adoré ces dix minutes de joie partagée, après le but de Zidane en contre, celui que les journaux espagnols voulaient envoyer à la retraite. Merci, le vieux ! J'ai été admiratif des joueurs, mon journal en porte la trace. Au hasard (enfin, pas tout à fait) : « Gallas : marre de dire la même chose ; un monument, une solidité à toute épreuve. Makelele : il est à nouveau grandiose sans en avoir l'air ; partout, et toujours juste. Vieira : un rayonnement époustouflant et un but. Zidane : il garde le ballon, le donne et presse comme aux plus beaux jours ; c'est un régal ; un but comme un coup de poignard, un bonheur pur. »

Dans le vestiaire, tous étaient euphoriques et pensaient déjà au quart de finale contre le Brésil.

Le lendemain matin, j'avais des courbatures et des maux de tête comme si j'avais bu toute la nuit, alors que je n'avais rien fait, seulement gagné un huitième de finale de Coupe du monde avec l'équipe de France.

Un sélectionneur ne peut se laisser bercer. Car même s'il le voulait, tout le réveille, et parfois brutalement. Ainsi, dans la matinée, le médecin m'a appris que Zidane ressentait une douleur à la cuisse.

Le surlendemain, après un appel du Président, le vrai Jacques Chirac cette fois, qui nous félicitait, nous encourageait pour France-Brésil et nous annonçait qu'il allait annuler des rendez-vous afin de venir, j'ai rassemblé les joueurs pour prendre le contre-pied de l'euphorie ambiante : « Bravo, c'était un exploit. Mais maintenant, il faut nous dire ce que vous voulez en faire. Si, comme je l'entends et comme tout le monde le dit, on a déjà réussi notre Coupe du monde, alors prévenez-nous, on ira nous aussi faire la fête, et surtout préparer nos affaires pour rentrer en France après le Brésil. Nous sommes sur un nuage, mais on peut tomber. Si, au contraire, vous pensez que nous n'avons pas encore réussi notre Coupe du monde et que le projet du 9 juillet existe toujours, alors chaque seconde qui passe doit vous préparer à ce match. Chaque seconde compte pour la récupération, mais si ce que j'entends est vrai, certains d'entre vous ont déjà pris du retard… »

Quelques-uns durent se sentir visés. C'était l'objectif.

*

Je ne me suis pas senti flotter sur un nuage dans les jours qui précédèrent France-Brésil. J'ai même été de sale humeur, parfois ; la joie de la victoire étant fugace mais le stress de la compétition permanent, j'ai traqué les moindres signes d'endormissement. Je me suis inquiété quand j'ai vu que les joueurs signaient des maillots à droite et à gauche, ce qu'ils avaient peu fait jusque-là, ou quand ils payaient leurs amendes dans un dîner traversé par une ambiance extraordinaire. Oui, je me suis inquiété lorsque l'ambiance s'avérait superbe parce que c'était mon boulot d'interpréter et de me demander pourquoi ils payaient leurs amendes alors que nous demeurions en Allemagne dix jours de plus.

J'ai essayé de maintenir les remplaçants sous pression en leur tenant le discours qu'ils n'avaient plus envie d'entendre, à force : il existerait toujours une possibilité pour ceux qui se tiendraient prêts jusqu'au bout. Mais quand les femmes nous ont rejoints, j'ai compris pourquoi la bise de madame Trezeguet avait été glaciale. Quand Vikash Dhorasoo est venu vers moi expliquer qu'il ne comprenait pas pourquoi il ne jouait pas après avoir disputé tous les matches de qualification et estimait que je n'avais plus confiance en lui, je n'ai vraiment pas pu le rassurer : « J'ai confiance en toi. La preuve, tu es là. Mais c'est l'organisation de jeu qui décide. Si tu es prêt à te battre jusqu'au bout, il te restera une chance d'entrer en jeu. Sinon, je ne pourrai rien faire pour toi. Je sais ce que tu peux apporter à l'équipe, mais pour le moment, c'est ainsi… »

Nous sommes partis pour Francfort et l'aventure. Au dernier entraînement, la veille de France-Brésil, Zizou et moi avions convenu qu'il assurerait seulement l'échauffement pendant la présence des journalistes, mais s'épargnerait les accélérations.

Dans mon souvenir, France-Brésil reste un match d'anthologie, sans doute le plus beau de toute ma carrière de sélectionneur. Nous l'avons magnifiquement gagné ; et aussi très bien préparé en insistant sur les failles brésiliennes, les coups de pied arrêtés, la réticence culturelle à défendre.

Durant la causerie, je me souviens avoir utilisé l'image d'une muraille : « Mais c'est une muraille qui n'est pas inerte en attendant l'assaut final de son adversaire ! C'est une muraille avec des combattants à l'intérieur qui se préparent à sortir, d'abord pour faire quelques dégâts dans le camp adverse, ensuite pour lui porter le coup mortel qui viendra parce que les Brésiliens ne pourront se contenter d'attendre et viendront nous attaquer en ordre dispersé. »

J'ai développé : « Surtout, ne leur laissez pas le ballon, récupérez-le le plus vite possible et ne le leur rendez jamais. Obligez-les à venir le chercher, forcez-les à reculer : comme les Brésiliens n'aiment pas défendre, ils peuvent lâcher très vite. Vous voyez quelqu'un comme Ronaldo courir après le ballon sur toute la longueur du terrain, vous ? Non. Il ne le fera pas. Les attaquants brésiliens ne se fatiguent pas à défendre. C'est leur point faible. Donc, si vous avez la maîtrise du ballon, vous ferez ce que vous voudrez d'eux. Ils ne vous rattraperont plus. »

Et d'ajouter : « Si, en fin de match, Parreira fait rentrer deux nouveaux attaquants, ce sera le signe que les Brésiliens seront désemparés et ne sauront plus quoi faire. Dites-vous alors que vous avez gagné le match et ne vous relâchez surtout pas. »

J'étais sûr de moi. Tout collait. Pendant l'échauffement, comme le reste du stade suspendu à l'état de sa cuisse, j'ai surveillé Zidane. Cela semblait aller, mais il a seulement frappé avec son pied gauche.

À un moment, le préparateur athlétique brésilien est venu me dire bonjour. Il a fait le tour de notre aire technique, devant notre banc, tranquille, l'air de rien. J'ai essayé de me raisonner, d'être rationnel, mais j'ai tout de même pensé qu'il était en train de nous jeter des sorts. Je l'ai laissé partir avant d'effectuer le même chemin en sens inverse en songeant que je répandais de mon côté de l'amour et du bonheur ! Cela m'a fait du bien. Si je n'avais pas réagi, je me le serais reproché toute ma vie.

*

J'ai eu la réponse espérée après deux minutes de jeu, sur la première action, celle dont tous les amoureux de foot se souviennent : Zidane récupère le ballon, trois Brésiliens viennent le presser et l'enfermer, lui les mystifie d'un double râteau pour se sortir du piège et donne le ballon à un partenaire, comme une offrande. Je me suis tourné vers mon adjoint, Pierre Mankowski, et lui ai annoncé : « C'est gagné. »

Ensuite, plus aucun doute ne m'a assailli. Sur les coups de pied arrêtés, comme je l'avais prévu, les Brésiliens ne pensaient qu'à la contre-attaque et ne défendaient pas. Il suffisait d'attendre l'occasion pour exploiter le moment où l'adversaire lâcherait.

Elle est survenue à la 57e minute. Coup franc de Zidane, but de Henry, pendant que Roberto Carlos, le défenseur brésilien guère porté sur la défense, était en train de refaire ses lacets. Le désarroi des adversaires est alors devenu palpable. Lorsque Adriano et Robinho sont entrés en jeu, je compris, comme je l'avais prédit, que les Brésiliens, désarçonnés, jouaient leur va-tout.

Les joueurs ont été énormes. Je crois que je n'avais jamais vu Zidane à ce niveau. Dans mes notes, aucun bémol, pour qui que ce soit. Henry ? « Il a pris la mesure des adversaires qu'il a usés par des appels dans toutes les zones. Auteur du but. Vrai moteur de l'équipe. » Ribéry ? « Il règle les problèmes défensifs et offensifs sur tout le côté droit. Je voulais le sortir, mais à chaque fois il faisait une course de 40 mètres pour gêner les Brésiliens. J'ai attendu la 70e minute pour le remplacer par Govou qui, dans le même registre, a su se battre sur tous les ballons et garder la pression sur eux jusqu'au bout. »

Qualifiés pour les demi-finales de la Coupe du monde, nous avons pu fêter ce bonheur ensemble durant dix minutes, dans le vestiaire où les joueurs avaient décidé de rester seuls avec le staff. Michel Platini a été bloqué ; même le président Chirac a dû attendre. De mon côté j'ai évité quelques faux amis. Je me suis demandé si mes pourfendeurs habituels allaient continuer à qualifier mon coaching d'inexistant et à prétendre que l'équipe n'était pas bien physiquement.

J'ai senti une modification soudaine et profonde de l'air du temps. Et l'impression m'a gagné, ce soir-là, que tout devenait irréel. Si je suis honnête, et c'est le but de ce livre, je dois rapporter ce que j'ai écrit dans la nuit de ce grand bonheur d'entraîneur : « La France va mieux ? Réveillez-vous, ce n'est pas un match qui change la vie ! Nous, les amuseurs publics, les créateurs d'amnésie, nous sommes à l'œuvre. Au boulot, Raymond ! Nous avons gagné et il paraît que la vie est plus belle aujourd'hui. »

Je ne sais pas s'il s'agissait d'une réaction aux commentaires excessifs que j'entendais ou au poids de notre responsabilité que dessinait, en creux, cet état d'euphorie nationale ; mais ce soir-là, par ces mots sur mes carnets, j'ai sans doute voulu diminuer la portée de notre qualification parce qu'elle révélait exactement ce que l'on nous aurait reproché en cas d'élimination.

Mais cette victoire (1-0) m'a bien laissé le sentiment extraordinaire que tout avait marché comme dans un rêve. Je suis entré dans la nuit nimbé d'un bonheur absolu et gagné par un seul regret : comme sélectionneur, je ne pourrais sans doute jamais faire mieux que ce France-Brésil, le soir du 1er juillet, à Francfort.

*

Il fallait oublier l'exploit, oublier le Brésil ; c'est ce que j'ai expliqué aux joueurs dès le premier entraînement commun, le surlendemain : « Vous savez ce que je vais dire, mais je vais le dire quand même. Bravo, c'était un exploit magnifique, mais notre objectif reste le 9 juillet, le jour de la finale, pas le 8 juillet, la finale de la troisième place. Pour cela, il faut se remettre au travail, qui consiste, pour vous, à s'occuper de votre corps et à faire attention à votre tête. Cessez les discussions avec vos potes, cessez d'expliquer l'exploit, préparez-vous à jouer contre le Portugal. »

Observer les Portugais nous avait conduits à une évidence : ils nous ressemblaient, restant bien en place, sortant rapidement de leur camp, se créant peu d'occasions, mais en concédant encore moins.

Puisque le Portugal nous ressemblait, cette demi-finale de Munich ne pouvait ressembler au France-Brésil. Ma dernière phrase de la causerie, juste avant de partir pour l'Allianz Arena, le rappelait : « Physiquement, techniquement et tactiquement, on est au point. Ce sera à celui qui parviendra le plus longtemps à garder sa ligne de conduite... »

J'ai conservé la mienne ; la méfiance, la superstition. Je sais que tous les entraîneurs le sont, et aussi que ce n'est en rien une excuse. La méfiance m'a fait virer les trois Portugais, dont le grand Eusebio, meilleur buteur de la Coupe du monde 1966, qui s'étaient installés devant notre vestiaire pour demander des autographes aux joueurs et leur parler. La superstition m'a fait hésiter à saluer Scolari, le Brésilien sélectionneur du Portugal, qui venait me dire bonjour. Je n'avais jamais vu un confrère adverse avant un match. Il m'a glissé quelques mots sur la chance, mais je n'avais pas envie de parler, je le connaissais trop : après, sur le banc, lui ne vous connaît plus et devient fou furieux. Je suis allé me laver les mains ensuite, réaction grave, je l'admets, mais j'avais quasiment senti chez lui la volonté de me prendre quelque chose. On devient fou dans ce métier !

Par réaction, j'ai changé mes habitudes et suivi l'échauffement assis sur le banc. Plus tard, quand les deux équipes se trouvaient dans le couloir, Luis Figo a jeté une bouteille d'eau de notre côté alors qu'il disposait d'une poubelle à portée de main. Je l'ai ramassée et renvoyée de leur côté. Je comprenais, là encore, que c'était complètement idiot. Mais je me suis senti mieux après, tout en m'inquiétant un peu pour ma santé mentale.

*

Dans cette demi-finale irrespirable, tendue et fermée, la flamboyance nous a quittés, mais pas notre sentiment collectif ni notre volonté d'aller au bout du destin. Je me souviens d'un match sur le fil, arraché sur un penalty obtenu par Thierry Henry et transformé par Zizou. Le Portugal nous a vraiment dominés par périodes. Mais aucun de nous n'aurait voulu avancer plus loin sans souffrir. Le rendez-vous avec la finale du 9 juillet avait été pris depuis longtemps. Quelle image forte, en tout cas, que Barthez et Sagnol drapés du maillot tricolore, assis en larmes et se demandant s'ils rêvaient.

À la fin de la rencontre, j'ai applaudi les Portugais quand ils passaient devant moi. Ils l'ont interprété comme une provocation. Ils avaient tort, c'était un hommage, une reconnaissance de notre souffrance et de leur bravoure. Tant pis pour eux : j'étais sincère. Ceci dit, ce match restera le combat le plus difficile de cette Coupe du monde, plus difficile encore que la finale : je demeure persuadé que si le Portugal avait égalisé, nous n'aurions pas été capables de nous en remettre, car nous ne possédions plus d'énergie. Je veux donc redire à mes amis portugais que je ne les chambrais pas : pour moi, leur équipe s'avérait la meilleure de cette Coupe du monde.

*

C'est quoi le bonheur, pour un sélectionneur ? À présent, j'en étais sûr, pas de gagner une demi-finale ! Car ce soir-là je suis passé dans la seconde du soulagement à la préparation, sans avoir le temps de m'appesantir dans une satisfaction facile, conscient qu'il fallait absolument remporter cette finale, sinon tout ce que nous avions réussi perdrait son sens. Comme les Portugais ont craqué, Scolari en tête, et cherchaient les histoires, je suis rentré encore plus vite dans ma coquille. C'était un moment de paix plus que de bonheur : la bataille se révélait loin d'être finie.

Les jours jusqu'à la finale ont défilé trop vite. Je n'arrivais plus à dormir sous la pression du compte à rebours, des schémas des équipes, des différents scénarios. Je parlais à la presse en ayant l'impression que quelqu'un d'autre s'exprimait à ma place, et je trouvais vraiment qu'il rabâchait.

Or, il y avait le reste, la frénésie qui s'emparait de tous alors que rien n'était joué. Voir Vieira à 8 heures au petit-déjeuner, lui qui dormait jusqu'à midi parfois ; entendre les débats sur ce que nous ferions en rentrant : défiler sur les Champs-Élysées (ce que j'avais refusé de prévoir, en expliquant : « On ne défile pas si on perd, les Verts l'ont fait, pas nous ») ; constater combien les uns cherchaient des plans, les autres réservaient des vols pour leurs proches… Tout cela aurait dû m'alerter. La Fédération elle-même s'était mise au diapason de cette ambiance cacophonique. Ainsi, une responsable des organisations de voyage avait eu le droit de loger à l'étage des joueurs, tandis que les épouses et familles de ces derniers, alors que les Bleus allaient rituellement saluer leurs compagnes avant l'échauffement, arrivèrent en retard au coup d'envoi à cause des embouteillages… On dit que le diable se niche dans les petits détails, eh bien un certain nombre parasitaient la concentration nécessaire à cette rencontre essentielle. Le match n'était pas assez présent dans l'esprit de beaucoup.

Juste avant de partir pour Berlin, dans la dernière séance vidéo organisée entre les murs du château que l'on s'apprêtait à quitter pour toujours, une forme de colère m'a gagné : « Nous sommes en train d'oublier le match ! m'emportai-je. Chacun s'occupe de tout, du voyage, des vacances, de son club, des copains, mais les seuls qui doivent nous intéresser, en ce moment, ce sont les joueurs italiens. C'est la dernière de Zizou ? Non, c'est la dernière pour vous tous, peut-être. Personne ne peut vous garantir que vous jouerez une autre finale de Coupe du monde. Ce n'est pas dans deux ans ou dans quatre ans qu'il faudra rejouer le match. Il faut le jouer maintenant, et le gagner. »

La veille de la finale, à la fin de l'entraînement, alors que j'avais annoncé la dispersion des troupes, des joueurs ont voulu tirer des penalties. J'ai essayé de les en dissuader : « Vous pouvez tirer les penalties que vous voulez, demain, après deux heures de jeu, devant 80 000 personnes, en finale de la Coupe du monde, cela n'aura rien à voir. » Trois joueurs sont néanmoins restés ; je ne me souviens plus du troisième, mais je sais que Wiltord et Trezeguet étaient là. Wiltord a mis le ballon dans la lucarne. Trezeguet aussi. Au dernier, j'ai dit : « Allez, on s'en va, garde-le pour demain… »

*

Je repense à cette finale comme à une tragédie, pour la construction dramatique autant que pour la douleur. Mais au théâtre, j'aime revoir les pièces. Pas celle-ci. Je suis « tombé » sur des images, parfois, et c'est vraiment l'expression qui convient pour une telle chute et le sentiment du gouffre que j'ai alors éprouvé. Des émissions ont tenté de me piéger aussi, ou pire, de vouloir me faire plaisir. À chaque fois j'ai détourné le regard. Mais si je fuis les images et n'aime pas en reparler, je m'en sens ici l'obligation. Même si évoquer ce match historique ne pourra jamais être un moment agréable.

On m'a souvent reproché d'avoir dit que Marco Materazzi, le défenseur italien, avait été l'homme de la finale. Tout le rappelle pourtant. Quand Zizou marque sur penalty, c'est après une faute de Materazzi sur Malouda. Et quand l'Italie égalise, c'est par Materazzi, sur un corner que l'on aurait dû contrer.

Nous avons été supérieurs aux Italiens dans le jeu

et mis l'Italie sous pression ; mais les Italiens, eux, ont su attendre. Ils ont survécu à la tête de Zizou pendant la prolongation, pour un ballon détourné par Buffon. Nous sommes tous entrés dans une logique d'attente, mais les Bleus ont fait plus que l'Italie pour en sortir.

Le coup de tête ? Je n'ai rien vu, sur le coup. Juste senti qu'il s'était passé quelque chose. Certes j'ai protesté qu'il n'était rien arrivé, parce que je sais que les arbitres n'avaient rien vu non plus mais que j'avais constaté la présence d'un écran télé dans la zone du quatrième arbitre, à côté de notre banc, et que cette affaire est devenue le premier exemple d'arbitrage vidéo dans un match de Coupe du monde, alors que la FIFA refuse catégoriquement cette aide technologique. Mais c'était trop tard.

Le coup de tête de Zinedine Zidane au thorax de Marco Materazzi a entraîné son expulsion, la fin brutale de notre confiance et la défaite. On aurait peut-être perdu quand même, mais ce drame a introduit un message négatif dans l'équipe au plus fort de la tension d'une finale de Coupe du monde jouée durant la prolongation. Aller jusqu'aux tirs au but, alors qu'ils étaient dominés, constituait déjà une victoire pour les Italiens. Avoir obtenu l'expulsion de Zidane en fut une autre. La spirale devint donc négative. Dans la séance des tirs au but, la tentative de David Trezeguet a heurté la transversale, et ensuite Fabio Grosso a arraché la victoire pour son pays. Mais tout le monde connaît l'histoire.

Je ne sais combien de temps je suis resté figé sur le terrain, à regarder le bonheur des Italiens, le feu d'artifice et les paillettes. J'ai voulu demeurer jusqu'au bout et quitter la pelouse en dernier. Je me suis répété que la prochaine fois, on gagnerait cette finale, que je serais du bon côté. C'était pour vivre à nouveau ce rêve que je me suis accroché durant quatre ans.

*

J'ai écrit que je n'avais jamais voulu revoir les images, c'est vrai. Mais elles m'ont longtemps hanté, nuit après nuit. J'ai voulu refaire l'histoire à mon tour. J'ai remonté le temps, cherché mes erreurs, tenté d'analyser le geste de Zidane et d'évaluer ma responsabilité. Quand le doute s'est installé dans mon esprit, tel un poison, j'ai eu beaucoup de mal à le chasser. Le coup de tête de Zidane avait révélé un pan sombre du caractère de ce joueur unique ; une faille, une énigme. Et le pire, dans cette histoire, est que j'avais déjà perçu cette faille.

*

C'était la dernière fois mais pas la première. Zidane a reçu quatorze cartons rouges dans sa carrière. Il a laissé échapper le Ballon d'or 2000, qu'il méritait, pour un coup de tête donné en Ligue des champions, avec la Juventus, à l'automne, au moment même où les jurés votaient pour le titre de meilleur joueur du monde.

On l'a souvent oublié, parce que la finale contre le Brésil a tout effacé ; mais cette face sombre l'avait fait passer à côté d'une large partie de la Coupe du monde 1998. Expulsé dès le deuxième match de poules pour avoir marché sur un joueur de l'Arabie Saoudite, il avait été suspendu pour le troisième face au Danemark (2-1) et pour le huitième de finale contre le Paraguay (1-0).

Il avait atteint une plénitude durant le championnat d'Europe 2000, puis il a été génial pendant les quatre dernières rencontres de la Coupe du monde 2006, jusqu'au moment où son geste impardonnable a tout ruiné. Cela n'a pas empêché le président de la République de l'excuser dès le lendemain, mais c'est une autre affaire.

Un joueur m'a rapporté une formule étrange qu'il aurait prononcée après le huitième de finale contre l'Espagne : « On va en finale, d'accord, mais on ne la gagnera pas. » Il avait, en fait, reculé jusqu'à l'instant du dernier match de sa vie. Il s'est préparé pour la dernière fois, s'est habillé pour la dernière fois. Et je continue de me demander s'il n'a pas, jusqu'au bout, choisi sa dernière fois.

*

Je n'ai pas voulu les voir mais je les ai revues, ces images. Je n'ai pas vu Materazzi l'insulter. J'ai vu Zizou s'éloigner avant de revenir pour l'agresser. La séquence reste aussi inexplicable que celle du film « Zidane, un portrait du XXIᵉ siècle », comme si Zizou rejouait un rôle, comme s'il n'en finissait pas de régler un compte avec sa propre gloire, comme s'il jugeait sa réussite aussi miraculeuse qu'insupportable. Ce n'est que ma théorie. J'imagine qu'elle en vaut d'autres.

*

Je suis entré dans le vestiaire un peu après les joueurs, complètement abattu. Tout le monde était silencieux et prostré. Notre défaite avait un goût de cendre. Car chacun pensait à la même chose : si Zizou n'avait pas été expulsé du terrain… Il fallait exprimer quelque chose pour atténuer l'angoisse et la rancœur, remettre le héros à sa place, ne pas le figer en responsable de notre défaite. Au milieu d'un silence à couper au couteau, dans un brouillard intérieur indicible, j'ai donc pris la parole. Je ne suis pas sûr d'en avoir eu vraiment envie, parce que je traversais les mêmes tourments, mais c'était ce que je devais faire.

« Je tiens à vous remercier pour ce que vous avez accompli tout au long de ce parcours, avec une attention particulière pour Zizou. Ce qui lui est arrivé est très grave, très lourd, mais c'est comme ça, et ne doit pas nous faire oublier que Zizou a fait une immense carrière. Je vous demande donc de l'applaudir. »

J'ai commencé à taper dans mes mains avec lenteur. Cela aurait résonné dans le vide si l'air de ce vestiaire désolé n'avait pas été aussi rempli d'intensité et d'émotion. Dans ces scènes-là, au cinéma, à la fin, tout le monde se met à applaudir à tout rompre, c'est tout juste si ça ne couvre pas le bruit des violons. Mais dans le vestiaire de Berlin, il n'y a pas de violons, seulement des grincements de dents, et mes applaudissements n'ont pas été suivis spontanément. Les joueurs n'y arrivaient pas. Il a fallu insister. Certains en voulaient terriblement à leur capitaine, même si personne n'allait formaliser cette rancœur. Dans une équipe battue, un joueur expulsé pour une faute volontaire porte toujours le poids de la défaite. Alors, dans une finale de Mondial…

Zinedine, lui, n'a pas prononcé un mot, pas esquissé un geste. Il était à nouveau parti ailleurs, dans son monde, dans ses mystères, rendu à ce point secret de lui-même où il est parfois difficile de le suivre. Pendant ce temps-là, Vikash Dhorasoo filmait ses pieds.

3

D'une compétition à l'autre : du Mondial à l'Euro

Les vacances qui ont suivi la Coupe du monde ont été trop courtes. Je ne suis pas parvenu à faire le vide ni à m'arracher à ce qui me restait d'adrénaline et de frustration. Les sourires de personnes croisées dans la rue, quelques mots échangés, un remerciement rapide m'ont à la fois apaisé et empêché d'oublier. J'étais malade, de cette maladie chronique des entraîneurs : refaire constamment le match perdu. Il fallait oublier, pourtant, pour attaquer la suite.

Mais j'ai eu du mal à faire le tri de mes sentiments et à avoir une vision nette de l'avenir. Du mien, déjà. Est-ce que je devais continuer ? Comme me le prédisait Estelle : « Si cela ne marche pas, on te tombera dessus en disant que, sans Zidane, l'équipe est nulle, et son sélectionneur aussi. »

Je savais qu'elle avait raison. J'avais un choix à faire. Mais réussir était aussi une option. Avec le recul, en connaissant la suite, je peux me dire, bien sûr, que j'aurais dû arrêter à ce moment-là. J'aurais pu essayer de prendre les commandes de la Direction technique nationale. Mais cette décision de dire stop, je l'aurais prise par calcul. Au fond de moi, je n'avais pas envie de quitter l'ivresse de la haute compétition et de la responsabilité. Pendant l'été et jusqu'aux premiers jours de septembre, j'ai tout de même continué de me poser la question.

*

Notre performance prolongeait automatiquement mon contrat de deux ans, mais j'ai demandé plus. J'ai négocié avec la Fédération un contrat de quatre ans pour éviter les questions sur mon avenir au bout de six mois, pour prendre des risques, faire jouer des jeunes sans être laminé par les critiques, et ainsi avoir le temps de construire une nouvelle équipe alors que les anciens se trouvaient sur le départ. Je savais qu'ils ne seraient pas éternels, que la transition serait difficile et nécessaire.

J'ai continué à négocier au moment de Bosnie-France (1-2) qui a lancé notre saison internationale en août 2006. La finale de la Coupe du monde m'a aidé, bien sûr. Je me souviens d'ailleurs d'une discussion enrichissante avec Noël Le Graët, qui n'était alors que vice-président de la FFF ; j'aime sa façon de voir les choses. Elle rejoint la mienne sur de nombreux points, avec en surplus la diplomatie et la patience dont je suis dépourvu. C'est grâce à lui que nous avons trouvé assez rapidement un accord. Mais pendant plusieurs semaines, je n'ai rien signé. Un acte manqué ? J'y reviendrai.

*

Il fallait relancer la machine, reconstruire l'équipe. Zinedine Zidane s'était retiré du jeu, mais j'ai encore déployé de l'énergie pour faire réapparaître les deux autres revenants de l'été précédent, Lilian Thuram et Claude Makelele.

Le premier a affiché une vision assez personnelle de la transition, en déclarant dans l'été au *Journal du Dimanche* que, cette fois, personne ne pourrait l'obliger à revenir. Après plusieurs textos très clairs sur mon intention de le prendre (« On repart comme il y a un an »), je l'avais pourtant eu au téléphone, un peu avant cette sortie médiatique. Il m'avait alors laissé de l'espoir en me demandant de lui expliquer le programme de l'équipe de France, où, quand, comment. Je l'adore « Tutu », mais il m'a fatigué, parfois.

Je suis allé le voir à Barcelone le 21 août. Dans mon journal, j'écris : « À Barcelone pour convaincre "Tutu" qui est déjà convaincu. Il n'a pas dit non, c'est qu'il dira oui. Trois heures à papoter. Je l'ai réveillé à 10 heures 30, il a gagné la supercoupe d'Espagne, la veille, contre l'Espanyol. Il a joué une mi-temps, il est heureux de sa vie ici, admiratif de la qualité technique des joueurs et effaré du peu d'entraînement dans la semaine. Il n'a pas bien digéré non plus la finale de la Coupe du monde et le geste de Zidane. Ensuite nous avons parlé de Dhorasoo, de son attitude, du film qu'il tournait à l'intérieur du groupe et qu'il veut rendre public. Il n'en revient pas, lui non plus. »

Deux jours plus tard, Lilian Thuram a annoncé qu'il poursuivait sa carrière internationale. J'ai fait comme si je ne le savais pas. De toute façon, il m'a prévenu après l'avoir rendu public. Il m'a en effet appelé ce soir-là, vers 21 heures, en m'expliquant qu'il n'avait pas eu le temps de le faire avant. Il a même trouvé le moyen de confier que c'était Giuly qui lui avait rappelé cette règle de courtoisie et, innocemment bien sûr, m'a demandé si Giuly, justement, se trouvait dans la liste du France-Italie que je devais dévoiler le lendemain.

Étrange, cette tentative de manipuler un sélectionneur ayant inventé le concept.

Il m'a dit qu'il revenait par amour de l'équipe de France. C'est beau. Et m'a quand même remercié avant de raccrocher.

Claude Makelele, lui, souhaitait que j'appelle José Mourinho, son entraîneur à Chelsea. Vis-à-vis de son club, il voulait être celui que l'on contraint. J'ai fait mieux que contacter son entraîneur ; je suis allé à Londres, fin août, pour le rencontrer au camp d'entraînement de Chelsea. La discussion a duré à peine dix minutes. Je lui ai rappelé que la loi était pour moi, qu'un joueur en activité devait accepter une convocation en sélection sous peine de suspension, et que je ne laissais pas le choix à Claude Makelele. J'ai ajouté immédiatement que je cherchais à apaiser le débat, que je comprenais le point de vue de Chelsea, et esquissé un compromis : j'avais besoin de leur joueur pour nos trois premiers matches qualificatifs à l'Euro 2008, après quoi il pourrait arrêter. Mourinho a répondu par un peu de pression, classique : « Et s'il ne peut pas enchaîner les matches ; et si à cause de ses voyages en sélection il est victime de la concurrence et perd sa place à Chelsea ? » Il a aussi sorti les mots de liberté, de démocratie, le grand jeu, tout en faisant comme s'il ne parlait pas pour moi, comme s'il défendait seulement un principe supérieur à mon petit cas personnel. Il me fixait droit dans les yeux, comme s'il me défiait ; je comprenais qu'il insupporte ses opposants, pédant comme il était, mais savais aussi que cela relevait du jeu. Je ne suis pas tombé dedans : j'avais la loi en ma faveur, il pouvait m'opposer n'importe quel argument, il était bien obligé d'accepter que Claude continue à venir en sélection. Mon objectif n'était pas de le convaincre, seulement de protéger « Keke » en annonçant à son club que je le contraignais à jouer.

*

À peu près au même moment, *Le Journal du Dimanche* a sorti son sondage sur les personnalités préférées des Français. Zidane était repassé devant Noah. Je n'ai pas pu m'empêcher d'être surpris : j'étais bien placé pour ne pas oublier la magie de France-Brésil, un mois plus tôt, mais mes sondages à moi, dans la rue comme dans les clubs, me laissaient plutôt penser que les Français lui reprochaient ce coup de tête, craignant une éventuelle contagion, surtout après les excuses manquées. Du coup, comme j'ai l'esprit tordu, je me suis demandé s'il était possible que les médias ne traduisent pas la réalité. Allons, Raymond, reprends-toi !

Mais je dois être mesquin : dans le sondage en question, le journal avait annoncé que j'avais obtenu si peu de voix que je ne pouvais entrer dans les cinquante personnalités préférées. Le pari fait entre Estelle et moi, je venais donc de le gagner, et pas par fausse modestie. Malgré la finale, mon image était polluée, encore, ou déjà, ou comme toujours.

*

Tout le monde ne s'est pas mis en vacances, cet été-là. Il y a eu des remous dans le staff médical, des problèmes entre des kinés et le médecin. Certains reproches et échanges de ces mois estivaux m'ont épuisé avant même que le combat commence, et il m'est arrivé de m'endormir le soir en me demandant si je faisais vraiment le bon choix en restant.

111

À l'occasion du premier rassemblement de l'équipe, en août, j'ai continué de relancer les joueurs. Je me suis appuyé sur Patrick Vieira que j'ai senti investi dans son rôle de capitaine. J'ai essayé de clarifier la situation avec Grégory Coupet en le confirmant dans son rôle de numéro un, mais en lui suggérant encore de ne plus écouter les autres et d'arrêter lui-même de parler. J'ai eu parfois le sentiment qu'il avait évacué son immense déception d'être resté le gardien numéro deux à la Coupe du monde – douce illusion.

J'ai vu Gallas, qui allait quitter Chelsea et José Mourinho pour Arsenal, afin d'évoquer son avenir, le féliciter de son Mondial et lui demander les raisons de sa totale métamorphose (joyeux, professionnel à fond, performant tout le temps). Il m'a répondu que se fixer au poste de défenseur central avait tout changé ; il avait depuis introduit une clause dans son futur contrat lui offrant des conditions financières différentes s'il devait également jouer défenseur latéral.

J'ai discuté une heure durant avec Trezeguet. Il désirait quitter la Juve, en voulait un peu à Didier Deschamps d'avoir annoncé le contraire, et beaucoup à son club d'avoir fixé un transfert trop élevé. Il m'assura que tout le monde avait ri, à la Juve, de la proposition de Lyon d'acheter Camoranesi et lui pour dix millions d'euros. Nous avons parlé de la Coupe du monde, qu'il avait bien sûr mal vécue, de sa difficulté à maintenir le contact avec les autres alors qu'il se sentait écarté, de son attente d'un encouragement de ma part, un geste, un mot. Je lui ai expliqué que sa valeur n'était pas en cause, que le système avec Zidane ne permettait pas de jouer avec un deuxième attaquant, mais qu'il entrait désormais dans mes projets : « Je comprends ce que tu as vécu, mais je ne pouvais prendre le risque de te perdre alors que l'équipe avait besoin de toi. Je plaide coupable mais nous avons fait tout ce que nous pouvions pour garder le groupe disponible. » Il s'est dit heureux d'entendre que je comptais sur lui. Moi aussi. Les débuts de saison sont toujours riches de promesses.

J'ai vu Thierry Henry, enfin. Lui n'a pas critiqué Zizou, ce n'est pas son genre, mais je l'ai senti marqué par la finale. Comme moi, il a pris conscience de l'exploit très tard, grâce à ses amis proches, tant les autres lui parlaient seulement du coup de tête. Je n'ai pas abordé la problématique de son poste, ni celle de son rôle, estimant qu'il valait mieux attendre, que le contact se révélait plus important que le contenu : pour faire passer celui-ci, il faut d'abord entamer une relation.

Au fait, on a gagné, en Bosnie (2-1). Mais l'événement de la rentrée 2006 se tenait ailleurs : les qualifications pour l'Euro 2008 nous proposaient une revanche contre l'Italie, le 6 septembre, au Stade de France, quatre jours après une victoire nécessaire en Géorgie (3-0).

*

Lorsque je relis les notes prises durant ces six années, ce qui me frappe d'abord c'est le poids du quotidien, son éclatement en cent questions qui exigent des réponses immédiates ; et moi, au milieu, à la fois concentré et débordé, doutant de tout mais ne devant jamais le montrer, voyant arriver de loin certains problèmes, mais parfois pas d'assez loin.

Voici un condensé de mes notes autour de ce France-Italie. Elles sont beaucoup plus longues, mais sans exercer la moindre autocensure après coup, j'ai gommé ce qui n'avait plus de sens avec le temps passé.

« Samedi 2 septembre 2006

Victoire en Géorgie (3-0). Buts de Malouda, Saha, et d'un Géorgien contre son camp sur un centre de Sagnol. Il y avait mieux à faire, mais l'essentiel est que l'équipe garde sa joie de jouer ensemble. L'impression, aussi, d'une sérénité prometteuse pour la suite. À suivre, comme toujours.

Dans l'avion du retour, j'ai piqué une colère à cause de la présence de Larqué, qui a pris la place d'un journaliste de TF1 alors qu'il ne participe même pas à Téléfoot le lendemain. Je n'en voulais pas, de ce tailleur de costards. Pendant que je m'engueulais avec lui, et qu'il m'expliquait que le président de la Fédération avait donné son accord, ledit président n'a pas bougé, s'est enfoncé dans son siège, juste derrière moi. Et l'autre est quand même rentré avec nous. Où est-il, le pilote ?

Dimanche 3 septembre 2006

Rendez-vous dans le vestiaire à 15 heures pour le décrassage. On a décidé de les laisser libres pour la soirée, je leur ai parlé dix minutes de ma responsabilité dans l'affaire : je leur ai dit que je ne faisais pas de répression, mais de la responsabilisation, et que chaque acte aurait une importance mercredi contre l'Italie, que c'était à eux de choisir. Ils ont quitté Clairefontaine avant 18 heures. Ils avaient la permission de minuit. Le retour a été un monument. J'étais sur le perron, avec "Momo", qui les comptait un à un. Ils riaient en passant devant nous, savaient que je serais là à les attendre. Le seul qui est entré après l'heure, c'est Patrick Vieira, qui avait prévenu qu'il aurait cinq minutes de retard : ils étaient tous là à l'attendre, à lui crier le montant de l'amende (5 000 ! 5 000 !), une fête magnifique. Qui aurait dit ça, il y a un an ?

Dans le couloir du château, devant ma porte, Abidal et Henry papotaient à n'en plus finir.

Lundi 4 septembre 2006

La présence n'est plus obligatoire au petit-déjeuner. Je ne me bats plus pour des futilités. Mais attention, il faut garder les rênes. Dans les séances vidéo, je maintiens les critiques contre un peu tout le monde, comme ça personne ne se sentira persécuté.

À l'entraînement, en fin d'après-midi, certains ne voulaient pas participer au tennis-ballon, et à la fin, personne ne voulait quitter le terrain.

Après le dîner, ils ont mis le bordel jusqu'à deux heures du matin. Ils sont surexcités par le match. L'ambiance de collège est sympa, mais attention... c'est quand tout le monde est heureux qu'il ne faut rien relâcher.

Mardi 5 septembre 2006

Discussions avec Coupet, au petit-déjeuner, puis Landreau, Thuram et Vieira, plus tard. Que c'est long ! Jamais encore je n'avais senti ce poids du temps qui s'arrête. J'ai l'impression que je ne suis pas encore sorti des huit semaines de vie commune de la Coupe du monde.

J'ai également vu Ribéry pour lui expliquer ce que

je pense faire demain : le mettre dans une position axiale derrière "Titi" (Henry). "Oui, coach." C'est ce qu'il répond toujours.

Conférence de presse sur le thème de la revanche. J'ai lancé un appel pour le respect pendant l'hymne italien.

À l'entraînement, j'ai parlé aux joueurs de leur état d'excitation. "Le match, c'est demain, les gars, retrouvez votre calme."

Avant le dîner, j'ai fait passer le même message à Pat (Vieira) : "Essaye de calmer un peu tout le monde, il y a trop d'excitation. Il ne faut pas oublier qu'on n'est pas là pour être seulement bons copains, mais pour que les bons copains gagnent."

Mercredi 6 septembre 2006

Au petit-déjeuner, j'apprends que Sagnol avec qui j'ai discuté la veille est sorti en gueulant : "Ça recommence, il fait n'importe quoi", en évoquant le dispositif à un seul attaquant. Il, c'est moi, bien sûr. Hier, il ne m'a rien dit. Ses allusions à "avant, avec Zidane…" commencent à m'échauffer sérieux.

J'ai profité d'un moment de la promenade, à 11 heures, pour lui en parler. Il nie, bien sûr. Il me dit qu'il était en colère parce que les autres le chambraient après nous avoir vus parler ensemble, sur le thème : "Alors, tu fais la tactique, maintenant ?" Autre sujet de conversation : la composition de l'équipe est dans *Le Parisien* du jour. Cela vient forcément de quelqu'un de l'intérieur. Il dit que ce n'est pas lui, propose de boycotter le journal. C'est un problème : les fuites dans la presse ont été le début de la fin de l'équipe de France en 2002 et 2004.

À la causerie, à 17 heures, ils attendaient que je parle de la finale. Je sentais bien qu'ils n'attendaient que ce moment, mais je suis resté sur le fil, je n'ai parlé que de ce France-Italie, pas de l'autre. Je n'ai pas senti de peur, seulement l'impatience de montrer. Il me fallait calmer plus que révolter.

Quelle ambiance, au Stade de France... Tout le monde attendait quelque chose, le fond de l'air était électrique et en même temps bon enfant. Ils ont un peu sifflé l'hymne italien au début et puis ils se sont tus, c'était beau. Mais le plus beau, le plus émouvant, c'était la minute de silence en mémoire de Facchetti, l'ancien capitaine de l'Italie des années 70. Tout le monde a applaudi debout, j'avais la chair de poule. J'ai ressenti un peu de fierté d'avoir milité pour le silence et le respect dans mes interventions, la veille, en conférence de presse. Mon cher président s'en est approprié la paternité, mais ce n'est pas grave.

France-Italie (3-1) : buts de Govou, Henry, encore Govou. Ce n'était pas parfait, mais pas si loin : l'ambiance, la maîtrise, la technique, des séquences à une ou deux touches de balle remarquables. Sidney Govou a parfaitement réglé le problème du temps de jeu qui inquiétait les journalistes et Gérard Houllier, son entraîneur de Lyon, qui se sentait déjugé par sa sélection. Gérard Houllier ne l'avait pas fait jouer une seule minute depuis le début de la saison, mais j'étais tellement sûr de moi, sur ce coup...

Jeudi 7 septembre 2006

Rien de spécial à la conférence de presse, puisqu'on a gagné.

Je coupe, besoin d'un peu de repos. Je n'ai toujours pas signé mon nouveau contrat. Il reste des précisions à rédiger. La question m'a frôlé : et si je démissionnais maintenant, en beauté, après cette revanche gagnée sans Zidane ? Je les vois bien, les nuages qui commencent à s'amonceler au loin, avec une équipe qu'il faut à la fois maintenir et reconstruire. Mais je continue quand même de croire qu'on peut faire quelque chose de grand. »

Si longtemps après, une question continue de me poursuivre. Et si je m'étais vraiment arrêté à ce moment-là ? Mais voilà, je ne me suis pas arrêté. Il m'arrive de le regretter.

*

La période qui a suivi fut relativement calme. Or, je me suis toujours méfié de cette douceur qui ressemble trop à la torpeur. Même avec la presse, les polémiques sont demeurées entre parenthèses. On sortait d'une finale de la Coupe du monde, tout le monde imaginait qu'on se qualifierait facilement pour l'Euro 2008 : si je n'avais pas autant provoqué les uns et les autres, il ne se serait rien passé. J'attends toujours qu'ils me remercient.

Je n'ai pas seulement provoqué par tempérament ou pour épicer mes relations avec mes interlocuteurs pré-férés. En fait, une petite voix intérieure me murmurait que ce qui m'attendait ne serait pas aussi apaisé ni confortable. Je l'entendais clairement énumérer quelques pièges à venir : appréhension face à la jeunesse de l'équipe et à la difficulté grandissante de mêler les générations et les éducations ; évolution de la mentalité des joueurs vers une logique de plus en plus individuelle dans un sport de moins en moins collectif.

Le plus étrange, c'est que la signature de mon contrat de quatre ans avait modifié mon rapport au temps de manière inattendue et paradoxale. À présent que l'échéance était nette, mes semaines s'écoulaient de manière étrange, comme si je commençais à attendre la fin de quelque chose. Les stages, les matches, les déplacements à l'étranger pour observer les joueurs, les conférences de presse, me donnaient l'impression d'un grand compte à rebours. Et plus je me mobilisais pour repartir au combat, plus revenait le sentiment que tout serait bientôt fini. Je peux me l'avouer et le formaliser, avec le recul des années : je ne savais plus où j'allais. La moindre initiative me coûtait efforts, doutes, hésitations et remords.

Je n'ai pas changé de ton avec les médias. Il y avait peu de chances que nos rapports s'harmonisent durablement, face aux effets de l'usure (pour moi) et de la mécanique du *buzz* qui oblige les journalistes à suivre le train du jour, même s'ils n'auraient jamais imaginé y monter. Aux yeux de beaucoup d'entre eux, une mauvaise polémique pour tout de suite vaut mieux que trois bonnes questions pour demain. Avec moi, bien sûr, la presse a rarement attendu le lendemain.

Nous n'avons jamais eu le même calendrier, et nos intérêts ont rarement été convergents. L'activité d'un sélectionneur mobilise des facultés souvent contradictoires ; parfois, elle nécessite réflexion et lenteur, quand d'autres circonstances impliquent une réaction immédiate à l'événement. Certaines décisions se prennent seul, d'autres collégialement. Dans tous les cas, elles doivent d'abord être expliquées aux personnes concernées, joueurs et membres du staff ; les journalistes viendront ensuite. Il ne s'agit pas là d'une défiance de principe ; simplement le temps de la presse n'est ni celui de la réflexion, ni celui de la gestion. Il hâte les événements, les dramatise, les soumet à évaluation permanente. Sur la plupart des dossiers, vous ne pouvez pas dire aux médias ce que vous êtes en train de faire : il faut leur annoncer ce que vous avez fait, et attendre leurs commentaires ou critiques.

Je connais ce fonctionnement depuis longtemps. Je viens à la presse avec mon message, je le confie à ces messagers, et je n'ai plus qu'à prier pour que sa retranscription soit la plus fidèle possible. Quand un sélectionneur est en conférence de presse, il répond aux questions des journalistes sans leur parler vraiment : c'est à ses joueurs qu'il s'adresse. Du moins, c'est ce que je faisais. Je ne suis pas sûr que la notion de service public, s'agissant d'une sélection, implique l'explication et la pédagogie. Ce qui m'intéressait seulement, en conférence de presse, était de m'adresser aux joueurs, de les orienter, de les préparer à ce qui allait se passer. Et même s'ils ne regardent pas la télé, même s'ils ne lisent pas le journal ou ne surfent pas sur Internet, les joueurs en question seront au courant : dans la minute, quelqu'un de leur entourage, famille ou agent, les aura prévenus que j'ai parlé d'eux.

M'occuper du public, cela aurait signifié m'occuper de moi et de mon image, et cela n'a jamais été ma priorité. Mon boulot était d'abord de m'occuper des joueurs.

Malheureusement les journalistes ne se limitent pas au rôle de messager, de lien entre le public et nous. Beaucoup s'érigent en experts et en juges. Rien ne leur échappe, tout les mobilise. Ils sont là pour intéresser, surprendre et vendre. En fait, la seule place qu'ils n'occupent pas se situe au cœur de l'action. « Le pouvoir sans la responsabilité » m'a dit un copain journaliste, un jour. C'est exactement ça. Je sais, c'est le jeu. Mais parfois, je n'ai plus eu envie de jouer.

*

Du point de vue sportif, la saison 2006-2007 a été linéaire. Nous n'avons rien montré d'extraordinaire sur le terrain. En échouant en Écosse (0-1), en octobre, nous avons perdu une partie du bénéfice de notre victoire sur l'Italie. Dans cette ambiance extraordinaire de Glasgow, nous avons encaissé un but sur corner, encore. À la mi-temps, j'avais pourtant prévenu les garçons : « On joue bien, mais on s'endort. On risque de se réveiller trop tard si vous ne changez pas de rythme. » J'ai parlé de jouer « long de temps en temps » et le « de temps en temps » n'a pas été entendu. Ils ont eu l'impression d'avoir balancé sans jouer leur jeu, et semblaient prêts à m'en faire porter la responsabilité. La défaite ayant faussé leur vision du match, il a fallu que je leur montre les images. Dans l'avion du retour, Patrick Vieira m'avait dit que les anciens s'en voulaient de n'avoir pas décidé de faire 0-0, simplement, au lieu de pousser n'importe comment, sans entreprendre les efforts de replacement.

Dans les débats médiatiques autour de l'équipe, cette défaite a rameuté de vieux fantômes. J'ai recommencé à entendre le froissement des draps et le bruit du boulet. Le vent du boulet ? Pas encore, pas encore.

Quatre jours plus tard, l'équipe de France a battu les Îles Féroé (5-0) tranquillement. C'est l'époque où j'étais en tractation téléphonique avec le père de Gonzalo Higuaín, le joueur du Real Madrid, pour le pousser à choisir la France plutôt que l'Argentine. Ce père, Jorge, a joué un an à Brest, en 1987-1988, et Gonzalo est né en Bretagne, ce qui lui permet de posséder un double passeport. J'avais bien senti que le premier utilisait l'intérêt de la France pour faire monter les enchères entre River Plate, le club argentin de son fils, et le Real Madrid, qui voulait le recruter, mais je devais tenter le coup. À l'occasion du match amical contre la Grèce, en novembre, j'ai retenu Gonzalo Higuaín et Karim Benzema pour la première fois. Je voulais obliger la famille du premier à choisir et ne plus me sentir utilisé. Il n'a pas répondu à la convocation, et ironie du sort, Benzema non plus, sur blessure. Curieusement, ces deux-là ont vécu ensuite une longue concurrence au Real Madrid, que Gonzalo Higuaín a rejoint un mois après ma convocation, selon un calendrier que la famille avait donc parfaitement maîtrisé. J'avais fini par avoir la mère et le joueur au téléphone. Je comprenais très bien qu'ils choisissent l'Argentine ; je voulais seulement en avoir le cœur net et passer à autre chose, que l'on cesse de me poser la question à chaque rassemblement.

Mais il m'a tout de même fallu attendre la fin janvier et un voyage à Madrid, où le joueur venait de signer, pour obtenir une réponse définitive. Après une discussion intéressante avec Fabio Capello, alors entraîneur du Real, j'ai fini par rencontrer Gonzalo Higuaín dans un bureau, en présence de son père. Avec toutes les politesses du monde, donc un peu trop, ils m'ont expliqué que le gamin avait toujours vécu en Argentine, que c'était son pays. Je pressentais que l'histoire se terminerait ainsi, j'avais seulement effectué le voyage pour clore le sujet et que l'on ne me reproche pas de ne pas avoir tout tenté.

France-Grèce (1-0), le 15 novembre, ne nous a pas fait beaucoup avancer. Je retrouve dans mes notes des problématiques futures. Le soir de chaque match, j'écrivais pour moi-même une critique personnalisée des joueurs, un par un. J'y constate que, trois ans et demi avant la Coupe du monde 2010, le poison était déjà là.

Voilà ainsi ce que j'écrivais de Florent Malouda : « Il va falloir le remettre en place. La gloire l'a rendu prétentieux et son jeu s'en ressent. Même ses attitudes, de colère et de renoncement, sont des mauvais signes. » Concernant Nicolas Anelka, tout s'y trouvait déjà : « L'intérimaire du match. Il réussit des coups, mais il ralentit le jeu, porte trop le ballon et ne vient pas à la percussion. Du vent. »

Peu après, j'ai reçu un appel de Fabien Barthez, sans club depuis la Coupe du monde, qui me demandait mon avis avant de signer à Nantes, ou plutôt une confirmation, puisqu'il avait déjà décidé de dire oui. Il avait l'envie folle d'aller à l'Euro, ce qui me paraissait un peu utopique, mais je pensais aussi qu'il était nécessaire, à ce moment, de remettre un peu la pression sur Grégory Coupet. Le passage difficile de Fabien à Nantes ne le permit finalement pas, mais la suite de l'histoire a confirmé que cela aurait été utile.

Coupet, en fait, ne se sera jamais remis de notre choix de gardien pour la Coupe du monde 2006. Dans cette saison où il occupait toute la place, sans concurrence, il aura sans cesse étalé son malaise, et j'ai eu du mal à comprendre qu'il puisse déclarer dans la presse que la perspective de l'Euro 2008 ne le motivait pas beaucoup. Et ce, notamment, compte tenu d'un entretien avec lui, en février 2007 : « J'ai pris le temps de parler avec Coupet. Il aurait besoin d'une psychanalyse. Barthez hante encore ses jours et ses nuits. La

Coupe du monde est toujours là. Je voulais lui préciser que je ne pouvais pas accepter de l'entendre dire que l'Euro ne le motivait pas. Il me répond qu'il ne peut rien y changer : "Je suis honnête, je le dis parce que c'est vrai. Mais je suis professionnel." J'ai essayé de lui expliquer : "C'est exactement ça, tu es pro, tu fais ton boulot. Mais pour aller au bout, pour gagner une grande compétition, il faut faire plus, au moins pour les autres, parce que vous, les gardiens, avez le pouvoir de rassurer ou de détruire une équipe." Il est complètement envahi par Barthez et ne s'en sort pas. Je ne peux pas répéter plus que c'est lui le numéro un. »

*

En cette saison post-Coupe du monde, j'ai avancé au rythme de l'équipe, mais aussi de mes questionnements intérieurs. J'ai pu en formaliser certains en janvier, à Tignes, dans le cadre du séminaire du staff technique. En posant des mots sur mes difficultés et mes doutes, ce stage m'a sorti de la torpeur qui menaçait de m'engloutir.

Je préparais ces séminaires avec Jean-Pierre Doly. On a parlé de lui comme d'un gourou ou d'une éminence grise, assertions ridicules car c'était beaucoup plus simple que cela. Aimé Jacquet l'avait fait venir pour le DEPF, le diplôme d'entraîneur professionnel, parce qu'il souhaitait poser des passerelles entre le management d'une équipe et celui d'une entreprise. Doly travaillait pour Franck Riboud chez Danone, et m'avait sollicité en vue d'un séminaire d'entreprise. Progressivement il est devenu un peu le DRH du staff, mais sans empiéter sur mes prérogatives. Il m'a aidé dans la structure des séminaires et la définition des objectifs tout en me déchargeant d'une partie de la gestion du staff ; mais jamais il n'a eu affaire aux joueurs, ni ne s'en est mêlé.

À Tignes, donc, en janvier 2007, chacun devait réfléchir sur les objectifs, aussi bien ceux du groupe que les siens propres. Nos techniques de réflexion et de communication m'ont permis de préciser ce qui me pesait. Mes objectifs ? Rester lucide pour ne pas être victime de la facilité et conserver une vision précise de ma tâche et de ma responsabilité. Je me suis rendu compte que mon combat récurrent pour devenir, parallèlement, Directeur technique national, selon un double mandat dont des sélectionneurs du passé avaient bénéficié, constituait une manière de fuir. Il fallait que j'assume mon poste sans rêver à un autre, plus contrôlé, mieux contrôlable.

Les autres ont évoqué la nécessité de progresser, et je me suis demandé ce que j'avais fait pour ça, ces derniers mois. À moi de me rendre disponible à 100 %, d'éloigner les doutes et les atermoiements, tous ces chants des sirènes qui me murmuraient qu'ailleurs les choses deviendraient plus faciles. Il fallait que j'affronte la réalité en me confrontant à moi-même. J'ai commencé à penser que l'idéal serait de rester sélectionneur le plus longtemps possible. Qu'après la Coupe du monde 2006, qui avait relancé la fièvre de 1998, nous avions le pouvoir, joueurs et staff mêlés, de permettre au rêve du public français de se poursuivre. Ce bel objectif m'a permis de quitter Tignes regonflé à bloc.

J'ai connu un autre beau moment, en janvier : ma fille aînée, Karen, a donné naissance à un petit Mylan. Elle m'a toujours soutenu, elle a toujours été là, et cette fois, c'est moi qui la soutenais à mon tour, même si je lui en voulais quand même un peu d'avoir fait de moi un grand-père (*sourire*, comme on écrit entre parenthèses dans les journaux).

*

Nos matches amicaux contre la Grèce (1-0) ou l'Argentine (0-1) se sont avérés sans grand relief, mais nous avons avancé à notre rythme dans les qualifications, avec une victoire importante en Lituanie (1-0), en mars 2007, juste avant une autre sur l'Autriche (1-0) qui vit la première sélection de Nasri, Benzema, Diaby et Lassana Diarra. Le sens de ma causerie s'accordait à cette jeunesse : « Ne vous inquiétez pas, jouez votre jeu, et si ça ne marche pas, on dira que c'est moi qui suis fou de vous aligner tous ensemble. »

Face à un Nicolas Anelka qui marquait le but de la victoire en Lituanie, mon jugement dessinait bien ses deux faces : « Comme on l'aime. Actif, buteur, remiseur, passeur. Beaucoup de puissance, et très disponible. S'il avait pu être tout le temps comme ça ! »

Cette semaine-là, je reçus aussi un trophée ; celui pour une deuxième place, derrière mon ami italien Marcelo Lippi, au classement des entraîneurs de l'année effectué par un organisme de la FIFA. Étant distingué par les journalistes de cent pays, j'ai apprécié l'ironie.

La saison s'est terminée par deux succès, nécessaires mais difficiles, sur l'Ukraine (2-0) et la Géorgie (1-0). Je n'aimais toujours pas le calme médiatique, que je n'arrivais pas à prendre pour une victoire, mais comme le signe que quelque chose ne tournait pas rond. Le 28 mai, à Clairefontaine, je note d'ailleurs : « Conférence de presse d'une tranquillité désarmante. Il n'y a pas de sujet de polémique, pas une question sur les joueurs absents, pas de scandale. La routine. C'est la première de mes inquiétudes : tout est trop calme. »

Anelka avait encore marqué, face à l'Ukraine, où il s'était montré bon. S'il ne l'avait jamais été, tout aurait été évidemment plus simple. Ma critique de ce soir-là : « C'est quand même la pointure au-dessus. Facile, trop parfois, mais utile. Même dans le replacement il fait les efforts. Il appelle le ballon, le garde quand il le faut et marque. Que demander de plus ? »

*

À Auxerre, avant notre match contre la Géorgie, s'était néanmoins produit un événement qui aurait dû m'inciter à réfléchir. Le président Escalettes avait surgi comme un fou dans le vestiaire qu'il avait traversé en trombe pour se précipiter vers moi et les membres du staff avec lesquels je m'entretenais. Il m'avait lancé aussitôt, au plus fort de l'excitation :

« Vous avez vu la nouvelle ? Laurent Blanc vient de signer à Bordeaux, comme ça, on ne pourra plus me dire que… »

Il s'était soudain arrêté, confus, venant de saisir la portée de ses paroles. Et surtout de celles qu'il s'apprêtait à prononcer devant nous : « Comme ça, on ne pourra plus me dire qu'il n'a jamais été entraîneur et qu'il n'a pas assez d'expérience pour devenir le sélectionneur de l'équipe de France. » La nomination de Laurent Blanc à Bordeaux levait en effet l'hypothèque qui lui avait coûté le poste de coach des Bleus en 2004. En dépit de ce handicap aux yeux des autres décideurs, il avait été à l'époque le candidat favori du président. La joie que Jean-Pierre Escalettes laissait éclater à Auxerre exprimait donc clairement que, trois ans plus tard,

Laurent Blanc restait son sélectionneur idéal et préféré. De là à me prendre à témoin… Je l'ai fixé, il a blêmi.

Nous nous sommes regardés, les gars du staff et moi, tandis que Jean-Pierre Escalettes repartait sans un mot, ayant fini par réaliser l'ampleur de sa boulette et ce que révélait cet acte manqué.

Sur le moment, je n'avais vu que le comique de la situation, sans en discerner le caractère prémonitoire. Quelques mois plus tard, je comprendrais que le président me soutenait comme une corde le pendu. La vérité était qu'il aurait toujours voulu voir quelqu'un d'autre à ma place. Avec les succès, il n'avait pu que reléguer ce désir au fond de lui-même. Mais dès que les difficultés apparurent, tout devint clair.

J'étais loin, à l'époque, de tels soucis. Tout paraissait nous sourire. Je pouvais partir en vacances sur l'île de Ré d'un cœur serein pour y retrouver Estelle et les enfants ; après Victoire, un petit frère, Merlin, était né le 25 juillet 2007. Même sans soleil, ou presque, cela aura été de belles vacances, calmes, harmonieuses, reposantes, sans ombre au tableau, sans réflexions angoissantes, sans un instant d'ennui. Une telle sensation d'abandon était si nouvelle que je me suis presque étonné d'y prendre goût.

Un mois plus tard, les vacances finissaient. Le dernier jour, en ouvrant la fenêtre donnant sur le jardin, j'ai éprouvé le désir fou que ces beaux jours ne s'arrêtent jamais. J'emporterais avec moi le sourire de Victoire, ses petits pas sur le carrelage, ses caprices qui me faisaient rire, les bons moments avec Estelle.

Mais je devinais que, professionnellement, les nuages réapparaîtraient à la première occasion.

*

Le problème, c'est que la première occasion est venue de moi. Je me suis mis en difficulté par un excès de sincérité dans une interview accordée au *Parisien*, à la mi-août. Il était question de l'Italie qu'on allait retrouver pour un match décisif de qualification en septembre. J'ai refait mon histoire personnelle avec les Italiens et rappelé une sale soirée vécue avec l'équipe de France Espoirs, un match honteusement perdu contre l'Italie, qui nous avait privés des Jeux Olympiques 2000, après des décisions arbitrales objectivement scandaleuses. J'aurais dû en rester là, mais j'ai déclaré ce que je pensais, c'est-à-dire ce qui ne se profère pas : j'ai parlé d'un « arbitre acheté. »

De quoi susciter une polémique quasi planétaire !

La deuxième lame est venue de la mauvaise interprétation d'une phrase sur Materazzi, que j'ai qualifié « d'homme de la finale de la Coupe du monde. » Le grand public y a lu une apologie de la provocation. À une époque, j'aurais pu, peut-être, mais là ce n'était pas le cas. Au contraire : j'avais voulu faire passer le message que la provocation existe sur un terrain, qu'il fallait y résister, c'est tout, que le faible est celui qui craque et réagit.

*

Dans ce décor de tempête, notre victoire en rencontre amicale contre la Slovaquie (1-0) est passée presque inaperçue. L'UEFA m'était tombée dessus en me menaçant d'une suspension. Michel Platini, son président, m'avait appelé directement, en colère, après la publication de l'interview. Il a fallu que j'organise ma défense, en surplus de celle de l'équipe de France, pendant la préparation des deux matches décisifs en

Italie et contre l'Écosse début septembre. J'avais autre chose à faire, et globalement, j'ai vraiment fait autre chose, m'occupant seulement de notre match en Italie, où j'étais devenu l'ennemi numéro un.

La suite et les enquêtes de la police italienne ont démontré mieux que moi, depuis, le système des arrangements, qui a impliqué des grands dirigeants, des arbitres, des joueurs. Puisque la justice italienne a établi que cela existait vraiment, je ne doutais pas un seul instant que l'UEFA allait me réhabiliter au plus vite.

En attendant, en plein stage de l'équipe de France, j'ai été convoqué au siège de celle-ci, à Nyon, devant la commission de discipline qui m'a rappelé des souvenirs de jeune défenseur moustachu.

En date du mardi 4 septembre, mes mots racontent longuement cette journée particulière.

« Partis à l'aube de Toussus-le-Noble et arrivés en avance. J'ai eu le temps de discuter avec le procureur, avocat à Lausanne, qui a instruit le dossier. Il a l'air sympa, mais il fait son boulot : décor classique. Le président de la commission, un Suisse, attaque et me reproche l'absence d'excuses, en fait un point majeur. C'est une autre de mes erreurs : je sais pourtant que c'est ce qui marche, dans ce monde, de faire semblant. Je ne peux pas, c'est tout. J'ai essayé d'expliquer que mon objectif, dans cette interview, était de tirer les leçons de l'affaire Zidane, et de transmettre aux joueurs français un message sur la meilleure manière de réagir aux provocations et aux injustices. J'ai reconnu que ce message avait été altéré par cette (bip) de phrase sur ce (bip) d'arbitre portugais. J'ai fini par présenter des excuses, mais trop tard : le match était joué d'avance, ce que le président de la commission a confirmé avec sa dernière remarque avant la sentence ("Je suis heureux que Michel Platini ne soit pas intervenu"). C'était sa seule motivation : montrer qu'ils étaient indépendants, ce qui impliquait de ne pas m'accorder le sursis, pour ne pas passer pour des partisans, ou des courtisans, de Platini.

J'ai pris un match de suspension ferme, interdiction de banc et de vestiaire, mais comme ils se sentaient gênés, ils m'ont enlevé l'amende, ce qui, venant de l'UEFA, est quand même très rare. Pendant l'audience, le président m'a d'ailleurs demandé qui allait la payer cette amende, comme si cela le regardait. J'assume mes actes et je n'ai rien demandé à la Fédé. Mais sa question m'a laissé penser que j'étais jugé d'avance, puisque l'on me demandait durant l'audience qui allait régler ma condamnation.

Il a eu le culot, monsieur le président du jury, de lancer, mais "sans ironie", que j'étais seulement suspendu de terrain mais que si la Fédération française avait peur qu'il y ait des troubles dans la tribune, je n'étais pas obligé de venir au stade.

Un mot, quand même, sur mon avocat, mon président à moi : à chaque fois qu'il a parlé, il a donné à l'adversaire un argument pour justifier la condamnation. En partant, j'ai ri en lui annonçant que je voulais aller jusqu'à la Cour européenne des droits de l'homme. Il tremblait à cette idée.

Dans l'après-midi, retour à Clairefontaine, devant les journalistes. *No comment* a été ma réponse. J'ai essayé de ramener le débat sur le match, sur le terrain. Pas facile, ils sont excités par cette affaire, et moi par les deux matches à venir. Je ferai attention avant de l'ouvrir, promis. Accroche-toi, Raymond, ils vont te fusiller. »

*

Sinon ? Sinon, nous avions bien préparé ce match en Italie. Patrick Vieira, qui jouait avec lui à l'Inter, m'avait dit que Materazzi, toujours lui, l'avait assuré qu'un 0-0 irait très bien aux Italiens. Je ne savais pas s'il fallait le croire. J'avais aussi remercié Franck Ribéry d'avoir déclaré dans la presse que ma présence sur le banc et dans le vestiaire était indispensable. Enfin, j'avais déjeuné avec mon président ; côte à côte, mais presque dos tournés, comme si nous n'avions rien à nous dire puisqu'il avait passé son temps à lire des messages sur son portable.

Le matin du match, le samedi 8 septembre, nous avions peaufiné le système d'écoute et de transmission, pour communiquer entre le banc et la tribune sans que personne ne le remarque. Avec Pierre Mankowski et Bruno Martini, mes adjoints, furent étudiées les options de changements en cours de match en fonction des événements. En fin d'après-midi, je terminai la causerie aux joueurs en leur donnant rendez-vous après la rencontre.

En arrivant au stade, je suis passé en force avec le groupe pour entrer dans le vestiaire, avec l'excuse de mes affaires à poser. Personne n'avait osé me l'interdire. Il m'a cependant fallu, au bout de cinq minutes, rejoindre un salon mis à ma disposition juste en face du vestiaire des Italiens. J'ai croisé Cannavaro qui m'a dit bonjour gentiment et se souvenait, lui, que j'avais aussi fait la finale de la Coupe du monde.

Le match ? 0-0. Soit ce que nous cherchions et qu'ils voulaient. D'en haut, j'ai senti qu'il ne pouvait se passer autre chose. Je n'ai pas pu aller dans le vestiaire à la fin de la rencontre. J'étais suspendu, me répéta-t-on.

Suspendu après la suspension, une première mondiale !

*

L'huile sur le feu, vous connaissez ? Le lendemain, Téléfoot en a fait des tonnes sur mes moyens de communication – qu'aurait-on dit, *a contrario*, si je n'étais pas intervenu auprès des Bleus comme mon métier l'exige –, en diffusant une séquence où je passe un papier à un membre du staff. Heureusement, on ne voyait pas grand-chose. J'ai nié, bien sûr, mais me suis interrogé sur le but de cette sorte de délation.

En regard des médias, la logique d'un sélectionneur n'est pas d'être parano, mais son intérêt est de travailler en paix. Ainsi, j'ai toujours mal supporté de découvrir dans le journal du lendemain le compte rendu exact de nos séances à huis clos, ne serait-ce que parce que je n'ai jamais lu ce que préparaient nos futurs adversaires dans le même temps. Je sais que le lecteur français s'intéresse peu à l'équipe de départ de la Lituanie, mais ce genre d'infos crée un déséquilibre qui a pu nous porter préjudice dans les quelques occasions où nous possédions des données techniques à cacher à nos adversaires. Or, à Clairefontaine, il suffisait aux journalistes de monter sur le toit d'une voiture pour tout voir, et donc tout savoir. Résultat : une bâche fut installée pour leur boucher la vue, après bien des tractations avec la Fédération et le directeur de Clairefontaine. Mais une bâche ne peut colmater les fuites venues de l'intérieur...

*

Ce 0-0 aurait dû nous aider à bien préparer le France-Écosse qui suivit. Or une nouvelle défaite (0-1) nous attendait, qui plus est un soir de présence de l'équipe de France au Parc des Princes. Je l'ai mal vécue, comme toutes les autres, mais un peu plus mal que d'habitude, sans doute parce que, derrière ce décor, le retour au même moment de Gérard Houllier à la tête de la DTN n'annonçait pas grand-chose de bon pour moi ; surtout que notre qualification pour l'Euro 2008 s'en trouvait fragilisée.

En outre il fallut gérer le cas Trezeguet. Le mardi, je l'avais rencontré pour qu'il explique en direct certaines des déclarations sur son jeu, et m'étais heurté à ce magnifique égoïsme qui lui a permis de faire carrière mais qui, dans ce cas précis, me cassait les pieds de manière monumentale. Après lui avoir rappelé mon envie d'utiliser le vrai Trezeguet, et non le joueur ayant marqué treize buts en série B italienne la saison précédente, tandis qu'il évoquait sa place, son importance, son vécu, sa volonté de ne plus venir comme simple remplaçant, son désir aussi d'un autre système (deux attaquants et un meneur de jeu, c'est-à-dire celui qu'il avait eu à l'Euro 2004, échec qu'il avait oublié), j'acceptai de le sélectionner.

Le lendemain, il a joué. Et on a perdu. Voici mon verdict à chaud : « Le mystère. Je l'ai laissé sur le terrain en pensant qu'il pourrait au moins une fois profiter d'un cafouillage et d'un ballon qui traîne ; mais rien, pas même une demi-occasion. Le drame. Le pire, c'est que je l'ai laissé sur le terrain jusqu'au bout. Je n'ai pas géré ce match comme je le sentais, mais en pensant que personne ne pourrait me dire quoi que ce soit parce que j'avais agi comme on l'attendait au lieu de faire ce qu'il fallait. J'ai oublié que ce n'est pas lorsque je m'inquiète de mon sort que nous gagnons les matches, mais quand je me fiche des qu'en dira-t-on et prends tous les risques. Maintenant, nous sommes dans la galère. »

Nous nous en sommes sortis après avoir beaucoup ramé. Le mois suivant, de nouvelles questions me furent posées sur Trezeguet ; j'ai répondu que la porte demeurait ouverte, tout en gardant pour moi que ma religion était faite, ô combien. Et lorsque Lilian Thuram m'a suggéré de convoquer Trezeguet, j'ai simplement rappelé que nous avions perdu les quatre derniers matches où il avait été notre avant-centre titulaire.

*

Je n'oublierai jamais notre déplacement épique, et notre victoire, aux Îles Féroé (6-0), un soir où Thierry Henry a égalé le record de buts de Platini en équipe de France. Car il se passe toujours quelque chose dans cet archipel au large de l'Écosse et de l'Islande. En 2004, déjà, la moitié de l'équipe de France y était restée coincée vingt-quatre heures en raison du brouillard le lendemain du match, alors que l'autre était rentrée dans la nuit grâce aux avions privés affrétés par les clubs. Ce qui nous avait autorisé une journée magique, entre nous et loin du monde.

Cette fois, il n'y eut pas de magie, mais un peu de malédiction... et toujours à cause du brouillard. Thorshavn, la capitale des Féroé, possède un aéroport qui exige des pilotes une formation spéciale, car ils ne peuvent y atterrir qu'en mode manuel en raison des montagnes qui obligent à quelques acrobaties avant de redresser l'avion au dernier moment. Or, avec le *fog*, impossible d'atterrir la veille du match. L'appareil a donc tourné, tourné encore autour de l'archipel avant de faire demi-tour, se poser une fois en Écosse, une autre en Norvège, où nous avons passé la nuit. Le jour de la rencontre, les conditions météorologiques n'avaient pas changé, mais nous ne pouvions pas tourner éternellement ! L'avion a pris de la hauteur, puis s'est à nouveau enfoncé dans le brouillard. Alors que j'étais placé contre un hublot, j'ai vu tout à coup la montagne au bout de l'aile – mais vraiment au bout, à la toucher – et par réflexe je me suis jeté de l'autre côté, comme pour l'éviter, sans avoir eu le temps de réaliser ou d'avoir peur. Tous ceux installés du même côté ont éprouvé ce choc. De fait, des images prises de l'aéroport montrent notre appareil émergeant du brouillard au ras des montagnes, complètement en travers, ne se remettant droit qu'à l'instant de toucher la piste. Une frousse mémorable avec un match commençant trois heures plus tard et encore une heure de bus à travers les fjords ! Dans le football, tout est dans la préparation ? Au bout de dix minutes, nous menions déjà 2-0.

Quatre jours plus tard survint une belle victoire sur la Lituanie (2-0), à Nantes, grâce à deux autres buts de Thierry Henry. Nous nous rapprochions de la qualification, qui devint officielle quatre jours avant notre rencontre avec l'Ukraine, en novembre ; je l'ai apprise en regardant Lituanie-Ukraine, au lendemain de France-Maroc, car c'est la victoire de l'Italie en Écosse, le même soir, qui nous a qualifiés.

À Kaunas, je me suis concentré sur mon match et mon futur adversaire, ne voulant rien savoir, mais à la mi-temps j'ai appelé Estelle, ayant vraiment envie d'apprendre la bonne nouvelle ; à son bonjour, j'ai su. Mais je ne pouvais jeter mon calepin en l'air et sauter dans les bras des journalistes ; aussi j'ai fait le numéro, dit être partagé entre le soulagement et le regret de ne pas voir cette génération disputer une rencontre décisive à haute intensité. Je le pensais – un peu –, mais à la vérité j'ai éprouvé un bonheur fou, plus fort que deux ans plus tôt, au moment de cette qualification pour la

Coupe du monde. Je suis rentré à Paris dans la nuit et la béatitude. L'euphorie m'a même empêché de dormir.

*

Nous avons joué notre dernière rencontre de l'année 2007 à Kiev, contre l'Ukraine (2-2), en montrant juste assez de qualités pour que les rabat-joie ne clament pas que nous devions uniquement notre qualification aux Italiens. Anecdote : c'est le jour où Frey a pris un but de vingt mètres, par la tête de Chevchenko, en prétendant avoir été gêné par l'éclairage. Décidément, on ne refera jamais les joueurs.

L'Euro avait commencé. Aussi, le jour du match, en l'absence de Sagnol et Vieira, j'ai convoqué Thierry Henry, Lilian Thuram, Claude Makelele, William Gallas, avec le désir de les responsabiliser : « Vous êtes les cadres, c'est vous qui devez traduire l'esprit de l'équipe, celui de la gagne, celui de 1998. L'esprit d'une équipe vient toujours de l'intérieur. Les autres ont besoin de vous, et vous d'eux. Votre exigence est votre force. D'abord à travers votre performance, qui vous permet d'avoir ce statut de cadre, ensuite à travers votre comportement. Les autres sentiront ce que vous traduirez. L'idée qui doit passer, permanente, c'est la gagne. »

Lilian Thuram intervint pour évoquer les autres cadres qui auraient dû être avec nous, comme Éric Abidal ou Franck Ribéry. J'ai répondu que trop de cadres tuent les cadres, et qu'eux, plus Vieira et Sagnol, s'avéraient largement suffisants. Gallas ne dit pas un mot. Il était content d'être là, mais, je le savais, ne serait jamais un leader.

*

137

Les six premiers mois des années paires, chez les grandes nations du football, sont régis par un compte à rebours d'une nature particulière. Les rencontres amicales deviennent des matches de sélection, et l'obsession médiatique et populaire de la liste des vingt-trois joueurs sélectionnés pour la Coupe du monde ou l'Euro qui arrive provoque des dilemmes sans fin. Le sélectionneur est bien placé pour le savoir : il endure exactement les mêmes. Enfin presque : disposant d'autres éléments, il ne part pas du même raisonnement et ne parvient pas à la même conclusion.

Mais c'est une pression parallèle à celle, essentielle, qui consiste à continuer de construire une équipe, en tenant compte de ses équilibres techniques, mais aussi générationnels. Dans les six mois qui ont précédé l'Euro 2008, nous avons perdu en Espagne (0-1), en février, puis battu l'Angleterre (1-0), en mars, selon une alternance qui nous a maintenus dans l'incertitude autant que dans l'illusion.

En marge de ces deux rencontres, j'ai également organisé deux matches pour l'équipe de France A', contre le Congo à Malaga et face au Mali au stade Charléty, à Paris. Du coup, j'avais trente footballeurs en stage, ce qui était une erreur. Tous les appelés s'imaginaient qu'ils jouaient en équipe de France sans hiérarchie nette, et j'ai accentué le phénomène. Ce fut l'un des principaux écueils rencontrés durant l'Euro 2008 : les vingt-trois se voyaient en participants importants, alors qu'un groupe ne fonctionne que si chacun connaît son rôle, notamment les remplaçants. Avec trente joueurs, difficile d'identifier l'équipe de France A, alors que, socialement et sportivement, la hiérarchie s'avère essentielle.

À la relecture de mon journal, je constate d'autres

signes avant-coureurs de ce qui allait survenir. Ceci dit, n'est-ce pas parce que je connais la suite que je les distingue aussi nettement ? Toujours est-il que, sur le match de Karim Benzema, en Espagne, j'écris ceci : « Il est entré en jeu comme dans la cour de l'école, pour faire un petit show devant les copains qui, eux, se décarcassent pour récupérer les ballons qu'il perd par facilité. N'a toujours pas passé le stade supérieur dans ce match, même s'il a eu une ou deux belles occasions, dont une frappe sur la transversale. Je lui ai redit, à la fin du match, qu'il devait "muscler son jeu", pour reprendre l'expression d'Aimé Jacquet à l'égard de Robert Pires, en 1998. »

Dans mes notes, je retrouve aussi l'agacement des cadres de l'équipe à l'encontre de l'attitude, l'égoïsme et l'immense talent d'Hatem Ben Arfa, au sujet duquel notre diagnostic commun s'était vu sommairement résumé par l'un d'eux : « Des baffes, sans hésitation. »

Un mois après, avant France-Angleterre, c'est une discussion avec Samir Nasri qui m'a énervé. Alors que je lui expliquais combien j'attendais plus de lui, sa réponse m'a fait bondir puisqu'il s'est caché derrière « le collectif qui ne marchait pas. » Ayant senti que je n'avais pas aimé son jugement, il essaya de récupérer le coup, mais j'ai tranché : « Pose-toi la bonne question, toi qui es meneur de jeu : à qui la faute ? N'inverse pas le problème ; de toute façon ton statut ne te le permet pas. Tu joues comme un grand-père, comme Larqué il y a trente ans. Tu dois finir tes matches en donnant tout, même si, pour le moment, tu ne peux pas aller au bout. »

*

La vie d'un sélectionneur de janvier à mai, les années paires, consiste aussi à refaire sans cesse dans sa tête la liste des joueurs sélectionnés pour la phase finale, tout seul, ou avec son staff. J'ai retrouvé la trace de notes diverses (« Avec l'émergence de Mandanda, il va être difficile que Landreau conserve son statut de gardien numéro deux »), et même, en date du 31 mars 2008, une liste provisoire sous l'intitulé : « Si c'était aujourd'hui… » Puisqu'il y a prescription, j'avais dessiné une équipe agrandie, un peu différente de celle que j'ai fini par annoncer un mois et demi plus tard : Coupet, Landreau, Mandanda (gardiens) ; Clerc, Sagnol, Thuram, Gallas, Abidal, Evra, Escudé, Squillaci (défenseurs) ; Makelele, Vieira, Toulalan, L. Diarra (milieux) ; Ribéry, Govou, Valbuena, Malouda, Henry, Anelka, Benzema, Nasri.

J'avais formalisé celle-là dans mon journal, mais sans cesse, dans ma tête, de la réaménager : une semaine avant et une semaine après, elle n'était pas forcément la même. Finalement, je n'ai pas emmené à l'Euro Landreau, Escudé, ni Valbuena, mais Frey, Boumsong et Gomis. Si bien que les médias ont passé leur temps à me dépeindre en sélectionneur entêté alors que j'ai passé le mien à m'interroger, ajouter, retrancher, réaménager les équilibres de l'équipe, imaginer les complémentarités puis les remettre en cause. Je me suis ouvert à toutes les solutions possibles, même à celles qui me laissaient sceptiques : un entraîneur accepte toujours que le terrain lui donne tort, il ne demande même que ça. J'ai parcouru l'Europe à la recherche de signes, passé mes week-ends et mes soirées devant la télé, et tout cela a contribué à fixer mes convictions. Elles ne l'étaient pas dès le départ, elles ne le sont jamais : les sélections au dernier moment de Ribéry et Chimbonda en 2006, Gomis en 2008 et Valbuena en 2010, établissent que l'ouverture existe. Je ne parle pas de mon ouverture d'esprit – je ne me sens pas le devoir de convaincre sur ce plan (quoique Raymond, quoique…) –, mais de l'ouverture de l'équipe de France aux talents qui émergent. Aucun sélectionneur ne sera assez fou pour passer à côté d'un joueur qui peut faire gagner son équipe.

En mettant bout à bout mes remarques sur les matches de Mexès en ce printemps 2008, je retrouve par exemple les raisons pour lesquelles je ne l'ai pas emmené à l'Euro : « Ni bon, ni mauvais. Un état d'excitation qui prouve qu'il n'a pas changé. Il peut être dangereux pour son équipe. À son niveau, c'est-à-dire en difficulté dans les matches qui vont vite. Je ne le prendrai pas, à moins de gros problèmes dans le secteur. »

Le stress affleure à chaque page, et ce que je lis, recul aidant, contraste avec la carapace d'arrogance, de provocation et de certitudes dont les médias enveloppent mes apparitions publiques : « Dans quel état je vais finir ? Vivement que ça commence… Je ne suis pas bien, je me sens agressé en permanence, à fleur de peau. Il faut que je me calme si je veux rester lucide. » Ces lignes, en vérité, ne me surprennent même pas puisque c'est exactement le souvenir que j'en garde et qu'elles traduisent l'ordinaire de la vie d'un sélectionneur avant une grande compétition et un choix sur lequel tout le pays possède son avis.

Je me suis inquiété, souvent, toujours. J'ai ainsi écrit sur Anelka, après un match de Chelsea : « Il ne pèse pas sur le match. C'est bizarre, comme impression : il ne sert à rien mais il a une aura exceptionnelle. On dirait Cantona. » J'ai aussi constaté que Patrick Vieira n'était pas au mieux, d'où la nécessité d'un travail particulier à Tignes, avant l'Euro.

Le 14 mai, avec le staff, j'ai dressé une liste de

vingt-neuf footballeurs où figuraient Rami et Gomis, mais pas Cissé ni Mexès. Quatre jours plus tard, la liste définitive de trente joueurs a été officialisée, sans Rami, avec Cissé et Mexès. La vie de sélectionneur est bien un dilemme permanent.

*

J'ai essayé de renouer avec la dynamique de la Coupe du monde 2006, mais je me suis heurté, dans l'approche de l'Euro 2008, à la modification de la pyramide des âges de l'équipe de France, et donc au bouleversement de ses équilibres et de sa vie sociale. Ce boulot n'avait jamais été de tout repos, même après le retour des trois anciens, Zidane, Thuram et Makelele en 2005. La gestion du groupe avait parfois été tendue, avec des affrontements, des accrochages, mais il s'agissait de débats entre adultes sachant argumenter et capables d'accepter un point de vue après un long échange. Or, en ce printemps 2008, je sentais clairement le fossé s'élargir entre les générations et le débat s'appauvrir. Je pensais que le bouillonnement dû à l'arrivée massive des jeunes aurait un effet bénéfique pour l'équipe, et que le mélange des générations pourrait être explosif. Il l'a été, mais pas dans le sens souhaité. Pour que ce mélange soit plus positif, il aurait sans doute fallu que le terrain dégage une hiérarchie plus nette : si la frontière entre les meilleurs et les autres avait été clairement tracée, chacun serait probablement resté à sa place. Mais je disposais d'assez de bons joueurs pour former trois équipes de France, et contrairement à ce que l'on peut penser, ce n'est jamais une excellente nouvelle. Car si rien ne s'impose, c'est qu'il n'existe aucune certitude. Quand tout se vaut, tout devient discutable et tout est discuté.

En 2006, nous avions dressé la liste des joueurs sélectionnés en une heure. Deux ans plus tard, les réunions ont été longues et nombreuses, des circonstances qui ont aidé les journalistes à décrire un sélectionneur incohérent. Soit dit en passant, je peux leur renvoyer le compliment puisque, à les en croire, j'étais tantôt celui qui ne savait pas où il allait, tantôt celui qui s'entêtait.

En fait, je me suis dirigé vers l'Euro avec le sentiment que rien n'était solide et que tout me glissait entre les doigts. L'équipe de 2004 ressemblait encore à celle de 1998 et se comportait selon les mêmes lois. Après les échecs de 2002 et 2004, il avait fallu reconstruire, retrouver la confiance et recommencer à gagner, et les résultats avaient été au rendez-vous. Or, désormais, toute colonne vertébrale avait disparu, le flottement s'avérait général. Une génération de nouveaux joueurs était arrivée. Et ils ne ressemblaient guère à ceux qui les avaient précédés.

*

Au fil du temps, dans le football français, le passage de relais entre anciens et nouveaux s'est effectué de plus en plus mal. C'est également valable pour les sélectionneurs : quand je suis arrivé à mon poste, en 2004, je n'ai pas trouvé la moindre archive, ni le plus petit élément pour me raccrocher à une quelconque histoire. Le football français a tendance à ignorer sa culture et ses racines. Un exemple parmi cent autres : à son siège parisien, la Fédération française de football exhibe les photos d'anciens présidents selon une démarche légitime, car le système français de gestion des fédérations par des bénévoles reste, à juste titre, une fierté nationale. En revanche, pour trouver celle d'un sélectionneur hormis Aimé Jacquet, il faut fouiller les archives. En 2005, j'avais souhaité inviter tous les ex-sélectionneurs à un match au Stade de France, et la Fédération avait refusé, sous prétexte que Roger Lemerre était parti en intentant un procès à la FFF. Mais Roger n'avait été que l'adjoint d'Aimé Jacquet en 1998 et champion d'Europe en 2000 ! Une paille.

À Clairefontaine, je me suis ainsi battu pour donner un peu de solennité au bâtiment où réside l'équipe de France. Ayant toujours été sensible à la notion d'héritage, à ce que chaque génération doit aux précédentes, au fait que, lorsque l'on sait entretenir la mémoire, le respect des anciens devient un état d'esprit, à l'idée qu'être le dernier maillon d'une longue chaîne implique des obligations, j'estimais – et estime toujours – qu'un véritable champion doit avoir la culture de son sport. J'étais donc choqué de voir les joueurs séjourner dans des chambres dont ils ne connaissaient pas les occupants antérieurs. Dans mon esprit, un footballeur de vingt ans ne peut pas être indifférent à l'idée de dormir dans la pièce qu'occupait, par exemple, Zinedine Zidane. Aussi ai-je suggéré que l'on mette des plaques sur les portes et obtenu gain de cause. Sauf que ces plaques ont été placées au hasard, de sorte que Zidane n'a peut-être jamais séjourné dans la chambre qui porte son nom… La transmission aurait possédé plus de sens, pourtant.

Ultime anecdote à ce sujet : avant l'Euro 2008, j'ai moi-même occupé une chambre dont le nom ne m'inspirait pas confiance. Celle de Nicolas Anelka. Considérant la suite de l'histoire, je me dis que c'était peut-être vraiment la sienne et que oui, il m'a sûrement transmis quelque chose !

4

Un Euro 2008 riche en émotions

La liste, toujours la liste. Quand notre préparation à
l'Euro 2008 débute, le 19 mai à Clairefontaine, celle-ci
se précise. Enfin, je fais semblant de le croire et de
le faire croire. La vérité est que je n'étais sûr de rien.
Stressé, je ne retrouvais pas la sensation qui m'avait
accompagné avant la Coupe du monde, deux ans plus
tôt. J'avais seulement envie de voir les matches commencer afin que mes doutes disparaissent et que les
performances de l'équipe puissent me conforter dans
mes choix.

Alors que l'événement approche, l'attitude des
joueurs m'intrigue. Désertés à la fois par l'inquiétude
et par l'impatience, on dirait qu'ils se laissent bercer
par une ambiance de club de vacances. Maîtrise de
l'attente, mauvaise perception des enjeux ou indifférence à l'Euro ? Je m'interrogeai.

Par contraste, le reste de « l'environnement » contri-
buait à accroître le malaise. Les attaques des médias,
l'hôtel en Suisse, où je m'étais encore rendu sans plus
d'enthousiasme que les fois précédentes, la mollesse
des joueurs, j'avais l'impression que les mauvaises
ondes se multipliaient.

La période d'attente avant l'entrée en compétition
avait été aussi difficile à vivre qu'à l'habitude, mais

pendant les derniers jours les événements s'enchaînèrent rapidement. Annonce par une conseillère élyséenne que le Président nous rendrait sans doute visite l'avant-veille du départ ; grand repas réunissant staff technique, joueurs, femmes et enfants où j'adressais un mot à chacun pour que le groupe se sente uni et que personne ne reste à l'écart. Outre nous faire vivre un agréable moment de convivialité, ce genre de soirée marquait aussi, à mes yeux, une sorte de frontière ; bientôt nous nous installerions dans notre bulle et l'extérieur ne devrait plus exister.

J'ai insisté sur ce point dès le lendemain matin et rappelé à chacun ses devoirs en regard du groupe sans susciter de réactions particulières, alors que j'aurais aimé un peu d'opposition, moins de docilité, d'apathie, presque !

*

Quelques jours plus tard, nous sommes donc partis à trente joueurs pour Tignes. Mais il y avait trop d'incertitudes et de matches à venir, dont la finale de la Coupe de France Lyon-PSG (1-0), pour bien discerner les aptitudes des uns ou des autres. J'ai continué de quêter des signes lors de l'entraînement et me suis souvent inquiété. J'ai ainsi écrit, sur Anelka : « Je ne sais vraiment pas comment on peut être attaquant et manquer autant de mobilité. En le prenant, je vais être un peu en désaccord avec moi-même. Ce n'est pas lui que je devrais mettre. Il est seulement là parce qu'il a participé à la campagne de qualification et parce qu'il s'est montré décisif, en plus. Mais je ne vois pas ce qu'il peut nous apporter en deuxième attaquant. »

Nous avons joué notre rencontre de préparation

contre l'Équateur (2-0) sans les Lyonnais, avec deux buts mis par Bafé Gomis pour sa première sélection. Mon jugement à chaud : « Sa disponibilité permet aux autres de jouer. Je suis presque déçu qu'il ait marqué. Tout le monde va dire qu'il est dans la liste parce que... Mais avec le staff, on sait, nous, qu'il y était avant. Mon choix était déjà fait. » Je relis ce commentaire du 27 mai. Le lendemain, je devais annoncer la fameuse liste. Sale journée en perspective.

Il n'existe aucune « bonne manière » d'expliquer pourquoi on choisit un joueur plutôt qu'un autre, de dire oui à l'un et non à celui qui attend avec espoir. Aussi, j'ai décidé de m'adresser à l'ensemble du groupe afin d'expliquer ce qui avait guidé mes choix, et ensuite d'aller à la rencontre des non retenus dans leurs chambres pour les avertir. J'ai joué celui qui assume, comme d'habitude, mais j'aurais voulu me trouver ailleurs. Une boule se formait dans mon estomac.

Je croisai dans le couloir Henry, Thuram, Vieira, Sagnol et Anelka. Ils n'avaient pas rejoint leur chambre et discutaient de façon tranquille, sachant depuis des mois qu'ils feraient partie de la sélection. Puis je me dirigeai vers la chambre 218, celle d'Escudé. Son cas était simple : blessé, il se doutait de la sentence. Je lui ai recommandé de bien se soigner pour revenir en pleine forme en septembre. Lui a eu l'élégance de nous souhaiter bonne chance.

Alou Diarra occupait la 219, située juste à côté. J'ai vu le poids de son désarroi dès que j'ai ouvert la porte. Il a reculé vers son lit tandis que la télé diffusait en sourdine un match de Roland-Garros, puis a fermé les yeux lorsque je l'ai informé de la mauvaise nouvelle. Alors j'ai essayé de parler de l'avenir, de savoir s'il était disponible jusqu'au 9 juin, en cas de blessure, et fini par choisir de le mettre à l'aise : « Je comprendrais, je ne t'en voudrais pas. Cela n'aura aucune incidence sur une sélection future. » Comme il avait prévu de partir loin avec sa femme en cas de non-sélection, il hésita. Je tranchai pour lui : « Passe de bonnes vacances, on se verra à la rentrée. » Je souhaitais lui parler de son jeu, mais j'ai jugé le moment inopportun. Cela pouvait attendre.

Mes pas m'ont ensuite conduit vers la chambre 221 où séjournait Ben Arfa. J'ai frappé avec fermeté – je ne sais pas pourquoi – et suis entré. La photo du grand-père de Hatem trônait sur la table, et lui me donna l'impression de prier. J'ai essayé de me montrer le plus clair possible.

« À ton poste, la seule chose qui compte est le nombre de passes décisives et de buts. Le reste, c'est du pipeau. Quand tu auras compris cela, tu atteindras le niveau international. Mais, pour le moment, tu ne l'as pas réalisé. Est-ce que tu restes disponible jusqu'au 9 ?

– Oui, bien sûr, je serai à Tunis.

– Quoi qu'il arrive d'ici là, sache que l'équipe de France continue pour toi en septembre. »

Direction l'étage et les quatre derniers joueurs non retenus. Traversant tout le couloir pour retarder l'annonce de la mauvaise nouvelle à Mickaël Landreau, j'ai commencé par Mexès. Celui-ci avait laissé sa porte ouverte et m'attendait, sur le balcon. Je lui ai demandé de s'asseoir sur le lit et comme il n'y avait pas de chaise disponible, suis resté debout.

« Je regrette que tu aies rejoint l'équipe sans croire en tes chances, dis-je.

– Vous aviez déjà votre équipe en tête, rétorqua-t-il. Difficile pour moi de trouver ma place.

– Le problème est que tu n'avais pas du tout envie de

t'inscrire dans cette équipe. Alors que Lilian lui-même le proclame : c'est toi son successeur. Or, chaque fois que je t'ai convoqué tu étais blessé ! Quand je te vois jouer dans ton club je sais que tu peux prétendre à la sélection, mais au fond de toi le veux-tu vraiment ?

– Oui, bien sûr, mais c'est pas facile…

– Bon. On verra tout ça à la rentrée. Tu restes disponible ?

– Oui.

– Alors peut-être à bientôt. »

Flamini avait lui aussi laissé ouverte la porte de sa 324, s'attendant à la sentence après une longue blessure. Sportivement, il avait su prendre son passage ici comme un cadeau. Je l'ai du reste félicité pour son match de préparation, et lui ai assuré qu'il s'inscrivait dans le futur de l'équipe de France.

Je n'étais en revanche pas vraiment à l'aise quand j'ai frappé à la porte de la chambre 321, celle de Djibril Cissé. Il faisait noir dans la pièce. Je me suis dirigé vers la fenêtre pour tirer les rideaux. Le visage de Djibril me parut vide d'expression. Il y avait une balance posée au sol.

« Tu te déplaces toujours avec ta balance ?

– Non, c'est celle de l'hôtel. »

Il s'est assis sur le lit, accablé, lointain.

« Je n'ai pas grand-chose à te dire, Djibril. C'est comme ça, c'est mon choix.

– Je le sentais. »

Il se contrôlait. Entre nous, l'émotion ne parvenait plus à passer. Un fil s'était brisé.

« Tu pars en vacances ?

– Non, ma femme est enceinte de sept mois.

– Tu vas rester à Marseille ?

– Je ne crois pas. Je n'en ai pas envie. On me fait beaucoup de propositions, alors je réfléchis. »

Je lui ai conseillé d'arrêter de changer de club, parce que selon moi il ne pouvait construire une carrière solide en agissant de la sorte.

« Je n'ai pas digéré cette saison à Marseille, répondit-il. Je veux vraiment partir. Mais s'il faut revenir avec vous avant le 9 juin, coach, je reviens. »

Le plus difficile était néanmoins à venir.

Depuis les Espoirs, je me sentais proche de Mickaël Landreau. Quand j'entrai, il se tenait au fond de sa chambre, assis sur son lit, pâle comme un mort. Je n'ai pu m'avancer. La gorge nouée, j'ai plongé : « Je suis en train de vivre un moment difficile de ma carrière… » commençai-je lorsque les larmes lui sont montées aux yeux. Attristé, je ne savais quoi dire. Quelques mots sont venus, et sans doute parlais-je plus pour moi que pour lui. J'ai fini par lâcher : « On en reparlera un jour ensemble ». Puis je me suis levé, peinant à retenir mon émotion, suis sorti dans le couloir et là, me suis adossé un instant au mur. Dure épreuve.

*

C'était fini. Je me sentais vidé, effondré même, mais il fallait encore faire bonne figure, parler au président Escalettes, qui voulait savoir. À sa réaction, j'ai réalisé qu'il me connaissait, malgré tout : « Cela a dû être difficile car, contrairement à ce que pensent beaucoup de personnes, vous êtes un affectif. »

Ensuite je suis retourné dans la salle où, trois quarts d'heure plus tôt, s'était déroulée la réunion. Le groupe d'anciens patientait dans le salon. Je me suis approché d'eux. Lilian Thuram m'a demandé s'ils pouvaient connaître la sélection. Tenant mon papier à la main, je le lui ai tendu. Il l'a parcouru, et m'a regardé, incrédule, ne me croyant pas capable d'avoir laissé de côté Mickaël Landreau et Djibril Cissé. Thierry Henry, après avoir lu à son tour, a seulement lâché : « J'avais raison. Personne ne pouvait se sentir à l'abri. »

Face à la presse, je n'ai pas craqué bien qu'au bord des larmes ; je les sentais même monter, tout au fond de ma voix blanche. Il fallait demeurer digne et professionnel, j'ai donc traversé cette conférence dans une sorte de brouillard. Et je ne suis pas certain d'avoir compris toutes les questions.

En revenant à l'hôtel, Willy Sagnol m'interrogea :
« On parle des autres, mais vous, coach, ça va ?
Une bouffée d'émotion m'a bloqué le souffle.
– Non, pas vraiment.
– En tout cas vous l'avez fait. Bravo. Vous avez eu les couilles.
– Mais plus d'estomac… »

J'ai fui dans ma chambre puis me suis réfugié dans le sauna pour cacher ma tristesse et mêler mes larmes à l'humidité. Dans l'après-midi, j'ai même oublié l'heure de l'entraînement. Heureusement le staff avait tout pris en main, tout mis en place. La séance avait déjà débuté quand je suis arrivé ; aussi je me suis installé dans un coin et ai fait de la figuration.

J'ai appris, un peu plus tard, que Samir Nasri était allé frapper à la porte de certains joueurs afin de leur faire croire qu'il s'agissait de moi. Blague d'une intelligence et d'une classe folles ! De quoi me décevoir – c'était l'époque où il le pouvait encore. Ce jour-là, si j'avais eu connaissance de cette facétie douteuse, je l'aurais viré immédiatement. Impossible de s'appuyer sur un joueur capable d'agir ainsi.

*

Le soir, les joueurs restaient tard dans le salon à discuter, à jouer aux cartes ou aux dominos, comme s'ils essayaient eux-mêmes de recréer l'ambiance de 2006. Mais je sentais que quelque chose s'était perdu entre-temps. Les différences générationnelles, la logique de revendication, les discussions jusqu'à deux heures du matin sur leurs contrats personnels et leur avenir qui les préoccupaient entièrement, tout entrait en ligne de compte.

Note du 29 mai : « Pat Vieira est venu me voir pour me dire que Ribéry se plaignait de jouer à droite. Il veut quoi, virer Malouda ? "C'est ce que je lui ai dit", m'a répondu Pat. Il va falloir que j'aille lui parler. Pendant la séance, j'ai eu l'impression en m'adressant à Benzema de me retrouver face au vide. On ne savait jamais s'il avait compris, s'il intégrait seulement ce qu'on lui disait, ou si c'était le mépris de votre petitesse qui dominait. En fait, il se braque quand il est en difficulté, ce qui n'est pas bon signe. Il a la morgue d'un grand joueur sans en être encore un. L'essentiel est que ça marche… »

Deux jours plus tard, avant un difficile France-Paraguay (0-0) à Toulouse, premier match de préparation, j'ai essayé d'interpeller les joueurs en évoquant leur investissement dans la compétition : « Je ne vous sens pas encore complètement dans l'Euro, leur déclarai-je. Pourtant, il a commencé, et tout compte. Le talent ne suffira pas pour aller au bout. Ceux qui réussiront seront ceux qui en feront plus dans la récupération et le travail et éviteront de se disperser. Et puis arrêtez de parler de vos futurs contrats en club, vous êtes en équipe de France ! L'Euro arrive et si vous vous montrez performants, vous obtiendrez tout ce que vous voulez. C'est à vos agents de s'occuper de ça : ils vous prennent entre 7 et 10 %, ils peuvent. Rassemblez-vous, mobilisez votre énergie sur l'événement. »

À Toulouse, ce soir-là, Patrick Vieira s'est blessé à la cuisse au cours de l'échauffement. Le lendemain, nous avons appris qu'il souffrait d'une déchirure. C'est comme si la relecture de mon journal m'avertissait, mais trop tard : « Je ne veux pas vivre dans l'attente d'un possible rétablissement, y écrivais-je. Dans combien de temps sera-t-il rétabli, et pour jouer quels matches ? C'est de l'énergie perdue pour tout le monde, et une course contre la montre vouée à l'échec. Les expériences de 2002 avec Zidane et de 2004 avec Desailly le prouvent. »

Peu après, le président Sarkozy est venu nous rendre visite à Clairefontaine. Il était accompagné d'une véritable armée en campagne : son directeur de cabinet, un médecin, deux ministres, Roselyne Bachelot et Bernard Laporte, des gens de la sécurité, d'autres personnes aux fonctions difficiles à identifier. Les deux hélicoptères Puma ont creusé des trous dans notre pelouse d'entraînement, ce qui ne parut pas troubler l'entourage du chef de l'État outre mesure, mais le déjeuner fut agréable. Le Président se montra détendu. Il plaisanta avec les joueurs, envoya quelques piques aux fonctionnaires, lâcha une ou deux remarques ironiques sur Roselyne Bachelot qui, par chance, ne les entendit pas, puis la conversation roula sur la jeunesse qui passe, le sport, les femmes, un sujet rassembleur. Thierry Henry s'est lâché : « Changer de femme c'est comme changer de club, on le fait pour se relancer. » À quoi le Président a fait subtilement remarquer que ce n'était pas exactement pareil : « Quand on change de club on gagne de l'argent, alors que quand on change de femme, on en perd. » Les rires fusèrent autour de la table. Un vrai déjeuner français, en somme.

*

Juste avant le départ pour la Suisse, la victoire contre la Colombie (1-0) au Stade de France m'a procuré un espoir fugace. Mais le groupe de l'Euro n'annonçait rien de bon pour l'avenir, puisqu'il comptait la Roumanie, les Pays-Bas et l'Italie, pour deux places à prendre, seulement, en quart de finale. J'avais beau faire : malgré la proximité de l'événement, je ne parvenais pas à retrouver le sentiment éprouvé, deux ans plus tôt, avant la Coupe du monde : cette intime certitude que l'avenir nous appartenait et que rien ne nous arrêterait dans notre marche vers le succès.

Sur l'aérodrome de Villacoublay, notre avion a eu du mal à démarrer. Bien sûr, j'y ai vu un signe négatif. Comme le moteur du démarreur de l'appareil était en panne, il a fallu prendre celui de la présidence et attendre plus d'une heure pour que celui-ci daigne à son tour fonctionner. Pas la peine de voir des métaphores partout pour craindre que la suite ressemble à cela. Je suis resté longtemps sur le tarmac avant de monter le dernier.

En arrivant en Suisse, dans notre hôtel situé sur les hauteurs de Vevey, le temps était exécrable ; un autre signe. Les salles et les chambres étaient plongées dans le noir et le brouillard dissimulait la vue sur le lac Leman. Même installés en haut de notre perchoir, nous avions la pénible impression d'être enfermés. Quant au terrain d'entraînement, son herbe s'avérait trop grasse et l'ambiance d'une tristesse sans nom.

Pour couronner le tout, il fallut à l'approche du premier match contre la Roumanie gérer le feuilleton de la blessure de Patrick Vieira. J'avais finalement décidé de le garder dans l'équipe. Or en Suisse, juste avant la date limite pour le remplacer, un entraînement m'avait inquiété. En le regardant courir, Robert Duverne, notre préparateur physique, m'avait glissé : « C'est mort, pour Pat… » Je le vis juste après.

« Comment ça va ?

– Ça va…

– Qu'est-ce qu'on fait ? C'est à toi de voir si tu te sens capable de rester sans jouer les premiers matches…

– Je reste. » Mais dans mon journal, j'ai écrit aussitôt que je ne pensais pas qu'il allait tenir, ni physiquement, ni moralement.

Pour soigner sa blessure, il souhaitait subir une injection que lui aurait faite à Munich le médecin du Bayern, Müller-Wohlfahrt. Notre docteur, Jean-Pierre Paclet était contre. Quant à moi je souhaitais en savoir plus sur le traitement et m'efforçais que le groupe ne soit pas touché par l'incertitude sur le sort de son capitaine. Ensuite, nous avons écarté l'injection en apprenant que le traitement durait douze jours et contenait… un produit qui posait problème selon le médecin ! Restait le sort de Patrick Vieira au sein de l'équipe. J'ai toujours su qu'il fallait trancher en éliminant du groupe un joueur blessé, et cependant je ne m'y suis pas résolu. J'ai cédé, comme les autres sélectionneurs avant moi, puis l'ai amèrement regretté, comme les autres sélectionneurs avant moi.

Dans cette affaire, les diagnostics incertains du staff

médical n'ont rien arrangé. La dernière fois qu'on avait annoncé à Vieira un arrêt de trois semaines, celui-ci avait pu rejouer au bout de trois jours. La perte de confiance dans le staff médical a ajouté au flou d'une période au cours de laquelle nous devions à la fois montrer notre volonté de tout faire pour qu'il reste et nous organiser pour le remplacer.

J'ai ressenti la même défiance lorsque la blessure de Thierry Henry l'a empêché de jouer contre la Roumanie. Les joueurs se montaient mutuellement la tête contre le docteur, créant une tension préjudiciable. Le 6 juin, j'écrivais : « Le doute m'envahit. Les petits nuages s'accumulent gentiment. La blessure de Vieira va peser dans la gestion. C'est le piège, Raymond : tu n'as pas choisi. Tu as laissé faire. Tu vas t'en mordre les doigts. »

Avec le recul, j'analyse ma décision sur Vieira – ou plutôt mon absence de décision – comme une preuve de faiblesse. Au nom de tout ce qu'il nous avait apporté et de son rôle essentiel sur le terrain et en dehors, j'avais laissé parler l'affectif ; c'est toujours une erreur. Dans le cours de mes six années de sélectionneur national, je date de ce moment l'oubli des bases de mon métier. J'avais pourtant toujours dit à mon staff : « Si jamais je décide un jour de sélectionner un joueur blessé, vous me l'interdirez ! » Mais on a beau savoir qu'il ne faut pas agir ainsi, quand survient le moment du choix on prend quand même le footballeur blessé, parce qu'on espère son rétablissement et que l'espoir est humain. Sauf que, dans une phase finale de compétition international-nationale, ce genre d'espoir est un poids mort dont il faudrait se délester.

Le 9 juin, jour de France-Roumanie, « Pat' » a fait un test. Il n'était pas optimiste, mais je lui ai laissé le choix. Compte tenu de son état, il devenait le quatrième milieu défensif du groupe, après Makelele, Toulalan et Lassana Diarra. Je lui posai alors la question : « Est-ce que tu te sens capable d'accepter la situation sans péter un plomb ? Si tu te sens mieux et si tu veux jouer, vas-tu accepter de rester sur le banc ? Si tu ne peux pas choisir, c'est moi qui le ferai. Et sans état d'âme. » Il a préféré rester, puisque je lui avais laissé le choix. Le plus étrange est que je l'ai accepté sans aucune illusion, en sachant exactement ce qui allait se produire. Dans mon carnet de bord de la journée, mon verdict est éloquent : « Je ne crois pas en sa capacité à gérer. Il va craquer. »

*

La dernière séance d'entraînement avant la rencontre avec la Roumanie a été magnifique. Mais le lendemain, le match fut quelconque (0-0). La chaleur, la pelouse trop sèche qui ralentissait le ballon et la peur ont rendu les Bleus mous, sans envergure, sans ambition. Ils jouèrent sans l'âme de vainqueurs. Leur attitude après le match m'a choqué. Ils semblaient presque satisfaits, à part Claude Makelele qui faisait une tête de six pieds de long, le seul à adopter la mine de circonstance. Dans le train qui nous ramenait de Berne jusqu'à Vevey, j'ai passé la vidéo du match en espérant que le groupe comprendrait ses erreurs, mais certains, qui jouaient aux cartes dans un autre wagon, ne se sont même pas déplacés.

J'appris quelques jours plus tard qu'un de nos joueurs avait de son côté trouvé drôle d'afficher dans une salle de détente la page d'un magazine exhibant la célèbre compagne d'un de ses coéquipiers sortant d'un hôtel au bras d'un basketteur. Ou il s'agissait d'une blague, et elle n'était pas drôle, ou d'une vraie méchanceté, et elle ne pouvait s'avérer sans conséquences. Dans ces cas-là, au-delà des sourires forcés, s'instille un poison rampant : refus de jeu collectif, envie d'humilier un partenaire, attente de l'occasion favorable à la vengeance. Et c'est souvent ainsi qu'un sentiment collectif s'amenuise. Je retrouve dans mon journal la trace des questions et du désarroi d'alors :

« C'est bien beau, un livre de bord, mais je m'aperçois, quand je veux traduire ce qui se passe, qu'il me manque le talent de l'écrivain. On peut aligner des dates, des chiffres, des noms, mais comment écrire les silences, les sourires, les demi-mots lâchés au hasard, les regards ? Pourtant, ils font partie de la vie d'un groupe, d'autant que la pression s'installe. La pression, oui, celle que je regrettais de ne pas sentir. Elle nous est tombée dessus et chacun dans son coin aspire à s'en écarter, en rejetant sur l'autre le poids du résultat. Et moi, qui sens que tout m'échappe, je ne fais que suivre, je n'arrive pas à donner le ton, parce que je ne le connais pas. Faut-il bousculer, rassurer, inquiéter ? Même l'organisation et ses défauts n'arrivent pas à me mobiliser. Je ressens la peur de perdre, la peur de la suite, la peur du regard des gens, alors qu'à la Coupe du monde, avec une autre pression, j'étais passé à côté de ça. Je ne l'explique pas. Je subis. J'ai parlé avec les uns et les autres mais cela ne m'aide pas. Je cherche une solution à mes incertitudes, c'est tout.

J'ai refait une équipe pour vendredi. J'ai changé des noms, mais rien ne s'impose à mes yeux, toutes les options sont valables et les rejetés d'hier deviennent des roues de secours aujourd'hui. »

Le trait est peut-être forcé. Peut-être comptais-je

alors sur la thérapie par la confession et l'écriture ;
mais je n'en suis pas sûr. Mon journal du lendemain
apporte une réponse :

« Réunion avec le staff. Je subis. Pas de réponse,
pas d'idée, cela me passe au-dessus de la tête. Merde,
réveille-toi ! Il me revient la remarque d'Aimé Jacquet,
qui m'avait raconté que Philippe Bergeroo (son adjoint)
l'avait secoué parce qu'il le voyait sombrer. Je vais le
faire tout seul. »

*

Avec Pierre Mankowski, mon adjoint, nous avons
cherché des solutions. Govou, Evra, Lassana Diarra
semblaient avoir une chance. J'étais sûr pour Evra,
je comptais sur Govou pour boucher le côté droit.
Diarra ? J'aurais aimé, mais à la place de qui ? Je
me suis couché hanté par le doute ; trop de choix, et
pas un qui me satisfasse. Je me suis réveillé avec les
mêmes incertitudes, incapable de me calmer, soupe-
sant différentes formules. Et cela durerait tant que je
n'aurais pas choisi.

Devant la presse, je suis parvenu à donner le change
grâce à ma décontraction, mon humour et même ma
sincérité, tout en sachant qu'elle serait indétectable.
Le chef de presse m'a affirmé que les journalistes
étaient contents, ce qui n'a pas arrangé mon moral ;
satisfaire ces gens-là m'a toujours inquiété. Télés,
radios, presse écrite, studio TF1, j'ai tout enchaîné,
ce qui m'a permis de transmettre cette confiance que
je parvenais si bien à simuler. Le 11 juin, deux jours
avant la rencontre France-Pays-Bas, j'ai quand même
ouvert une fausse piste en déplaçant un entraînement
sans prévenir la presse ; je voulais montrer à l'équipe

qu'on était encore capable de semer un adversaire. Et surtout j'avais envie d'une ou deux heures de vraie tranquillité, sur un meilleur terrain, dans un cadre qui ressemblait vraiment à un stade.

Face aux joueurs, je me suis contenté de quelques mots : « Si on a la trouille d'être éliminés, il faut le dire tout de suite, on s'en va. Arrêtons les paroles, passons aux actes ! Le doute tue : une équipe dont la construction nécessite des années peut mourir à cause d'un seul match si tout le monde se croit autorisé à exprimer des doutes sur les autres… » Autrement dit ce que nous vivions précisément dans notre hôtel suisse.

Mais le 13 juin, les Pays-Bas nous ont laminés sur le score sans appel de quatre buts à un, et je ne peux fuir mes responsabilités. Mon journal me rappelle tout ce que je me suis reproché, cette nuit-là, alors que je ne parvenais pas à trouver le sommeil. « Soyons clairs, j'ai été mauvais sur la gestion dans ce match en ne suivant pas mes intuitions. Je n'aurais pas dû laisser Sagnol jusqu'au bout : il était cuit physiquement. J'aurais dû faire rentrer Benzema à la place de Gomis, ne pas compter sur Anelka en cours de match (il boude parce que je lui ai demandé de jouer sur le côté droit), j'aurais dû sortir Malouda au bout de vingt minutes au lieu de le sortir en seconde période au moment où il faisait surface. J'ai été mauvais sur toute la ligne en faisant de la gestion humaine et non sportive. » Mais Gomis était dévoré par le stress et la pression des autres. Je l'ai plaint durant le stage lorsque certains le chambraient sans relâche sur sa morphologie et son profil de joueur plus physique que technique.

Nous n'étions pas encore éliminés, puisque battre l'Italie par deux buts d'écart nous hisserait en quart de finale. Dans le vestiaire, j'ai pris la parole afin de relancer mes joueurs, éviter l'abattement et les déclarations intempestives auprès des médias. Au retour, dans le bus, je me suis attaché à les orienter sur le match de l'Italie. J'ai compris dans les regards ceux qui adhéraient et ceux qui freinaient, notamment certains jeunes. D'ailleurs, tard ce soir-là, un joueur cadre m'a confié être effaré par le manque de conviction et de détermination de nos offensifs, surtout les cadets. « Ils vont faire une Nico », c'était sa phrase. Entre eux, faire une « Nico » revenait à passer à côté d'une carrière, comme Nicolas Anelka.

Je n'ai pas croisé le président ce soir-là. Il était terré dans sa voiture, silencieux et accablé, déjà prêt au départ. Compte tenu de la manière dont se déroulait l'Euro, je n'espérais guère de soutien venant de lui, mais son désarroi le rendait dangereux. Déjà qu'à froid il pouvait perdre le contrôle de sa dialectique, tout était à craindre lorsque la peur l'envahissait. Il avait retrouvé le chic pour ne pas me serrer la main, se contentant de tendre le bout des doigts tout en s'écartant sans un regard. Édifiant. Je m'attendais déjà à ce que, face à une pression médiatique qui le dépassait, il m'annonce un limogeage qu'il aurait décidé « contraint et forcé », selon une formule le dédouanant de ses propres actes.

Mais le lendemain était un autre jour. Je me suis posé la question du maintien de Coupet, qui donnait l'impression de subir sans s'impliquer. J'ai visionné notre montage vidéo du match contre les Pays-Bas, un réquisitoire contre Lilian Thuram et Willy Sagnol. Il allait falloir tourner la page plus tôt que prévu. J'ai aussi dû gérer le cas Patrick Vieira. En lui laissant croire depuis le début de la compétition qu'il pourrait jouer contre l'Italie, je ne m'étais pas enfoncé une épine, mais un pieu dans le pied. Il s'était même fait une autre blessure à l'entraînement. Le dimanche 15 juin, cinq minutes avant Téléfoot où je m'apprêtais à annoncer son forfait, je l'ai pris au téléphone, par correction et pour que nous tenions le même discours.

« Coach, je joue…

– Tu joues ?

– Oui, je joue…

– (Silence) Non, tu ne joues pas. Je ne prendrai jamais le risque que tu te blesses au bout d'un quart d'heure dans ce match. Je suis désolé. C'est vrai, je t'avais dit avant France-Pays-Bas de te préparer au match contre l'Italie, mais là, les données ne sont plus les mêmes. C'est non.

– Vous faites ce que vous voulez.

– Je t'ai appelé pour présenter ta situation le mieux possible aux médias, pas pour avoir ce débat-là, maintenant…

– Comme vous voulez. »

Et puis le silence. J'ai raccroché. À l'entraînement, le soir, « Pat » a fait des frappes, avec des semblants d'accélération pour montrer à tout le monde qu'il pouvait jouer, mais j'avais choisi, et je n'étais pas retourné le voir depuis notre conversation téléphonique.

La veille de France-Italie, lors du dernier entraînement, je n'ai pas voulu mettre Lilian Thuram devant le fait accompli ; il méritait mieux. Je l'ai donc intégré, comme Sagnol, dans la première équipe mise en place, sans intention de les faire jouer le lendemain. Mais au milieu de l'entraînement il m'a avoué qu'il était cuit et ne supporterait pas une séance normale. Nous avons eu un échange sincère après le déjeuner. Avec une franchise et une lucidité exemplaires, il m'a annoncé qu'il ne pouvait jouer parce qu'il se sentait épuisé. Il fallait le dédouaner. « J'aurais dû te faire enchaîner

deux matches durant la préparation pour te tester… »,
lui ai-je dit. Ensuite, nous avons parlé de l'équipe ;
et des jeunes, bien sûr. Il a lâché : « Il y a des petits
cons, entendez-moi bien, coach, des petits cons. » Puis
des noms sont sortis. Après le match des Pays-Bas, il
avait essayé de parler à certains d'entre eux, de leur
ouvrir les yeux, mais ils s'en fichaient. Je l'ai remercié
pour sa droiture et assuré de mon admiration et de mon
respect. Sans avoir une seconde à me forcer.

Le soir, juste avant d'entrer en conférence de presse,
j'ai appris que Patrick Vieira m'accompagnait. Cela
sentait le coup fourré ; il ne venait certainement pas
expliquer aux médias que tout était beau dans l'équipe
de France ! Avant de rencontrer les journalistes, nous
nous sommes retrouvés seuls tous les deux, et j'ai
essayé de lui parler ; mais il était tellement figé dans
sa haine que ce fut impossible. Il en voulait à tout le
monde, au doc comme à moi, qui aurait dû faire plus
pour lui. J'ai répondu que nous avions essayé de le
relancer sur le terrain, mais il n'a rien voulu entendre.
« Tu as oublié notre engagement, lui ai-je rappelé ; tu
es resté dans le groupe à certaines conditions, mais à
présent, tu te retrouves blessé. »

Pendant la conférence de presse, à la veille de cette
rencontre décisive, il a taclé le médecin pour son diagnostic et m'a reproché de ne pas le faire jouer. Mais
dans la voiture du retour, je l'entendis avouer à un
ami, au téléphone, qu'il souffrait encore… Pour les
joueurs de foot, il existe donc la réalité et ce qu'on
raconte aux médias.

Le jour de France-Italie, 17 juin, j'éprouvai une
sensation bien différente de celle ressentie deux ans
auparavant durant la Coupe du monde. À l'époque,

je n'avais même pas réfléchi aux conséquences d'un échec ; cette fois, si.

Pendant la sieste, je voyais de ma fenêtre un drapeau italien pendre sur un balcon ; comme un autre signe prémonitoire. Les messages de soutien arrivaient sur mon portable comme si nous nous rendions à une cérémonie commémorative. Le match s'est terminé très vite. Il est difficile de gérer une rencontre lorsqu'on perd Ribéry sur blessure après dix minutes de jeu, qu'Abidal est expulsé et que l'on encaisse un but sur penalty au bout de vingt minutes. Après la sanction d'Abidal, j'ai sorti un joueur offensif, Nasri, pour faire entrer un défenseur, Boumsong. Bien sûr Nasri n'a pas compris, a fait la gueule, comme si son sort importait plus que l'équipe.

À dix contre onze et à 0-1, il ne restait plus qu'à prier, mais l'arbitre n'était pas très catholique. Nous avons perdu 2-0. Deux ans après avoir frôlé le titre de championne du monde, l'équipe de France se retrouvait éliminée dès le premier tour de l'Euro 2008 et sans avoir gagné une seule rencontre.

*

Dans le vestiaire, Lilian Thuram, qui n'avait pas joué, éclata en larmes, tandis que les autres demeuraient de marbre. J'ai quand même tenu à les féliciter, essentiellement pour leur courage. Mais j'avoue que je n'ai pas adressé la parole à Anelka ; il ne faut pas exagérer. Claude Makelele m'a glissé : « Ils n'iront pas loin. Ce sont des inconscients, ils ne voient pas la chance qu'ils ont. » Lilian Thuram m'a souhaité bonne chance… pour continuer « avec cette bande de branques ». Willy Sagnol est venu me remercier de tout ce que nous avions vécu, ce qui m'a ému. Malgré quelques orages entre nous, il fait partie des joueurs avec lesquels j'ai entretenu une relation amicale, comme si nous appartenions à la même génération. Je me souviens d'un match qualificatif en Israël (1-1), en mars 2005, où il avait réclamé un autre changement tactique que celui décidé, ce que toutes les caméras avaient vu. Il était monté au créneau à un moment de la rencontre où il se trouvait lui-même en difficulté. Après coup, je l'avais pris entre quatre yeux pour lui dire ce que je pensais. Car, avec lui comme avec quelques joueurs de sa génération, je pouvais être moi-même en leur lançant, par exemple, qu'ils « se foutaient de moi » sans que cela entraîne des conséquences désastreuses. Avec leurs successeurs, je pouvais aussi tout dire ; simplement, ils ne m'entendaient pas.

La soirée fut difficile émotionnellement. Face aux médias, j'ai essayé de parler d'avenir en pointant les promesses de l'équipe. Mais c'est mon carnet qui renferme mes vraies pensées : « Est-ce parce que j'y crois vraiment, ou un leurre pour rester en place et me persuader moi-même ? Avec quelle équipe aurait-on cet avenir ? Où sont les caractères ? »

Ce même jour, je me suis retrouvé à répondre pour M6 aux questions de Jean-Philippe Doux, un ami d'Estelle, ma compagne. Après m'avoir interrogé sur le bilan du match et de l'Euro, il m'a posé une question plus personnelle relative à mes projets pour l'été. Ayant l'impression de discuter avec un copain – et sans doute avais-je besoin d'un copain dans ces instants de solitude terrible –, je me suis alors jeté à l'eau en demandant publiquement sa main à Estelle. Il fallait que je me raccroche aux gens que j'aime, et leur répète cet amour ; que celui qui n'a jamais éprouvé ce sentiment me jette la première pierre. L'aveu confié à mon journal de bord exprime tout : « Je suis très fort pour les suicides. J'ai senti en le disant que l'erreur serait fatale. Cela n'avait pas sa place à ce moment. JE SAIS. » On a soutenu que je ne reconnaissais jamais mes erreurs, or j'ai toujours avoué celle-là. Estelle est journaliste, et ma déclaration l'a mise en difficulté. Je n'ai pensé qu'à moi et pas aux conséquences. Mon inconscience a gommé une nouvelle fois la contre-performance des joueurs, puisque tout le monde s'est focalisé sur ces propos, certains ayant même pensé que je l'avais fait sciemment. Oui, j'ai demandé ma compagne en mariage en direct et après une défaite. Inutile de chercher une explication rationnelle. C'était une impulsion.

*

Le lendemain matin, je suis arrivé au petit-déjeuner alors que le président Escalettes venait d'apprendre ma demande en direct et s'énervait, sans me voir : « Il est gentil Raymond, mais là… » Comme je me trouvais derrière lui, j'ai enchaîné : « Oui, président, c'était une erreur de communication. Quand on n'est pas bien, il peut arriver de déraper… » Puisque je reconnaissais ma bourde, il n'a plus rien dit.

Nous avons réuni les joueurs une dernière fois. Le président leur a tenu des propos honnêtes et cohérents. J'ai pris la parole à mon tour. Mon journal de bord fait revivre ces moments. « La veille, j'avais envie de leur parler d'émotions, de sentiments, de la vie, du foot, d'eux, du collectif, comme ça, pour partager. Ce matin, la bulle s'est refermée et j'ai été plus professionnel. J'ai essayé de faire passer l'idée de la grandeur de l'équipe de France et de ses exigences, celles qu'avaient montrées les anciens de la génération 1998-2000. Je leur ai dit que ne rien lâcher, une expression aujourd'hui galvaudée, avait alors un sens, et que des anciens allaient partir en nous laissant ce message. "J'espère que vous l'aurez entendu…" J'ai brodé sur ce thème, mais en parlant, je croisais l'ennui de l'un, le vide sidéral dans les yeux de l'autre et le soutien de la plupart. J'ai donné la parole à Lilian Thuram. Il a confirmé, les yeux embués : "Profitez-en bien, cela passe très vite." Je crois que certains jeunes à qui il s'adressait s'en foutaient complètement. Je l'ai trouvé juste et touchant, exprimant une vraie grandeur. Sachant ce qu'il pense de certains, j'avais un peu peur qu'il se lâche. Et en même temps je l'espérais : cela m'aurait évité d'avoir à le faire un jour, ce qui adviendra inéluctablement si je reste. Des constats fugaces me traversent l'esprit : trop d'individualisme et surtout trop d'inculture. »

Sur tous ces points, j'aurais peut-être dû prévenir le sélectionneur suivant…

*

Sous le grand chapiteau qui abritait le centre de presse, au milieu d'un pré de village suisse, j'ai rencontré les journalistes pour la dernière fois en cet Euro 2008. Je suis resté calme sous les attaques, d'ailleurs feutrées. La question sur mon départ éventuel est revenue douze fois, et je ne sais le plus surprenant : ce retour répétitif ou le décompte que j'en ai tenu. Je me suis contenté de suggérer que la réponse ne m'appartenait pas, et le débat s'est déplacé vers la difficulté de mêler les générations ainsi que l'avenir de l'équipe. J'ai alors usé d'une comparaison qui touchait forcément les journalistes.

« Regardez dans vos salles de rédaction. Même si les jeunes respectent les vieux, ils ne rêvent que d'une chose : les virer. Et les vieux jugent de leur côté que les jeunes ont le temps devant eux. »

Cette conférence demeure un souvenir douloureux pour moi. En sortant, un membre du staff a insisté pour me montrer une séquence tournée aux alentours du stade de Bâle, la veille, pendant le match. J'y découvrais un membre de ma famille aux prises avec des supporters français qui m'insultaient. La colère le rendait si furieux que les choses auraient pu mal tourner. Il se battait tout en criant : « Vous pouvez dire tout ce que vous voulez, bande de connards, mais Domenech, c'est aussi mon nom ! » J'ai craqué en découvrant la séquence, sans pouvoir dire quoi que ce soit, tétanisé par une peur rétrospective autant que par le désespoir. Voir un proche prendre ma défense face à des abrutis a libéré d'un coup l'émotion, la tristesse et la souffrance que je refrénais depuis des heures. Submergé par la rage et le chagrin, j'ai éclaté en sanglots. Aujourd'hui encore, cette scène demeure gravée en moi. À sa seule évocation je sens monter un chagrin intact.

Si le président s'était alors trouvé à mes côtés, j'aurais démissionné sans hésiter une seconde. Je me sentais responsable du mal que je déclenchais : Estelle m'en voulait d'avoir étalé notre vie privée sur les écrans, et ma famille souffrait au point de risquer le pire dans une bagarre.

C'est la seule fois où l'attitude du public a réussi à me faire venir des larmes. Dans toutes les autres occasions, je suis resté de marbre. Je connaissais l'analyse de Gustave Le Bon sur les foules, et j'ai toujours été stupéfait de constater à quel point ses remarques se vérifiaient. Dans le fonctionnement d'une foule, Le Bon note que le nivellement se fait toujours par le bas, et que ce sont les affects les plus primitifs qui l'emportent : peur, haine, colère. Les individus se retrouvent alors pris dans un irrationnel plus fort qu'eux, n'analysent plus rien, ne savent plus ce qu'ils font et peuvent alors se comporter comme ils ne l'auraient jamais fait s'ils s'étaient trouvés isolés.

*

Au retour de Suisse, j'appréhendais le regard des autres. Mais j'avais tort : je n'ai jamais reçu autant de messages de soutien. J'ai entamé mon auto-critique. Je me suis reproché la perte de lucidité et aussi, par moments, un manque de flamme et de conviction. Je n'avais pas passé assez de temps avec les joueurs, préférant rester loin de tout et de tous. On m'a transmis un autre reproche : « Tu avais changé avec les médias depuis des mois, parce que tu avais peur de perdre ta place… » Cela m'a fait mal, mais était-ce complètement faux ?

Dans les jours qui ont suivi, a débuté la bataille politique pour mon maintien. Je m'y suis plongé parce que j'aime les batailles et les causes perdues. Les messages de soutien des joueurs me parvenaient, la plupart étaient publics. Dans certains cas, toutefois, je me suis dit qu'ils cherchaient également à se protéger face aux rumeurs.

J'avais très envie de gagner ce combat. Je n'ai jamais aimé que les autres décident pour moi. Lorsque j'ai rencontré le président Escalera, qui s'est perdu dans des discours confus, il a mentionné la nécessité de gérer autrement le groupe, de revoir l'organisation technique l'historique de nos relations, ce n'était pas forcément attendu.

À treize heures, j'ai reçu un coup de téléphone qui m'informait de mon maintien au poste de sélectionneur. Avec les restrictions d'usage : il faudrait refaire un bilan au mois d'octobre, après les premiers matches de qualification pour la Coupe du monde 2010 et, en attendant, apporter les modifications évoquées dans le fonctionnement. J'ai promis, évidemment. Le soir, j'écrivais dans mon carnet de bord : « Voilà, c'est encore moi. »

*

Nous avons passé nos vacances dans notre nouvelle maison en Bretagne, au bord de la mer. Peu à peu, entre Estelle et moi, la tension est retombée. Elle m'en avait voulu, ce que je comprenais. Je me suis donc souvent senti très mal, partagé entre l'envie de multiplier les excuses et le désir de me justifier. J'avais trop rêvé que ma demande prenne une forme exceptionnelle et romantique. Elle l'avait été, mais avec des conséquences lourdes à porter pour nous deux, alors que moi seul en étais responsable.

Dans le milieu du football, certains continuent de me le reprocher. Mais dans la rue, on m'en parle, et ma déclaration retrouve souvent, aux yeux des gens, la poésie que j'avais imaginée. Des femmes m'ont confié combien elles avaient jugé cette audace magique et chargée d'émotion, telle la scène finale d'une comédie romantique. Les hommes, eux, m'ont asséné régulièrement un reproche que j'ai interprété comme un soutien : cette demande avait brûlé toutes leurs cartouches ; après un tel *coming out*, que leur restait-il à inventer pour surprendre leurs compagnes ?

Estelle avait entendu la fameuse phrase en direct alors qu'elle s'apprêtait à passer à l'antenne, ce qui l'avait tétanisée. Mais une heure plus tard, sortant de plateau et rouvrant son portable, elle avait découvert les nombreux textos d'amis et connaissances qui tenaient à la féliciter. J'ai essayé parfois de lui faire entendre qu'elle était victime de son métier et du jugement de son milieu. Mais j'admets que, pour elle, ce discours ait longtemps été inaudible. Ce qui seul avait compté à ses yeux, c'était le drame à venir, les critiques systématiques et les ricanements. Elle avait raison : ils ont composé une partie du décor.

*

Pendant l'été, je suis parvenu à me détacher de l'Euro et des luttes parisiennes. Une question revenait : pourquoi avais-je à ce point mené bataille pour rester à mon poste ? Je me sentais tellement bien en Bretagne que je n'avais aucune envie d'en partir. Si le travail d'Estelle ne l'avait pas retenue à Paris, je crois que je lui aurais proposé de venir nous installer dans cette maison au bord de la mer. Je n'en serais parti que pour les stages à Clairefontaine et quelques réunions. Peut-être même aurais-je tout abandonné. Certains avaient eu la tentation de Venise, j'éprouvais celle de la Bretagne.

Et puis le foot est revenu à la surface ; et avec lui, très vite, le goût du combat. Il fallait continuer à construire. Une Coupe du monde nous attendait. Je pensais à l'Afrique du Sud et m'en faisais une fête.

5

Petite visite d'une grande planète :
le football d'aujourd'hui

(Et celui d'avant, le mien)

Au cœur des années 2000, le football français a plus changé qu'en plusieurs décennies. Jusqu'à la fin du siècle dernier, il existait un système pyramidal des salaires et de la reconnaissance : les jeunes joueurs devaient attendre leur deuxième contrat professionnel pour gagner de l'argent. Mais l'arrêt Bosman, qui a provoqué la libre circulation des travailleurs européens, à partir de 1996, a contraint les clubs à sécuriser les contrats des jeunes footballeurs pour ne pas les voir partir. Ceux-ci ont donc commencé à gagner beaucoup d'argent à un âge où l'on peut perdre pied. Et aujourd'hui, nous nous retrouvons face aux enfants de la génération Bosman.

Je ne veux pas prétendre que c'était mieux avant, cela ne m'intéresse pas ; simplement émettre l'idée que cette tendance moderne fragilise la construction d'une carrière et d'un caractère. J'ai débuté avec les professionnels à dix-huit ans, à l'Olympique Lyonnais, et cela s'est fait de la façon la plus naturelle du monde. À la fin de l'année scolaire, l'entraîneur du club, Aimé Mignot, m'avait seulement lancé : « Ça te dirait de t'entraîner avec les pros au mois d'août ? » Il ne s'agissait pas vraiment d'une question, et elle ne méritait pas réellement une réponse : c'était une invitation à jouer avec les professionnels ; en d'autres termes, la possibilité de réaliser mon rêve. Je ne pensais pas à une future carrière, encore moins à un hypothétique contrat.

Encore une fois, je ne cherche pas à opposer mes intentions pures de l'époque, mon simple amour du foot, à ce que vivent les jeunes joueurs aujourd'hui. Je n'ai pas choisi la manière d'entrer dans la carrière, et eux non plus. Mais quand j'ai rejoint les professionnels, mon contrat de stagiaire m'offrait 900 francs par mois, à peu près ce que gagnait mon père à l'usine. J'avais l'impression de vivre un rêve. J'étais le roi du monde parce que tout en poursuivant mes études au lycée je jouais au foot, avec en prime la possibilité d'inviter mes copains au restaurant et d'offrir des fleurs aux filles.

Je suis passé professionnel un an plus tard, en 1971. Et mon salaire a été multiplié par dix, une somme que mon père mettait une année à gagner grâce à son travail. Il aurait fallu être inconscient pour ne pas sentir le décalage.

*

Je suis né et j'ai grandi à Lyon, dans le 8ᵉ arrondissement qui est toujours le plus vertical de la ville. Ma famille avait quitté le quartier de la Croix-Luizet, à Villeurbanne, et notre logement avec un poêle au milieu de la pièce, pour un bel HLM qui me semblait un paradis, dans le quartier des États-Unis. L'appartement comportait le chauffage central, une salle de bains, plusieurs chambres, avec en prime une pelouse qu'on voyait de nos fenêtres. Je me souviens de nos matches en bas de l'immeuble avec Albert, mon frère, qui a un an de moins que moi et a évolué chez les professionnels à Lyon et Martigues. À midi, ma mère nous appelait pour déjeuner. Nous lui criions qu'on arrivait, mais nous ne montions jamais tout de suite ; le score était trop serré, impossible de partir.

Chaque match représentait déjà un combat. Ma foi était celle du combattant. Je courais vite et n'avais peur de rien, au point d'avoir ressenti la honte de ma vie, à dix ans, pour avoir taclé mon entraîneur et failli lui casser la jambe. Je n'avais pas voulu ça, juste lui reprendre le ballon, mais c'était vital, il me le fallait, ce ballon, il m'appartenait. J'ai toujours raisonné ainsi. Même avec les grands, plus tard.

Le football constituait ma passion. En troisième, je voulais absolument intégrer le lycée Ampère pour faire partie de l'équipe de foot. Comme j'avais 11 de moyenne et qu'il fallait 12 pour entrer dans cet établissement, j'ai choisi de redoubler et d'attendre un an. Puis j'ai intégré Ampère et notre équipe a atteint la phase finale du championnat de France. Dans l'équipe figurait aussi Michel Maillard, qui allait devenir un bon buteur à Lyon et Valenciennes avant d'être mon adjoint au début des années 90 à l'Olympique Lyonnais.

Quand j'étais en terminale, je jouais déjà en professionnel. J'arrivais au lycée avec la voiture de mes parents alors que je n'avais même pas le permis. On peut dire que j'étais la star de la cour du lycée. Mais mon plus gros regret est de n'être pas allé passer le bac le surlendemain de la finale de la Coupe de France 1971 contre Rennes (0-1). Je me disais que j'étais footballeur, à présent, et que je n'en avais pas besoin. C'était à la fois vrai et complètement faux. Aucun de mes futurs employeurs ne m'a réclamé le diplôme, mais j'aurais dû aller au bout de ces années au lycée : arrêter sa scolarité deux semaines avant qu'elle ne s'achève n'avait aucun sens !

Mon père était ouvrier, fondeur-mouleur pour les établissements Roux, avant de travailler à l'entretien des Nouvelles Galeries. L'été 1970, j'avais bossé avec lui. Âgé de 18 ans, je m'entraînais avec les pros la journée, et je le rejoignais aux Nouvelles Galeries la nuit. Nous finissions à deux ou trois heures du matin, et nous nous retrouvions ensuite sur les quais du Rhône. Il m'arrivait de traîner dans les allées du magasin jusqu'à six heures du matin ; je prenais des éclairs au chocolat et à la confiture dans le frigo et en attrapais une indigestion.

Le jour où j'ai eu ma chance, je ne l'ai pas laissé passer. Avec mon premier contrat professionnel, j'ai acheté un appartement dans le quartier de Vaise, le long de la Saône. On m'a jaugé dans quelques matches amicaux de début de saison, et évidemment, j'ai commencé à tailler en pièces tout ce qui se présentait, mû par un instinct basique : arracher la victoire. J'ai toujours considéré que l'adversaire n'avait pas le droit de me prendre un ballon qui m'appartenait. Ma moustache a poussé à peu près au même moment. À 18 ans, je ne l'avais pas encore, mais la mode est venue en même temps que celle des cheveux longs. Je l'ai conservée pendant toute ma carrière de joueur et elle s'est transformée en élément de ma panoplie, en accessoire de la méchanceté dont on m'a doté. Mais étais-je vraiment méchant sur le terrain ? Oui, parfois. Surtout, j'ai eu l'intelligence de ne pas modifier trop vite cette image. Elle m'a permis de m'imposer. Car si j'ai pu faire du mal à un adversaire, ce ne fut jamais avec préméditation. Simplement il n'avait pas le droit de passer ! Plus tard, lorsque j'ai pris conscience que je pouvais faire peur, j'admets m'en être servi. Mais je n'ai jamais réfléchi en fonçant sur un joueur d'en face ; c'est juste que j'allais tout droit et que je ne m'arrêtais pas.

Je commettais des fautes spectaculaires qui marquaient l'esprit du public et de mes adversaires. Sur un maillot, certains endroits sont plus stratégiques que d'autres ; je n'ai pas eu besoin qu'on me l'apprenne. Par ailleurs, j'ai beaucoup joué avec les mains et passablement griffé. Quand nous rencontrions Saint-Étienne lors du derby lyonnais, l'intimidation était forte ; il fallait bien se défendre, sinon attaquer. La légende prétend que j'ai blessé Christian Sarramagna, l'ailier gauche des Verts ; c'est faux. À mon contact, il avait volé sur la piste en cendrée qui entourait le terrain et heurté la lice en fer. Ce n'était donc pas le coup qui l'avait blessé, mais la lice. Telle est la thèse que j'aurais suggérée à mon avocat si j'avais dû en prendre un.

Armé de ma moustache et de quelques autres qualités, je suis parvenu à obtenir en sept ans neuf sélections en équipe de France. Face à la concurrence de Gérard Janvion et de Maxime Bossis, les titulaires de l'époque, je n'avais pas beaucoup d'arguments ; ils étaient meilleurs que moi, c'est tout. Il me manquait la dimension d'une grande carrière internationale. Mais après mon départ de Lyon en 1979, j'ai été champion de France avec Strasbourg puis Bordeaux. Et je n'ai pas obtenu le titre en passant mon temps à mettre des coups. Parce que nous dominions, nous gardions toujours le ballon ; donc plus besoin de le récupérer auprès des autres par tous les moyens. J'ai ressenti un vif plaisir en montrant que je possédais un autre registre de jeu, surtout à Strasbourg.

J'ai toujours questionné mes entraîneurs, sans me contenter de leurs réponses. Je défendais déjà avec véhémence ce en quoi je croyais. Sans doute que je les embêtais, pour rester poli, mais je n'agissais pas ainsi afin de contester, seulement pour comprendre. Avec mes entraîneurs, à l'exception d'un seul, au Paris SG, sur le tard, le dialogue fut toujours possible et enrichissant.

Je suis devenu entraîneur presque naturellement. En 1984, j'ai signé à Mulhouse un contrat d'entraîneur-joueur. Cette utopie existait encore au milieu des années 1980. Aujourd'hui, on sait qu'il est impossible d'entraîner seul une équipe de haut niveau, mais à l'époque, on allait jusqu'à croire qu'en supplément des responsabilités de la fonction, on pouvait encore jouer ! L'expérience n'a duré que six mois, notamment parce que j'ai commis l'erreur d'occuper un poste stratégique en défense centrale. Quand vous êtes responsable d'un but, difficile de dire aux joueurs à la mi-temps, dans le vestiaire, qu'ils doivent oublier ce but et que seule la deuxième mi-temps compte...

J'ai passé quatre ans à Mulhouse puis quatre autres années à Lyon, où je suis revenu en 1988, à la demande de Jean-Michel Aulas, qui venait d'en devenir le pré-sident ; nous sommes remontés en Division 1 l'année suivante et avons obtenu la qualification pour la Coupe de l'UEFA en 1991. Je suis allé au bout de mon contrat à Lyon d'où je suis parti en 1993, usé par ce qui m'était apparu comme un long combat. Ces cinq années d'entraîneur avaient commencé à saupoudrer ma chevelure d'une bonne quantité de sel.

*

À l'été 1993, j'ai rejoint la Fédération française et la Direction technique nationale pour devenir sélec-tionneur de l'équipe de France Espoirs. Jean-François

Jodar m'y a magnifiquement accueilli ; c'était un ami avec lequel j'avais joué à Lyon et à Strasbourg. J'ai plus appris à son contact en un an qu'en dix années d'entraîneur de club.

Cette nouvelle mission et le regard neuf qu'elle nécessitait m'ont passionné. J'eus soudain la sensation que mes œillères s'ouvraient. Je n'évoluais plus en club, plongé dans la logique paranoïaque qui touche la plupart des entraîneurs, avec un parti pris total et une mauvaise foi absolue – certains prétendront que tout ça est revenu plus tard, mais précisément c'est un sujet pour plus tard. Surtout, mes nouvelles fonctions et le souci que je portais à l'intérêt national m'ont permis d'acquérir un raisonnement beaucoup plus large.

Ce parcours a fait de moi le sélectionneur que les joueurs ont trouvé en face d'eux. Il ne m'en a pas éloigné, parce que la fréquentation constante des générations successives me permettait de suivre leur évolution. Mais nos trajectoires ne se ressemblent pas. Joueur, même international, j'ai toujours su qu'à la fin de ma carrière je serais contraint de trouver un travail, comme tout le monde. J'ai touché mon plus haut salaire de footballeur lors de ma dernière année de contrat à Bordeaux, où je gagnais dans les 50 000 francs mensuels ; une somme, mais pas une fortune. Et j'approchais de la trentaine.

*

C'est ensuite que le système a explosé. Zidane a été sélectionné en équipe de France à vingt-deux ans. Il évoluait alors à Bordeaux et gagnait moins qu'un jeune joueur de dix-huit ans aujourd'hui, dont le club veut sécuriser le contrat. Dans le football moderne, la rétribution précède la progression et la reconnaissance, freinant l'une et l'autre.

Lorsqu'il m'arrive de lâcher en plaisantant que, s'ils le veulent, les stars de vingt ans peuvent changer de Ferrari tous les mois, mes interlocuteurs ne me croient pas. C'est pourtant la vérité. D'ailleurs, il leur arrive de le faire. Aujourd'hui, un joueur de niveau européen qui arrête sa carrière à trente ans n'a pas besoin de chercher un travail ; il peut vivre jusqu'à sa mort grâce aux revenus du capital qu'il a engrangé, et auquel il n'aura sans doute même pas besoin de toucher.

Dès dix-huit ou dix-neuf ans, certains footballeurs se sont mis à gagner des sommes astronomiques. Pour son deuxième contrat chez les professionnels, et alors qu'il n'avait pas encore vingt ans, Karim Benzema a vu son contrat prolongé par l'Olympique Lyonnais pour un salaire de 250 000 euros mensuels. Ces bouleversements de statut et de revenu entraînent forcément des modifications du jeu lui-même, où il est difficile de faire les mêmes efforts pour les autres. Karim est un bon exemple de ce vertige comme de ses conséquences. Il n'est pas le premier : tous les joueurs de vingt ans sont touchés au moment de leur passage à la vie adulte, alors qu'au même âge, Thierry Henry avait connu quelques mois difficiles à Monaco et à la Juventus de Turin. Ce que je constate tient en une phrase : les clubs se retrouvent encombrés d'une génération de footballeurs qui gagnent beaucoup d'argent sans avoir prouvé grand-chose.

*

Le système du football moderne, ses transferts et ses salaires vertigineux, recèle une perversité d'autant plus grande que ces gagnants du Loto se retrouvent seuls face à leur succès. À l'absence de toute aide psychologique s'ajoute le phénomène nouveau du fossé entre joueurs. Je l'ai perçu à partir de 2006, avec la nouvelle génération : les repères que constituaient les anciens, leur importance comme modèles, les valeurs qu'ils pouvaient incarner aux yeux des jeunes, tout cela a brutalement volé en éclats.

Ce qu'un sport comme le handball est parvenu à maintenir, cette intégration progressive des nouveaux, cette transmission des valeurs et de la discipline, le football n'est pas arrivé à le faire. Chez nous, le renouvellement des classes d'âge a été plus brutal, sans doute parce que les anciens étaient restés très longtemps en poste et que leur remplacement se fit d'un coup. Bien sûr, je ne regrette pas que les premiers aient su durer, ou revenir, et dans tous les cas se maintenir : l'apport dans la Coupe du monde 2006 de la génération 1998 et 2000 a été essentiel, et chacun s'en souvient. Mais la transmission des valeurs en a souffert. Pour les jeunes, ces géants n'étaient plus, au moment de leur départ, que des vieux sans intérêt.

Et comme à la même période l'afflux d'argent modifiait en profondeur le comportement des footballeurs, une nouvelle génération de stars a surgi : elle était formée de grands ados perdus au psychisme fragile. Après le temps des succès est donc venu celui des revers, et personne ne l'a ni compris, ni supporté.

*

Je ne veux pas faire de ce nouveau monde une description manichéenne. Il n'est pas si facile de séparer les responsables et les innocents. C'est entendu, les nouveaux joueurs ne se comportent pas comme les anciens ; mais les anciens ont-ils seulement fourni l'effort de s'adapter aux nouveaux ? Ces derniers vivent dans leur univers, tandis que les aînés, moi le premier, viennent d'un monde inconnu des jeunes, donc trop souvent incompréhensible. Mais qui a réellement essayé de comprendre et de se rapprocher des autres ? Pas plus les anciens que les jeunes.

Sur bien des aspects, le rythme de vie des footballeurs d'aujourd'hui n'est d'ailleurs pas si absurde qu'il semble à première vue. Ils se couchent très tard, c'est vrai, mais font la sieste après le déjeuner et chaque séance d'entraînement ; lorsqu'on a dormi trois ou quatre heures dans la journée, il est normal de ne pas tomber de fatigue à onze heures du soir. Avons-nous seulement assimilé des coutumes qui nous semblent venues d'ailleurs ? Pêle-mêle, je citerai le goût des soirées et conversations sans fin ; cet air las et ennuyé qui dissimule bien des doutes et des malaises ; ce désir de transgresser les règles du groupe, à l'intérieur de l'équipe comme dans la vie privée ; une amitié érigée en valeur suprême mais capable de s'effondrer à cause d'une insulte ou d'un propos rapporté. Ils ont leur style ; nous avions le nôtre. Reste que, même si sa difficulté à vivre prend trop souvent l'allure de provocations à notre égard, la nouvelle génération a droit à autre chose qu'à notre indifférence.

La contrepartie positive à cet apparent « je-m'en-foutisme », c'est que les joueurs d'aujourd'hui conservent toute leur énergie et leur amour du foot. Ils ne sont pas blasés, aiment jouer sur un terrain, apprécient l'entraînement, à condition que les contraintes ne soient pas trop fortes. D'ailleurs leur demander d'arrêter de jouer n'est pas toujours facile. Le verbe, ici, prend

182

toute son importance : jouer, ce n'est pas travailler, encore moins exercer un métier ; c'est prolonger son adolescence, s'amuser. Un sélectionneur attentif ne leur annoncera donc pas que l'entraînement va débuter. Il leur lancera : « Les gars, on va jouer. »

Ce fossé générationnel au sein d'un sport collectif fragilise toute construction solide et durable. Le phénomène se constate d'ailleurs dans d'autres espaces sociaux : la lutte pour la prise du pouvoir, la mise à mal de l'autorité, à la fois par la contestation de ceux qui la subissent et le malaise de ceux qui hésitent à l'exercer.

*

À tous ces facteurs expliquant les difficultés de l'équipe de France après la Coupe du monde de 2006 s'en ajoute un dernier, inscrit dans l'histoire même du football : la logique des cycles, l'alternance de périodes fastes et moins fastes. Une génération exceptionnelle enflamme le public, draine médias et ressources économiques ; la suivante en tire profit sans avoir même besoin de faire ses preuves. Nous avions déjà connu ce phénomène après le départ de la génération Platini, en 1986. Le football français avait alors touché du doigt la différence entre héritiers et successeurs. Les premiers bénéficient de l'élan victorieux de leurs aînés et gagnent beaucoup d'argent grâce au mérite de ceux qui sont partis ; les seconds reprennent le flambeau, maintiennent l'exigence et les résultats. Or, dans le foot comme ailleurs, il y a pléthore d'héritiers mais peu de successeurs.

Il avait fallu dix ans au football français pour s'en remettre. La seconde période faste, avec quelques cahots, notamment les échecs lors de la Coupe du monde 2002 et de l'Euro 2004, s'est étirée de 1996, l'année de notre demi-finale européenne face à la République Tchèque en Angleterre, à 2006. L'après-Zidane a été aussi tourmenté que l'après-Platini : quand les géants prennent toute la place, la succession est sans cesse repoussée. Et lorsqu'elle est enfin ouverte, les prétendants sont encore très jeunes tandis que les autres ont disparu ou se sont découragés, dans tous les cas n'ont pas pu acquérir l'expérience nécessaire.

Pour que la transmission se déroule sans accroc, il faut qu'elle s'effectue par capillarité ; deux ou trois jeunes s'intègrent à l'ancien groupe avant que d'autres les rejoignent. Mais en 2006, le seul grand talent qui ait réussi son arrivée en équipe de France était Franck Ribéry ; les autres n'y sont pas parvenus. En 2008, le fossé dans le mode de fonctionnement a créé l'incompréhension et la perte de l'esprit collectif. Les jeunes ont parfois revendiqué un statut en équipe de France avant d'avoir fait leurs preuves. Comment une génération qui a eu droit à tout, très vite, peut-elle accepter les anciens, qu'ils soient joueurs ou entraîneurs ?

Et puis il y a la mentalité française. Nous avons du mal à pérenniser une culture footballistique et à faire en sorte que son identité se maintienne au fil des ans. Je ne pense évidemment pas à une identité ethnique ou communautaire, mais à un ensemble de caractères résistant au temps, dans le jeu et le comportement. Pourquoi certaines équipes nationales comme le Brésil, l'Espagne, l'Allemagne ou l'Italie, parviennent-elles à conserver leur personnalité de façon durable ? Et pourquoi pas nous ?

En fait, il est possible qu'une nouvelle identité se dessine, liée à l'individualisme forcené et au brassage des caractères et des origines. Parfois, mais rarement, la force du groupe parvient à dépasser l'individualisme. Tout alors s'accorde ; le miracle surgit, et le temps d'un été métamorphose la France en un seul corps, comme en 1998. Mais la plupart du temps, l'équipe reste une mosaïque. Tout part en tous sens, dans un désordre fait de coups de génie et d'actes inutiles qu'organise, tant bien que mal, la volonté de donner une leçon au monde entier. On ne monte peut-être pas très haut, mais tout seul – tout en restant convaincu, bien sûr, d'être les meilleurs.

*

Lorsque la France rate sa Coupe du monde, en 2010 comme en 2002, les instances dirigeantes agitent les grandes questions. Sous la pression des politiques, on a même lancé en 2010 des « états généraux du football », terme impressionnant. Des commissions de réflexion se sont réunies afin d'examiner les différents volets du problème, social, économique, politique. Les conclusions n'ont surpris que les esprits naïfs. Tout était de la faute des hommes, sélectionneur en tête.

La technique du bouc émissaire permet de ne pas affronter ce qu'on préfère ignorer : culture et éducation sont prioritairement en cause. Quand on remet le pouvoir à cette génération nouvelle, ceux qui incarnent la règle n'osent plus la faire appliquer tandis que ceux qui devraient s'y soumettre la refusent. Je prends souvent l'exemple de la phrase lancée par un jeune footballeur au responsable de la formation à l'Olympique Lyonnais qui lui avait adressé quelques reproches : « Qui t'es, toi ? » Au lieu de soutenir le formateur, le club lui a expliqué qu'il fallait faire profil bas, valoriser ce jeune pour mieux le revendre et s'en débarrasser. Dans de telles conditions, comment un entraîneur peut-il garder son autorité et sa légitimité vis-à-vis de ses joueurs ?

Mon diagnostic de la crise morale du football français n'est donc pas original : perte d'autorité, absence de transmission des valeurs à l'intérieur des équipes, afflux d'argent. Mais on ne reviendra jamais à la situation antérieure. Et pour que le public continue à s'identifier à ses héros, encore faut-il que ceux-ci ne le trahissent pas : ils auront éternellement le devoir de préférer le jeu à ce qui l'entoure. Mais il n'est pas impensable que certains manquent à ce devoir…

*

Je suis convaincu qu'un suivi psychologique permettrait aux jeunes de surmonter les épreuves, d'éviter les pièges et de prendre conscience du système. Mais il faudrait pouvoir agir sur les très jeunes. Par ailleurs, je crois aux vertus de la culture : elle pousse à la réflexion, développe une autre créativité que le sport, permet de saisir l'importance du groupe. C'est pourquoi tout entraîneur devrait rester éducateur dans l'âme. Pour ma part, je me suis efforcé de l'être. Je n'ai pas toujours réussi. Mais j'ai essayé, et j'essayerai encore.

6

Une qualification à l'arraché

Quelqu'un m'a fait remarquer, à la fin de l'été 2008, qu'aucun sélectionneur de l'équipe de France n'avait jamais réussi trois fois de suite des qualifications mondiales ou européennes. Cela m'était égal, je savais parfaitement ne pas avoir le choix : je devais mener les Bleus à la qualification en phase finale pour la troisième fois d'affilée. La Coupe du monde 2010 était au bout du chemin, et même si l'on n'imagine jamais une ligne droite comme un fleuve tranquille, je ne pensais pas, en septembre 2008, que les quatorze mois à venir seraient aussi lourds et compliqués.

En août, la reprise a été difficile avec le déplacement amical en Suède (3-2). L'échec de l'Euro et la tension autour de mon maintien m'avaient laissé sans forces et plutôt déprimé, mais impossible de le laisser voir. Retrouver l'équipe de France m'a fait du bien, et je me suis replongé dans ce combat de chaque jour. Dans mon journal, j'écris : « Discussion avec Malouda qui a fait un papier de merde dans la semaine où il critique tout et tout le monde, surtout moi pendant l'Euro. J'ai profité d'un tour de terrain pour sonder ses états d'âme. Il m'a quand même appris que Ribéry aurait dit devant lui, en sortant d'une réunion pendant l'Euro : "Si je ne joue pas à gauche, je ne joue pas…" Ils ont un vrai problème entre eux. Je lui ai demandé s'il pouvait en parler avec Ribéry, puisqu'ils désirent la même place. Pour l'article, il voulait crever l'abcès, il pensait qu'il avait fait son jubilé contre les Pays-Bas à l'Euro, il croyait qu'on m'avait forcé la main pour le sortir en cours de match, ce jour-là. C'est lui qui m'a relancé pour cette discussion, que nous avons terminée devant l'hôtel. »

Je n'ai pas compris, en fait, pourquoi Malouda crachait dans la soupe, alors qu'il était repris dans l'équipe où je l'avais imposé en 2006 contre Pires et les médias. Mais les joueurs ont la mémoire courte.

Nous avons connu le même affrontement plus tard, durant la Coupe du monde 2010 : puisque Malouda n'ose pas s'attaquer à ceux auxquels il en veut, en l'occurrence Yoann Gourcuff et Franck Ribéry, il s'en prend à moi. C'est sa manière de déplacer le problème et de ne pas l'affronter.

Mais en Suède, au moins, en sortant de cette première victoire de la saison, les joueurs avaient le sourire et moi aussi.

*

Dans notre groupe de qualification figuraient la Serbie, la Roumanie, l'Autriche, la Lituanie et les Îles Féroé. Notre premier match nous opposa à l'Autriche, le 6 septembre. L'air du temps semblait léger, comme toujours au début de nouvelles aventures. Honnête-ment, je l'étais moins. Je retrouve dans mes notes ce sentiment usant en date du 31 août : « Je ne me sens pas bien. Des vertiges. Il y avait longtemps. C'est un stress rentré, qui me bouffe à l'intérieur. Je fais bonne figure, mais je sais que je n'ai jamais été aussi près de la fin et qu'il n'y aura pas de sursis. »

La veille du match, à Vienne, la Fédération a offert un maillot de l'équipe de France à chaque journaliste et je n'ai pu m'empêcher de lancer, en pleine conférence de presse : « Ne croyez surtout pas que l'on cherche à vous acheter avec ce cadeau ; vous pourrez encore écrire ce que vous voulez ! »

La presse dissertait à l'époque sur un sélectionneur sous influence depuis que j'avais engagé un nouvel adjoint, Alain Boghossian, l'un des champions du monde de 1998. Les journalistes me décrivaient affaibli, alors que je ne l'étais pas. Mais je savais que certains rêvaient de voir Boghossian me succéder en cas d'échec lors des premiers matches. Quelques lignes écrites à Vienne, avant Autriche-France : « Je vais finir par sentir la pression, à la fin. C'est insupportable de se dire que je suis dans la situation du cocu : les gens me regardent et pensent "le pauvre, il ne se rend pas compte…" Ils ne peuvent pas imaginer à quel point je m'en fous. Moi, depuis le début, je sais que ce sera une galère. Je n'ai pas le panache de Cyrano, je suis plutôt du genre charognard qui se bat sur tous les morceaux qui restent. J'avais cette flamme, je ne sais pas si je l'ai encore. Je fais mon métier, mais pour protéger, pour ne pas perdre, moins pour conquérir. En rien pour le panache. Ce sera une triste fin. Allez, il reste les matches. On verra après. »

À Vienne, tout s'est mal passé ; nous avons raté notre match (1-3). Début inquiétant. Après l'échec de l'Euro, la personnalisation de la défaite m'a donné l'impression immédiate de me retrouver dans le tambour d'une machine à laver. L'essorage a commencé juste après la rencontre ; dans les poignées de main et les regards, j'ai senti les gens me condamner. Le président, lui, m'a salué normalement, mais puisqu'il se sentait exécuté avec moi, c'est en quelque sorte à lui-même qu'il s'adressait. En conférence de presse, je suis tombé sur un interprète intelligent qui connaissait le foot et sut ralentir les traductions afin de limiter le nombre de questions en ce soir de défaite. Mais je savais que les loups étaient ressortis de leur tanière, que je les croiserais dès le lendemain, puis le jour suivant, et encore ceux d'après.

Surtout je n'ignorais pas que je jouais mon poste de sélectionneur quatre jours plus tard, au Stade de France, contre la Serbie cette fois : l'équipe ne pouvait se permettre de perdre ses deux premières rencontres qualificatives, et moi encore moins. Si j'avais eu du mal à repartir, les joueurs m'ont sauvé ; malgré eux, mais ils m'ont sauvé. En me mettant hors de moi, ils m'ont rendu le meilleur service possible.

La première scène avait eu lieu la nuit de notre défaite contre la Suède, dans le car qui nous ramenait de l'aéroport à Clairefontaine – déjà une affaire de bus ! Il faut d'abord préciser que, lors des stages prolongés au cœur de la forêt, j'avais pris l'habitude de libérer nos joueurs le dimanche après-midi. Mais après cette défaite, les circonstances avaient changé. Face à la nécessité de récupérer en vue d'un second match capital, aucune sortie possible. Je venais donc de leur proposer une journée à Clairefontaine en compagnie des femmes et des enfants. Mais ils l'avaient refusée, Paris se révélant beaucoup plus tentant qu'un dimanche à la campagne.

Dans le car, Thierry Henry et William Gallas s'approchèrent de moi pour une question en apparence anodine mais que les autres leur avaient fait passer :

« Coach, comment on fait pour dimanche ?

– Vous rigolez, les gars ?

– Ben non, coach. On vous demande seulement si on est libres dimanche.

– Vous savez qu'on vient de perdre un match important ?

– Oui, d'accord, mais on a quand même besoin de se détendre.

– Eh bien on va se détendre tous ensemble. Demain dimanche décrassage et soins, pour lundi et mardi on verra, et le match mercredi. Je vous le rappelle au cas où vous l'auriez oublié.

– Ah, eh bien puisque c'est comme ça, vous verrez mercredi… »

La menace vint de William Gallas. Le capitaine, Thierry Henry, n'insista pas. Avec le staff, nous nous sommes regardés, éberlués.

Même si je savais que Gallas pouvait penser des choses de ce genre, je n'aurais jamais songé qu'il pouvait les formuler frontalement. Mais peut-être avais-je mal compris ? Je suis donc revenu à la charge.

« Qu'est-ce que tu es en train de me dire ? Tu peux répéter ? »

Il a répété. Les autres joueurs, tête baissée, se terraient au fond de leurs sièges sans moufter. L'ambiance devenait pesante.

Ce n'était pas fini.

*

En arrivant à Clairefontaine, vers une heure, les joueurs ont convoqué le nouveau médecin, Alain Simon. Je l'ai appris le lendemain matin. Ils avaient déjà mangé, plus tôt dans la soirée, mais ils avaient encore faim.

Comme rien n'était prévu, au bout d'une bonne heure de palabres, le front de lutte changea d'axe. C'était désormais l'ensemble de l'alimentation qu'ils contestaient. Tout cela, en gros, parce que le docteur avait remis à l'ordre du jour les principes nutritionnels que j'avais eu tant de mal à imposer au début, et notamment l'obligation du petit-déjeuner, repas essentiel à tout sportif de haut niveau. Eux préféraient dormir. Mais cette nuit-là, ils lui ont tenu à peu près ce langage : « Soit tu arrêtes tes conneries avec les horaires et la bouffe, soit tu te casses. C'est toi ou nous. » Le lendemain, le médecin, complètement abattu, voulut démissionner. Je lui ai expliqué que je prenais les choses en main ; il m'aurait fallu plus de mains pour donner plus de gifles.

Pendant le repas, tandis que la rancœur macérait, j'ai senti la colère monter. Je n'aurais aucun mal à trouver les mots. À 16 heures 30, dans le vestiaire où les joueurs s'étaient installés comme si de rien n'était, j'ai commencé à leur parler. Et pas seulement parler. J'ai crié, comme rarement, comme jamais. Je n'avais rien écrit avant, j'avais tout en tête. J'ai écrit après, dans la soirée, selon mon souvenir toujours brûlant :

« J'ai décidé d'attendre pour vous parler parce que je n'aime pas le faire à chaud, parce que parfois, on regrette ce que l'on dit sous le coup de la colère. Alors, écoutez bien ce que je vais vous dire maintenant, les yeux dans les yeux : c'est ce que je pense vraiment.

J'étais heureux de vous voir vous réunir, hier soir, en arrivant. Je me suis dit, super, ils vont chercher ensemble les raisons de la défaite, trouver des moyens de se préparer, de se motiver, de se rassembler pour le match de mercredi. Je me suis dit, voilà une vraie équipe, avec des hommes qui assument. (Quand je prononce ces mots, j'espère que les joueurs sentent l'ironie, qu'ils n'en croient pas un mot.) Et ce matin, je me réveille et ô désespoir, j'apprends que vous vous êtes réunis pour l'heure du petit-déjeuner. J'ai honte ! Je n'ai pas de mots assez forts. Ou plutôt c'est vous qui devriez avoir honte. Votre ultimatum, le doc ou vous, est inadmissible ! Vous parlez de dialogue, mais le dialogue, justement, c'est un échange, pas un ultimatum. Pour le petit-déjeuner, on ne change rien, sauf que les jours sans entraînement, vous pourrez le prendre entre 8 heures 30 et 9 heures 30. Quand j'entends les uns et les autres se plaindre de tout et étaler leurs états d'âme, quand j'entends Gallas me dire qu'on verra mercredi, comme une menace… Oui, je vous le répète : vous devriez avoir honte ! »

William Gallas a essayé d'intervenir, mais je l'ai coupé.

« On vient de prendre trois buts en Autriche après un Euro de merde, et vous vous révoltez pour une question de petit-déjeuner ? Parlons-en, de l'Euro. Vous m'avez gonflé avec vos querelles de gamines dans la cour de l'école, à papoter, à médire dans le dos des autres sans jamais être capables de dire en face ce qui se passait ! Mais moi, les yeux dans les yeux, je vous le dis, vous m'avez gonflé, mais à un point ! Foutez-vous sur la gueule une fois, au moins. Le bateau prend l'eau et personne ne moufte ! Je préfère la tempête pour pouvoir prendre la barre, mais là, je suis fatigué de ces comportements, de constater que personne ne parle à personne parce qu'il ne faut pas fâcher Untel ou Untel. Et vous, vous pensez à vos petits-déjeuners ! J'ai honte. Je veux bien passer pour un con aux yeux de la France et pour un incompétent aux yeux des journalistes, mais à condition de sentir derrière moi des mecs capables de s'investir et de faire front, pas des mecs qui se préoccupent de leur petit confort ! Vous n'avez même pas conscience de ce que vous représentez. Et quand vous passez devant les journalistes en souriant après une défaite pareille, ils traduisent que vous vous en foutez. C'est grave ! »

J'ai brodé un quart d'heure sur le sujet, prenant en exemple la génération de 1998. Puis j'ai laissé Alain Boghossian terminer ; ce qui constitua une vraie erreur car il dilua l'intensité de ma colère dans des explications lénifiantes.

Ensuite je n'ai pas dirigé l'entraînement. Je me sentais bien, enfin vidé des multiples aigreurs que je devais supporter depuis si longtemps. Il ne me restait plus qu'à savoir si ma diatribe pouvait servir à quelque chose.

*

Le lundi matin, l'histoire du petit-déjeuner et mon retard à l'entraînement s'étalaient en détail dans *L'Équipe*. Un papier qui alimentait le procès de ma gestion du groupe et les interrogations sur mon avenir. Mais ce procès était bien mal instruit. Les médias me critiquèrent pour avoir mis Malouda sur le banc en Autriche après avoir constaté ma confiance à l'Euro. On m'a aussi reproché de faire jouer Mexès, alors que tout le monde le réclamait. On m'a dézingué pour tout et n'importe quoi. Surtout n'importe quoi.

La révélation de l'affaire du petit-déjeuner, appelons-la ainsi, a un peu réveillé les garçons. Ils se sont rendu compte qu'ils allaient, à leur tour, devenir des cibles. Ce qui les préoccupait n'était pas ce qui s'était produit, mais qui avait informé la presse. Thierry Henry et Mathieu Flamini ont convoqué les deux journalistes de *L'Équipe* pour essayer de savoir. Ils n'ont rien appris, évidemment. Le mode de fonctionnement des joueurs, dans ces moments tourmentés, tourne autour d'une seule question : qui a trahi la meute ? Ce n'était pas encore la chasse au traître de Knysna, mais déjà la même attitude. Et la mauvaise question.

Dans l'après-midi, sous le chapiteau de presse surchauffé de Clairefontaine, j'ai commencé la conférence de presse en évoquant l'odeur du sang, avant de me féliciter de la suppression des lois d'exception et de la guillotine. L'image est restée, mes paroles aussi, et pendant que les journalistes brodaient sur l'imminence d'une éventuelle défaite qui signerait mon départ, j'ai essayé de parler du match passé. Avec peine car, soudain, le trac m'a envahi et la mémoire de ce que je comptais dire s'est envolée. Mon cœur battait à 200 et j'avais la gorge nouée. Les journalistes ont senti la tension et l'émotion à ma voix blanche. D'où ce propos dans mon carnet de bord, rédigé le soir même : « J'ai des messages de soutien en pagaille et des témoignages en direct poignants, comme si l'imminence de ma mort forçait les courageux à se dévoiler. Et moi je ne sais jamais comment dire merci dans ces moments-là. »

*

Le lendemain, au réveil, après une nuit sans sommeil, j'ai réfléchi à ce que je déclarerais en cas de victoire. Ce serait quelque chose comme : « Je ne suis pas sûr d'être toujours là le mois prochain ; il y a trop de pression sur vous, à cause de moi. Et c'est la qualification qui compte, non mon sort personnel. » Estelle ne serait plus embêtée dans son travail de journaliste et les enfants vivraient en paix. Mais j'ai remué d'autres phrases encore, d'autres scénarios. Dans mon journal, avant de partir au Stade de France, ces propos griffonnés : « Il est 16 heures. J'écris sans doute mes derniers mots sur l'équipe de France. Il y aura la causerie : je vais y mettre tout ce que je pourrai. Il y aura le voyage jusqu'au stade. Et l'arrivée : je crois que je ne sortirai pas du vestiaire. Je ne veux pas donner aux dirigeants et aux sponsors l'arme que constituerait une bronca contre moi avant que le match ne débute. Je ne veux pas me livrer gratuitement à la vindicte populaire. Je sais, du pain et des jeux… Et il faut des coupables. »

Finalement je suis resté dans le vestiaire non pour fuir les photographes et les sifflets, mais pour avoir la paix, savourer ce que je pensais être mes derniers moments avec l'équipe de France. Avant l'entrée sur le terrain, les joueurs sont passés un par un devant moi. Je leur ai glissé un petit mot et serré la main. Pas histoire de me rassurer, mais parce que j'avais envie d'un vrai contact avec eux avant d'entrer dans l'arène et d'aller au combat. J'ai senti une vraie force, sauf quand Benzema est apparu, la main molle et le regard fuyant.

Nous avons souffert ensemble et remporté contre la Serbie une victoire formidable (2-1), avec la révélation de Yoann Gourcuff, une grande seconde mi-temps de Henry et d'Anelka qui avait remplacé Benzema. Mon jugement, rédigé dans la nuit, sur les joueurs de la soirée rappelle qu'un sélectionneur passe par tous les états et montre combien les vérités du football sont évolutives. Sur Benzema : « Il m'avait déjà fatigué en Autriche, mais là, il se fout de la gueule de tout le monde. Que cherche-t-il ? Il n'a peut-être pas encore le niveau international sur le plan mental. Il joue toujours dans la cour de l'école. Il a perdu tous les duels et m'a joué l'Anelka de l'Euro. Je l'ai sorti sans un doute. » Sur Anelka, justement : « Des appels, un but, des combats gagnés, un véritable avant-centre de haut niveau. » Je n'ai pas toujours dit cela, ensuite ? Certes, mais il n'a pas toujours joué ainsi non plus !

Un sentiment bizarre m'a d'ailleurs envahi à la fin du match. Je n'éprouvais aucune envie d'être heureux parce que rien n'était acquis. Nous avions seulement gagné un match de qualification sur deux, donc il en restait beaucoup. En même temps, j'avais envie de crier ma haine. Du reste, j'ai failli sortir de mes gonds lors de la conférence de presse quand un journaliste a trouvé anormal que les joueurs ne se précipitent pas vers moi après le but vainqueur, attitude qui, à ses yeux, illustrait la cassure entre l'équipe et son sélectionneur. Rien ne changerait donc jamais ; même un soir pareil, on ne m'accordait pas le droit à la reconnaissance de la victoire. Ni à celle de mes options et de mon coaching puisque leurs effets, pourtant bénéfiques, n'ont suscité, le lendemain, que des lignes discrètes dans la presse !

*

Comme après la victoire contre l'Italie (3-1) en septembre 2006, j'ai pensé tout arrêter. Je voulais partir sur une réussite en expliquant l'usure, la lassitude, les éternelles difficultés à convaincre et à fédérer. Mais après le match, dans le vestiaire du Stade de France, mon cercle rapproché a trouvé les mots pour me dissuader : « Maintenant que tu as trouvé une équipe qui ressemble à quelque chose, ne la laisse pas, tu es fou… » J'ai écrit, le soir même : « Ce n'est pas faux. Mais la pression va être constante et renouvelée à chaque match, et il ne faut pas que je compte sur les prises de position de mon président, qui ménage ses prochaines élections. »

*

Ensuite, l'étau s'est refermé progressivement, sous l'effet des pressions de l'extérieur (les journaux) et de l'intérieur (mes dirigeants). Même en cas de victoire en Roumanie, début octobre 2008, ma destitution resterait dans l'air. Les flèches empoisonnées venaient de partout, par exemple du président de la Ligue, Frédéric Thiriez, proposant publiquement que Deschamps me remplace avant d'annoncer que le prochain match serait décisif pour mon maintien. À la Fédération, le directeur de la communication, M. Golven, vint un jour me voir en éclaireur pour avancer l'idée « intellectuellement séduisante », comme il disait, d'une démission après un éventuel succès en Roumanie. Il l'a fait comme l'inspecteur Colombo, une dernière question avant de partir, mais avec moins de malice dans les deux yeux que l'inspecteur dans un seul.

Je l'ai envoyé paître : « Tu sais à qui tu parles ? Toute ma carrière, même mené 3-0 à deux minutes de la fin, j'ai continué de croire que j'allais gagner. Tu peux donc dire à tes amis que je reste, et que je vais les emmerder encore. » Un peu après, sans surprise et par une étrange coïncidence, l'idée s'est transformée en rumeur, répandue auprès de quelques rédactions. Ces polémiques m'ont usé et renforcé à la fois ; je ne voulais pas lâcher, pas comme ça.

*

Le premier jour du stage précédant la rencontre Roumanie-France, j'étais remonté comme une pendule

198

quand j'ai réuni le staff, juste avant l'arrivée des joueurs à Clairefontaine : « J'attends de vous des éclairs dans les yeux. Soyez des tueurs, pas des gentils. Ne me ménagez pas et ne ménagez personne. Je sais que ce sera difficile, que c'est peut-être la dernière fois, mais on va se battre jusqu'au bout. C'est ce que nous devons traduire aux joueurs, sortir de la logique médiatique autour de mon avenir, et donc du vôtre : c'est un match de qualification pour la Coupe du monde, rien d'autre. L'image que nous devons avoir en tête n'est plus celle de 2006, le paysan qui avance sous la pluie avec sa charrette, mais celle d'un soldat devant traverser les lignes sous la mitraille et se méfier des tirs amis : ce sont les plus dangereux… »

Je sentais pertinemment que nous n'allions pas vivre une semaine ordinaire, tant allait se maintenir le suspense quant à mon maintien. Mais il importait de recentrer le groupe autour de notre objectif, de l'interpeller dès le premier jour, de lui rappeler que nous ne subirions pas les pressions. C'était un mardi après-midi, dans le petit vestiaire de Clairefontaine, et il ne s'agissait en rien d'une causerie habituelle. Je m'étais placé au milieu des joueurs, les pointant du doigt tour à tour. Voilà ce que j'ai retranscrit, le soir venu :

« La seule chose que nous avons à défendre ensemble, ici, c'est la qualification pour la Coupe du monde en Afrique du Sud. Pour le reste, faites comme moi : fermez tout. Nous devons vivre entre nous avec cet unique objectif : nous qualifier. J'ai toujours fonctionné en protégeant le groupe, car c'est grâce à lui que nous irons loin, et j'aimerais bien que vous le fassiez aussi. Parfois, je fatigue ! Quand je vois Flo (Malouda)… il parle avant le match amical en Suède, se plaint dans les journaux, nous nous expliquons, et il remet le couvert avant le match en Autriche ! Il vous faut toujours un coupable qui ne soit pas vous. Flo, si je ne t'ai pas fait jouer, ce n'est pas pour te punir d'avoir parlé, et je te l'ai dit, c'est parce que tu n'avais pas été bon et qu'il y avait meilleur que toi, c'est tout. Un jour, et je le dis pour tout le monde, il faudra comprendre qu'il y en a vingt-deux et que seulement onze jouent. Je ne dis même pas que ces onze-là sont les meilleurs, seulement qu'ils sont les plus adaptés pour un match précis. Ensuite, par rapport à ces choix, il y a ceux qui s'accrochent et les autres. Quand vous faites une déclaration, comme Franck (Ribéry), pour dire "je veux jouer à tel poste", vous oubliez que quelqu'un occupe déjà ce poste et qu'il prend cet article en pleine gueule. Vous oubliez que les médias se servent de cela pour déstabiliser un groupe. Assumez plutôt, comme l'a fait Philippe (Mexès) après l'Autriche : vous n'avez pas été bon, vous n'êtes pas obligés de venir le dire, mais c'est être adulte de ne pas rejeter la faute sur les autres !

Cette semaine, les questions vont partir dans tous les sens, mais vous n'avez qu'une réponse à donner : le match, la qualification, le terrain. Ce n'est pas de la dictature, chacun est libre, mais pensez aux autres, pensez au groupe. En l'affaiblissant, vous vous affaiblissez vous-même. Rappelez-vous ce qui s'est passé à l'Euro. Et maintenant, au travail. »

*

Trois jours plus tard, le 10 octobre, à Constanta, nous étions menés 2-0 par la Roumanie après moins de vingt minutes de jeu. À ce moment, je n'avais pas besoin de me retourner pour sentir les sourires et l'espoir de mes nombreux « amis » qui, dans les tribunes, avaient apporté leur guillotine portative. D'autres sujets de préoccupation m'absorbaient. D'abord sortir Malouda. Je n'avais aucune raison de l'épargner. Trop, c'est trop : il faisait ce qu'il voulait, et surtout pas grand-chose. Il boudait dans le vestiaire, avant le match, parce que Ribéry avait récupéré le numéro 7 et qu'il avait hérité du 6. L'affaire avait pris des proportions si énormes qu'il avait lâché au responsable des maillots : « Vous n'auriez pas fait ça à Vieira ! Mais à moi, oui, et le coach l'a fait exprès pour que je me prépare bien… » Et de se murer dans le silence, assis sur son banc, le casque sur les oreilles, pendant tout l'avant-match. J'ai eu envie, je le confesse, de lui mettre ma main sur la figure. Finalement, Patrick Vieira, en bon capitaine, l'a recadré : « Tu nous fais ch…, arrête tes conneries ! »

Car il faut savoir que les numéros sont un enjeu insoupçonnable dans une carrière internationale. Karim Benzema, au même moment, s'est emparé du 10 sans en parler à Sidney Govou, qui portait ce numéro depuis plusieurs mois ; il avait assuré à Adidas, son équipementier personnel et celui de l'équipe de France, que Sidney avait donné son accord, alors que « Sid » n'était pas au courant et qu'ils se cotoyaient tous les jours à Lyon !

Ce soir-là, Vieira n'a pas pu jouer. Il avait ressenti une douleur aux mollets, en allant s'échauffer. Et venait de passer une semaine tendue au cours de laquelle il avait été perturbé par un article du *Parisien* affirmant qu'il avait voulu subir une infiltration avec des produits déconseillés durant l'Euro 2008. Une attaque qui fragilisa ce garçon sensible.

À la mi-temps, nous étions encore menés 2-1, mais après avoir frôlé une catastrophe de plus grande ampleur. Dans le silence du vestiaire, les joueurs attendaient quelque chose. Comme souvent, Ribéry m'a ouvert la piste. Touché, il s'était allongé sur la table de massage et le kiné hésitait à commencer les soins. « Ça vous dérange qu'on me soigne ? » a poliment demandé Franck, ne voulant pas gêner. Mais il m'a permis de rebondir sur sa question, en m'adressant à tous.

« Non, ça ne me dérange pas ; c'est ce qui se passe sur le terrain qui me dérange. À chaque duel, à chaque course, on abandonne. À la retombée du ballon, il n'y a jamais personne. À chaque action, les Roumains peuvent jouer en profondeur sans souci. Ça, oui, ça me dérange ! Nous sommes passés près de la catastrophe et le score est un miracle. Nous sommes toujours dans la course, alors montrez-vous dignes du maillot que vous portez. »

J'ai ensuite expliqué ce qu'il fallait changer en y mettant toute la conviction dont j'étais capable. Pour la première fois de ma carrière de sélectionneur, j'ai entendu certains joueurs applaudir, mais on dira sûrement que c'était pour s'encourager avant de repartir au combat.

La seconde mi-temps de ce Roumanie-France aura été la plus accomplie et la plus agréable que j'aie sans doute vécue avec l'équipe de France ; un match attaque-défense pendant quarante-cinq minutes, modèle du genre. Gourcuff a égalisé d'une frappe de trente mètres, et Ribéry a même eu l'opportunité d'une balle de victoire, qui malheureusement n'a pas abouti. Ce 2-2 était donc un peu plus qu'un match nul.

Je connaissais les pronostics de la presse. Une victoire : je reste peut-être. Un nul ou une défaite : je pars. C'était un match nul, mais la manière dont nous l'avions arraché m'a fait éprouver une sorte de jubilation en sortant du terrain. N'avions-nous pas donné la preuve que cette équipe pouvait avoir une âme ? Ma joie tenait aussi aux tourments que j'imaginais déjà torturer mes nombreux « amis », lesquels allaient devoir prendre une décision devant une équipe qui ne voulait rien lâcher. J'ai croisé le président de la Ligue, Frédéric Thiriez, qui m'a lâché, du bout des lèvres : « Félicitations quand même. » J'ai adoré le quand même. Devant la presse, je me suis montré posé, calme et optimiste. Ce soir-là, en prenant d'assaut les micros, en tribune de presse même, devant les journalistes ravis de l'interroger, Noël Le Graët m'a fait beaucoup de bien en insistant sur l'espoir qu'avait suscité ce match, et en coupant l'herbe sous le pied d'une bonne partie de mes opposants.

Mais mon avenir restait un suspense national intenable. Le match amical France-Tunisie, trois jours plus tard, a donc été présenté comme un référendum. À l'aube du mardi 14 octobre, le jour de la rencontre, j'écris : « Quand je pense que mon avenir et une partie de ma vie se jouent sur ce match, j'ai les boules. Autant contre la Serbie ou en Roumanie c'était le jeu normal du résultat, autant la décision, cette fois, va seulement reposer sur mon rapport au public. C'est dégueulasse pour l'équipe de France, parce qu'on ne peut même pas jouer ce match comme il le faudrait, en préparant d'autres joueurs pour l'avenir. »

Mais nous avons battu la Tunisie (3-1), et la presse a davantage parlé de *La Marseillaise* copieusement sifflée par les supporters tunisiens que des « Domenech démission ! » Le vent avait tourné depuis la Roumanie.

Le lendemain, mercredi 15 octobre, j'ai été reconduit par le conseil fédéral dans mes fonctions de sélectionneur par dix-neuf voix et une abstention. J'ai failli faire l'unanimité, mais m'en serais-je remis ? Avec le staff, on a parfois joué au jeu du nombre de reconductions au poste de sélectionneur. On ne s'est jamais mis d'accord sur le nombre, seulement sur mon statut de *recordman* du monde.

*

Mais sur le chemin d'une Coupe du monde, l'objectif d'un sélectionneur de l'équipe de France n'est pas de durer ; il est de se qualifier. Il a donc fallu repartir au combat. J'en retrouve des traces, éclatées au fil de mon journal de cet automne-là, lesquelles donnent la mesure de l'épuisement qui, parfois, me gagnait.

14 octobre : « Je sens actuellement que chaque match me pompe de l'énergie, et que, pour être efficace, j'ai vraiment besoin de ce temps de décompression et d'ennui entre les guerres. Comme je suis obligé de me maîtriser tout le temps, je suis cuit. »

16 octobre : « Je n'ai rien lu, rien écouté. Je fais un vrai break. Je n'ai plus envie, même pas de savoir, je suis fatigué. Envie d'autre chose, de me dissoudre, de m'évaporer, de respirer. Je ne suis pas certain de tenir jusqu'au bout comme ça. »

28 octobre : « J'ai traîné et je suis cuit. Complètement déconnecté de la vie. J'ai juste envie de me balader sur la plage en Bretagne. Tout le reste me fatigue. J'ai très mal au dos. Ou alors c'est un peu plus bas : j'en ai plein le c... »

*

L'année 2008 s'est achevée par un match amical sans intérêt contre l'Uruguay (0-0). Mon carnet de bord me rappelle que j'ai repris des forces. Mais à Marseille, en février, nous avons perdu contre l'Argentine (0-2). Malgré la défaite, j'ai senti que quelque chose s'installait dans cette équipe de France. Il allait falloir le démontrer lors des deux matches de qualification contre la Lituanie. L'épée de Damoclès ne me quittait plus, je sentais en permanence son ombre sur ma tête même si, avec le temps, j'avais fini par m'y habituer. Le dimanche 22 mars, à l'heure de retrouver les Bleus à Clairefontaine, j'écris ainsi : « C'est reparti. Il était temps. Je n'en pouvais plus de cette attente. Même si c'est peut-être la dernière fois, j'ai envie de la vivre à fond, de me faire plaisir, de prendre enfin conscience de ma chance d'être à ce poste, de ce qu'il représente. Et de n'avoir aucun regret. Je suis allé courir une heure en forêt. Je me sens bien, toute ma haine et ma colère sortent, je les confie aux arbres pour qu'ils les digèrent. Je fais le vide afin de trouver l'énergie. »

Dans ce métier, toute certitude est volatile. Le premier match en Lituanie (1-0) a été réussi. J'en avais pourtant mal vécu l'approche : le manque de sommeil, le stress, l'éventualité d'un échec et ses conséquences sur ma vie. Mais contrairement à ce qui était survenu à l'Euro, j'avais écouté mon intuition comme je m'étais juré de le faire, et ayant tenu parole, me trouvais en paix avec moi-même.

J'ai beaucoup aimé ce match ; il y avait longtemps que nous n'avions pas aussi bien maîtrisé notre sujet. Les messages de soutien et de félicitations abondèrent. Cela m'a donné, au moins, une mesure de la pression extérieure. Les loups, toujours là, attendaient ma fin, mais j'avais gagné quatre jours de tranquillité médiatique.

Je ne pouvais en dire autant de ma paix intérieure. Carnet de bord du jour du match, ce 1er avril 2009 : « Après le déjeuner, je n'ai pas pu dormir. Je tourne en rond, je prends le temps de préparer mes affaires.

C'est peut-être la dernière fois, je veux en profiter. J'ai passé une demi-heure dehors à regarder le paysage, et le reste du temps à faire ma valise. Je n'arrive pas à me concentrer sur la causerie d'avant-match. Je ne sais pas, j'improviserai. Parfois je suis sûr de moi, je sais que cette improvisation est préparée dans ma tête, mais là ma tête est vide, c'est le stress total. Heureux ceux qui savent s'arrêter au sommet. »

La causerie a duré un quart d'heure durant lequel j'ai tenté d'user des bonnes expressions, mais j'étais ailleurs. Les joueurs l'avaient-ils senti ? Nous avons battu la Lituanie (1-0) une seconde fois, sur un nouveau but de Ribéry, mais dans la douleur, sans séduire personne, ni le public ni le coach. Cependant cette victoire me soulageait. Elle repoussait les nuages à la rentrée de septembre, après quelques rencontres amicales. Pour autant, le jeu des Bleus posait des questions auxquelles il faudrait apporter des réponses rapides.

J'avais déjà eu à gérer les relations complexes entre Nasri et Ribéry, puis entre Gallas et Nasri, qui ne se serraient même plus la main avant un match. Maintenant je sentais grandir une bataille d'ego entre Thierry Henry et Franck Ribéry. Outre que tous deux voulaient être capitaine, Ribéry désirait jouer à gauche, là où je souhaitais installer Henry. Thierry finit par lâcher ce qu'il avait sur le cœur à propos de son concurrent : « Il ne suffit pas de courir avec le ballon et de le faire sauter par-dessus les autres. Moi, sur le but, j'ai vu avant et je lui ai donné le ballon… » Évidemment, devant les journalistes, j'ai toujours associé les deux joueurs dans un même éloge. Mais je savais que le problème nous poursuivrait longtemps.

*

Notre rassemblement du mois de juin et nos deux matches amicaux contre le Nigeria (0-1) à Saint-Étienne et devant la Turquie (1-0) à Lyon confirmèrent ces tendances aussi souterraines que vénéneuses.

Un mauvais match face à des tribunes à moitié vides ; tel était le triste bilan de la soirée stéphanoise. Comme je m'y attendais, les questions des journalistes tournèrent ensuite autour du désamour du public. Comment aurais-je pu dévoiler la vérité ? Je m'en voulais d'avoir accepté ces deux rencontres sans intérêt pour permettre à la Fédération de boucler son budget ; à cinq millions d'euros le match, il fallait bien participer à l'effort de guerre. Mais j'ai dû jongler durant une semaine avec les joueurs comme avec les médias, prétendre que c'était utile alors que nous n'avions absolument rien à y gagner, sinon de nouveaux ennuis et quelques blessures. La solidarité, j'y croyais !

Le match de Lyon a été meilleur, dans l'envie comme l'organisation, avec la résurrection d'un bon Malouda auquel je me souviens avoir déclaré en souriant, dans le vestiaire : « Je préfère ton match à tes déclarations... » Mais un problème relationnel en chassait un autre. Cette fois, la guerre était déclarée entre Franck Ribéry et Patrick Vieira, qui plus est aux yeux de tous. Il est vrai que l'affaire se révélait d'une importance cruciale : pendant le match, Ribéry ne supportait pas que Vieira, depuis le banc où il suivait la rencontre aux côtés des autres remplaçants, le chambre en lui demandant d'arrêter de lever les bras pour réclamer le ballon à chaque action. À un moment, le match avait été interrompu par l'orage – un vrai, pas le nôtre – et il avait fallu que je fasse semblant de vouloir lui parler pour qu'il s'éloigne du banc, tandis qu'il répétait en désignant Vieira : « Je vais le niquer, ce connard. Je vais le niquer. »

À la fin du match, je demandai à Éric Abidal de garder un œil sur Franck, qui cherchait Patrick sous la douche pour lui dire ce qu'il pensait. Nous méritions tous un diplôme de diplomatie. Fallait-il désamorcer le conflit ? Avec le recul, je pense que je n'aurais pas dû les empêcher de se battre ; l'ensemble des différends aurait éclaté une bonne fois pour toutes et j'aurais su avec qui monter au feu. La diplomatie, si elle a préservé la paix, nous a privés d'une réponse plus claire.

*

Les mois qui suivirent me rapprochaient inéluctablement de la fin de l'histoire. Il fallait d'abord nous qualifier, sortir du piège de l'exotisme et de la facilité aux Îles Féroé, au milieu du mois d'août (1-0, but de Gignac), puis répondre « présents » dans les rendez-vous décisifs contre l'Autriche, la Serbie et la Roumanie.

Il convenait surtout d'éteindre ces ego se mettant à ébranler le collectif. Comme celui de Benzema, maugréant des insultes (« tous des cons… ») parce qu'il n'était pas entré en jeu aux Îles Féroé où son remplaçant, Gignac, avait marqué. J'ai écrit, ce soir-là : « C'est noté. On va faire semblant pendant quelque temps, on ne sait jamais. Mais… »

Je sentais déjà ce qu'il y avait après ce mais. Je suis néanmoins allé discuter avec lui à Madrid, fin août, histoire de lui faire réaliser la différence entre son investissement des débuts et depuis. Je n'ai pas réussi, son agent intervenant sans cesse pour parler à sa place. La séance s'est éternisée jusqu'à trois heures du matin. Sans résultat. Elle m'a seulement permis de constater la similitude frappante avec le Nicolas Anelka des jeunes années.

Franck Ribéry, lui, continuait à pourrir le groupe par ses attitudes de diva susceptible. En cette rentrée de septembre 2009, avant un match essentiel contre la Roumanie, il a commencé par bouder à l'entraînement parce que je l'avais installé sur le côté droit pendant une séance. Il a fallu lui faire remarquer que son attitude n'était pas normale, qu'il n'avait pas le droit d'agir ainsi, pour qu'il revienne dans l'exercice ; mais sans flamme. Le lendemain, je dus à nouveau le prendre à part et lui rappeler qu'il n'avait pas le droit de se comporter ainsi : « Je comprends que tu préfères jouer à gauche, c'est plus simple pour frapper au but. Mais lorsque tu dis ça, tu mets en cause, exactement comme à l'Euro, celui qui joue à cette place-là. Et c'est Thierry Henry. Qu'est-ce que tu veux, que je le sorte de l'équipe pour te faire jouer à sa place ? Tu dis que tu ne te sens pas à l'aise à droite, mais tu possèdes les qualités te permettant d'évoluer dans n'importe quelle position, et souviens-toi de la Coupe du monde 2006, tu jouais à droite ! »

Je lui ai annoncé qu'il entrerait en cours de jeu contre la Roumanie, à droite ou à gauche, on verrait. Je comptais sur les vertus de l'explication, mais dans la séance d'entraînement suivante il s'est montré catastrophique, allant même jusqu'à lâcher : « De toute façon, vous ne savez plus où me mettre. C'est normal, je suis une merde dans le foot… » Il ne s'agissait pas de l'expression d'un doute, juste d'une remarque ironique destinée à me rappeler son statut au Bayern.

Ribéry nous avait sauvés à plusieurs reprises, notamment lors des deux matches contre la Lituanie, mais je n'en pouvais plus de le prendre à part, de chercher à le convaincre en titillant son narcissisme.

C'est avant le match contre la Roumanie que se produisit l'épisode que la presse a baptisé « L'affaire du salon rose ». J'aurais été convoqué par les joueurs pour modifier ma tactique, ce qui expliquerait la bonne attitude et le jeu plutôt séduisant de l'équipe trois jours plus tard. Mais rien ne s'est déroulé de cette manière. Et je n'ai d'ailleurs pas été le seul à rétablir la vérité : Thierry Henry l'a fait lui-même, sur TF1, dans le journal de 20 heures.

La vérité fut bien différente de ce que prétendirent les médias. C'était un jeudi. Nous avions rendez-vous pour une causerie vidéo ; j'ai attaqué en parlant aux joueurs de la séance d'entraînement de la veille, positionnement, responsabilité, confiance. Comme je n'y avais rien vu de ce que j'attendais, j'ai rappelé les détails de notre animation offensive et annoncé que je ne voulais en aucun cas donner raison à ceux qui prétendaient que nous avions des talents, mais pas une équipe de talent.

C'est à ce moment-là que la causerie s'est transformée en explication de texte. Le capitaine, Thierry Henry, a pris la parole pour expliquer qu'il ne savait pas où courir, Anelka est intervenu afin de dire que l'on n'arrivait pas à jouer, et Abidal a soutenu que je lui interdisais de monter et de faire le décalage. J'ai engagé le bras de fer sur chaque argument ; leurs explications ne sont pas venues. Puis j'ai dessiné au tableau tous les schémas tactiques possibles, en fonction du départ du ballon et en impliquant tous les joueurs afin de démontrer que chaque revendication individuelle entraînait une contrainte pour un autre membre de l'équipe. J'ai espéré que cette demi-heure de débat avait été utile, jugeant formidable ce genre d'échange entre un sélectionneur et les cadres de son équipe.

Le soir du match, nous avons été vraiment bons,

Thierry Henry le premier. Nous méritions plus que le nul (1-1), concédé sur un but malheureux. Mais Franck Ribéry et Karim Benzema entrèrent en cours de partie en traînant les pieds, le soir même où l'équipe jouait son avenir, et je ne risquais pas de l'accepter. À chaud, les remarques de mon journal trahissent ma colère et mon indignation.

« RIBÉRY : ce qu'il a fait est une honte. Il ne veut pas jouer côté droit et le montre, il erre sur le terrain, engueule les autres et fait la gueule. Parce que le reste du staff insistait, et parce que je suis un peu con, j'ai été obligé de changer d'organisation et de le remettre à gauche. Mais il n'a pas été mieux à gauche, il s'est mis sur la même ligne que les deux attaquants ! Heureusement que nous avons deux monstres au milieu, Toulalan et L. Diarra.

« BENZEMA : il a fait la même chose. Mais lui, je ne sais pas s'il l'a fait exprès. Dans le vestiaire, il me regardait avec mépris tout en se déshabillant, comme si je n'existais pas. Son attitude disait : "Insignifiante chose, tu oses me parler ?" »

Pour faire rejaillir la flamme au sein des Bleus, une seule solution existait : tuer un de ces *ego* insupportables. J'ignorais si la sentence serait suffisante, mais nous devions préparer le voyage capital en Serbie, quatre jours plus tard. Le lendemain, j'ai donc réuni le groupe. Mon thème ? « Fermer sa gueule, se serrer les coudes et aller au feu. » Une fois de plus, j'ai pris à part Ribéry pour lui expliquer que j'avais failli tout envoyer balader, la veille, parce que si des joueurs en qui j'avais mis ma confiance se permettaient d'agir comme lui, mon rôle en équipe de France devenait inutile. Le registre affectif l'a touché. Reconnaissant ses torts et évoquant ses problèmes en club, il est même parvenu à s'excuser. Je lui ai alors demandé : « Est-ce que je peux encore avoir confiance en toi ? Est-ce que si je te fais rentrer à droite à Belgrade, je peux compter sur toi ? » Il a répondu par l'affirmative, comme souvent.

Mais les jours suivants il partit dans des délires où je n'eus aucune envie de le suivre, renversant le problème, oubliant son attitude et me reprochant mes propos. Il a, par exemple, lancé à des membres du staff qu'il ne jouerait pas en Serbie et ne viendrait pas la prochaine fois. Un sélectionneur devant parfois choisir ses combats, j'ai estimé que l'envoyer balader comme il le méritait ressemblerait à un abandon de poste. Mieux valait le récupérer, quitte à vendre une part de mon âme.

Le matin du match, durant la promenade, je l'ai donc pris par l'épaule, comme un ami de vingt ans, et lui ai glissé : « Franck, j'ai compris. Avec ta situation compliquée au Bayern, tu avais besoin d'être entendu. Tu ne peux pas jouer à droite dans ces conditions, et si je te fais entrer, ce sera seulement à gauche, j'organiserai l'équipe différemment pour que tu te sentes bien. J'ai confiance, je sais que tu peux me faire exploser le match en une demi-heure. Je crois en toi. » Ma mission : désamorcer la bombe. Le reste, on verrait plus tard.

À Belgrade, menée 1-0 sur un penalty injuste qui provoqua l'expulsion encore plus injuste de Lloris sur décision d'un arbitre italien, l'équipe a témoigné d'un bel esprit et de ressources magnifiques, qui nous ont permis d'égaliser à dix contre onze (1-1). Après avoir été réduit à dix joueurs, je fus l'un des rares sélectionneurs à conserver deux attaquants et à utiliser trois milieux. Même si personne ne m'a accordé la moindre reconnaissance pour ce choix stratégique courageux que je suis obligé de souligner moi-même, je suis fier de la gestion de cette rencontre.

Ce résultat nous envoyait en barrages. Et si Henry comme Anelka avaient livré un grand match dans des conditions extrêmes pour des attaquants, le problème Ribéry demeurait entier. Dans le vestiaire, quand j'ai voulu le remercier, comme les autres, il m'a envoyé paître en retirant son bras : « Ne me touchez pas ! » J'ai conservé mon sang-froid parce que c'était mon rôle, et parce que Pierre Mankowski, mon adjoint, m'a retenu. Tout Ribéry qu'il était, je l'aurais volontiers accroché au plafond.

Les barrages arrivaient. Il y avait longtemps que je ne m'étais senti aussi fatigué, vide, avec un mélange de rage et de désespoir. Car j'avais, à tort, lu et écouté ce qui s'était dit et écrit dans les médias. C'était lourd.

*

Heureusement, il existe aussi des parenthèses heureuses. Celle de notre match à Guingamp contre les Îles Féroé en fut une.

Grâce à quelques jours de paix en bord de mer sur cette magnifique côte de granit rose, grâce au contact d'un public chaleureux et respectueux, j'ai retrouvé de l'énergie. Quand, en plus, cette parenthèse est scellée par une victoire (5-0) belle et sans appel, grâce à deux buts de Gignac, un de Benzema, un autre d'Anelka et un de Gallas, que demander de plus ? Merci la Bretagne.

Ensuite, retour à Paris pour le France-Autriche, formalité puisque les barrages étaient là avec les Irlandais.

*

Une rencontre de qualification plus tard, face à l'Autriche (3-1), nous nous trouvions donc en barrages contre l'Irlande. Je me souviens du stade magnifique et de l'ambiance extraordinaire du match aller, samedi 14 novembre 2009, à Dublin. Je revois nos difficultés dans le placement, en première période, ce que nous avons rectifié à la mi-temps, puis notre maîtrise et le but signé Anelka. Sans quelques erreurs techniques individuelles, nous n'aurions jamais eu peur. Cette victoire (1-0) nous plaçait en belle position pour disputer la Coupe du monde en Afrique du Sud.

Au cours de la conférence de presse, j'ai été interrogé sur une prétendue altercation avec Thierry Henry relative à la non-sélection de Patrick Vieira. Comme je tombais des nues, j'ai préféré me lever et partir. Le lendemain, quand j'en ai parlé avec lui, « Titi » n'était au courant de rien. La culture de l'essentiel et de l'accessoire chez les médias modernes ne cessait de me surprendre.

*

Le barrage retour fut une longue attente, puis une… longue souffrance. Cela pouvait être ma dernière soirée à la tête de l'équipe de France, mais j'ai à peine pensé à cette possibilité, le match et son enjeu s'avérant plus essentiels que le reste. Je ne vais pas raconter la soirée, cette peur immense, l'Irlande qui mène 1-0 devant vingt mille supporters habillés de vert et chantant de toute leur âme, le jeu exceptionnel de Hugo Lloris, le but de l'égalisation et de la qualification de William Gallas, après une main de Thierry Henry (1-1).

Pourtant, j'ai tout de suite eu le sentiment que nous devions quasiment nous excuser de cette qualification.

Si j'avais pensé qu'elle dégagerait l'horizon, c'était un doux rêve. Une tempête médiatique mondiale se déchaîna contre cette main que l'arbitre n'avait pas vue. Tout le monde avait oublié que nous n'étions pas éliminés à ce moment-là, que l'histoire du foot est remplie de ces erreurs d'arbitrage, que les Irlandais étaient arrivés en barrages grâce à une simulation dans la surface et à un penalty imaginaire. Si l'on veut tenir une comptabilité des injustices, encore faut-il qu'elle soit complète et que la balance soit juste.

Le lendemain matin, je n'ai voulu lire aucun journal. J'étais soulagé et heureux car je n'avais pas pris la mesure du déferlement médiatique, vite reçu en pleine figure. La honte, les tricheurs, le match à refaire : la presse française et la classe politique jouaient contre nous sans que je comprenne pourquoi. Une tempête qui ne serait née dans aucun autre pays de culture sportive. Les Irlandais n'auraient pas demandé à rejouer la rencontre s'ils avaient été à notre place, d'ailleurs personne ne l'a jamais fait.

J'ai appelé Thierry Henry afin de le soutenir et de le rassurer ; il n'y avait pas de quoi s'inquiéter. Pourtant l'inquiétude est venue sous l'effet de cette polémique planétaire. La FIFA a annoncé deux jours plus tard que le match ne serait pas rejoué, mais Thierry, avec qui je parlais régulièrement au téléphone, vivait très mal de se voir propulsé au cœur de cette tempête. D'où le communiqué dans lequel il demandait à ce que le match soit rejoué. Cela ne nous a en rien aidés à gérer la crise, mais sans doute Thierry ne s'est-il pas senti soutenu par les dirigeants de la Fédération française.

Et moi ? Le lendemain de la qualification, je suis allé voir Jean-Pierre Escalettes, mon président. Je voulais le remercier de son soutien et obtenir qu'il chasse les ambiguïtés en annonçant que je serai le sélectionneur lors de la prochaine Coupe du monde.

J'avais profondément apprécié M. Escalettes du temps où j'étais sélectionneur des Espoirs. Son sens pédagogique, son amour des jeunes, les encouragements constants qu'il savait leur apporter et les conseils qu'il leur dispensait, tout était digne d'éloges. L'homme était généreux, honnête, intelligent, engagé. Mais président de la Fédération, c'était autre chose. Face aux décisions à prendre, il perdait tout moyen et se noyait dans les explications fumeuses et les excuses. Il offrait alors le visage d'un homme dépassé par les événements, ballotté entre des influences contraires et avant tout soucieux de ce que l'on allait dire de lui. Il vivait avec la peur constante de découvrir dans les médias des informations dangereuses pour l'harmonie de la famille du football, à laquelle il était l'un des derniers à croire encore.

Tout cela l'amenait à répondre inlassablement aux sollicitations des journalistes, un œil sur son téléphone portable et l'autre sur sa messagerie électronique. On ne pouvait lui parler cinq minutes sans être interrompu par une sonnerie d'appel. « Excusez-moi, je dois répondre, c'est important. » Très bien. Je patientais, tremblant qu'emporté par son amour des médias, le président ne lâche une bourde énorme ou n'évente un secret. Car en se tenant à la disposition de la presse et en lui distillant des informations plus ou moins choisies, il croyait rassasier des fauves, alors qu'il ne faisait qu'attiser leur appétit.

Ce jour-là, j'ai eu à peine le temps d'ouvrir la bouche qu'il me coupa :

« Oui, oui, d'accord, la Coupe du monde, mais après c'est fini, on arrête…

– On arrête quoi, Président ? »

Je ne comprenais pas où il voulait en venir. On arrête le foot ? Les compétitions ? Le Mondial ? La présidence de la Fédé ?

« On arrête. Après la Coupe du monde, vous partez. Il faut que je prenne des dispositions, que je choisisse un nouveau sélectionneur. Votre remplaçant viendra d'un club, il est sous contrat. Il faudra donc que je discute avec son club, pour lui laisser le temps de se retourner… Enfin, vous comprenez… »

Dans son esprit, c'était plus important que le Mondial à venir. J'ai dû répéter à dix reprises les mots « Coupe du monde » ; il ne les entendait même pas. À chaque fois, j'avais droit aux mêmes propos : « Oui, oui, mais on arrête après… » Son seul souci se résumait à : comment faire avec Bordeaux, comment négocier avec son président, Nicolas de Tavernost ? Parce qu'évidemment, dans la conversation, je suis arrivé à lui faire avouer que le futur sélectionneur serait Laurent Blanc. J'ai eu beau lui expliquer les conséquences d'une telle nomination avant la Coupe du monde, il n'a rien voulu savoir. Il était ailleurs, déjà. En passant la porte de son bureau, j'ai compris que je porterais seul le fardeau de la compétition à venir, sans aucun secours d'un président tout juste capable de se plaindre des problèmes que lui posait le contrat de mon successeur.

7

À l'approche du Mondial

Le 5 janvier, alors que je revenais à la maison, j'eus la « bonne » surprise d'entendre Jean-Pierre Escalettes s'exprimer à la radio depuis Saint-Domingue, où il passait ses vacances d'hiver. L'homme m'a rarement déçu dans ce genre d'exercice. Ce matin-là, il évoquait mon remplacement futur. Et citait Laurent Blanc, Didier Deschamps, Jean Tigana – avant d'ajouter, quelques jours plus tard, Alain Boghossian –, donnant sans équivoque le sentiment que la page Domenech était déjà tournée. D'un coup, je devenais « officiellement » une sorte de figurant. En somme, le président envoyait le signal que c'était fini avant même de commencer et que lui-même était déjà passé à la suite. On ne pouvait mieux tirer le tapis sous mes pieds. Pourquoi cet homme ne comprenait-il pas combien nos sorts étaient liés ? Juste après la qualification, au moins se montrait-il embarrassé quand il évoquait le sujet. Désormais, il ne le paraissait plus du tout, sans que l'effleure la pensée que ses paroles puissent avoir un impact négatif.

Pas à une bourde près, l'un de mes successeurs potentiels évoqués n'était autre que mon propre adjoint, Alain Boghossian, lui-même un ami proche de Laurent Blanc.

On s'en doute, je ressentis douloureusement les

218

propos présidentiels. Pour préparer la succession d'un sélectionneur en place, il n'existe ni bonne ni mauvaise solution ; avant une compétition, évoquer ce sujet s'avère toujours trop tôt, et après, parfois trop tard. Mais au moins aurait-il fallu considérer le contexte, ne pas oublier le cyclone ayant suivi notre qualification et la main de Thierry Henry, faire preuve d'un minimum de psychologie et soutenir le sélectionneur en place, ne serait-ce que par principe. À la place, M. Escalettes donna l'impression que la priorité n'était pas la Coupe du monde, mais la chasse à mon successeur. Il a confondu l'approche de l'événement avec une campagne de réélection, ce qui a contribué à m'enlever toute légitimité et tout pouvoir.

Résultat, sa prise de position a fait de moi un condamné d'avance. Il aurait mieux valu me laisser annoncer mon départ. Certes j'aurais pu oublier sa manière de me « soutenir » au fil des années, avec toutes ses ambiguïtés, tant j'admets ne pas avoir dû être un sélectionneur reposant tous les jours ; mais à six mois de la Coupe du monde, difficile de ne pas mal vivre un tel épisode. Deux jours après l'intervention présidentielle à la radio, j'ai écrit dans mon carnet, le 7 janvier : « C'est la Saint-Raymond aujourd'hui et tous les autres jours c'est ma fête. »

Pour autant, je n'ai pas, sur le coup, noté de changements profonds d'attitude chez les joueurs ; les mêmes difficultés subsistaient, pas moins mais pas plus. En revanche, j'ai senti le vide se faire autour de moi. Les soutiens de la Fédération, déjà bien rares, sont devenus inexistants. J'attaquerais l'Everest en espadrilles.

*

D'autres personnes influentes au sein de la Fédération, et que j'avais écartées en 2004, contribuaient à miner le terrain. Alimentés par elles, les journaux publiaient des informations indispensables : un matin, le journal local de la capitale a dénoncé la façon dont je garais ma voiture sur le parking de la FFF. Le prétendu scandale des primes que touchaient les joueurs, qui allait tant agiter les esprits au moment du Mondial, est lui aussi sorti de chez nous, sur la base de chiffres faux, sans doute pour brouiller les pistes et empêcher de remonter à la source de la fuite.

Certes, tous les entraîneurs sont paranos et, avant de livrer un combat contre un ennemi, il faut se méfier de ses amis. Mais que de rumeurs nous avons entendues ! On a prétendu qu'une information rentable – notamment sur la composition de l'équipe – pouvait être payée. Si je ne le crois pas vraiment, en interne il était difficile de se détacher d'un triste constat : tout ce que nous voulions cacher sortait dans les journaux.

La réalité des fuites n'était d'ailleurs pas contestable ; il suffisait de répandre un ou deux renseignements erronés sur la future composition de l'équipe pour qu'ils se retrouvent dès le lendemain dans la presse. Les journalistes ont longtemps assisté à nos entraînements à huis clos en se perchant dans un arbre ou sur le toit d'une voiture. Quand nous avons dressé des bâches autour du terrain, ils ont continué à recueillir les mêmes informations ; preuve que celles-ci provenaient bien de l'intérieur. Des joueurs et de leur entourage ? Peut-être. Reste qu'à Clairefontaine, les bureaux donnent par de larges verrières sur le terrain d'entraînement. Par recoupements, le staff et moi avons abouti à la conclusion que seules deux personnes pouvaient être incriminées.

Mais quand je m'en suis ouvert au président, il n'a rien voulu entendre.

Le problème, avec la paranoïa, c'est qu'elle repose toujours sur des détails réels. Un exemple ? À Clairefontaine étaient affichées des photos des équipes de 1958, 1998 et 2000 ; mais pas celle de 2006, pourtant finaliste de la Coupe du monde, ni les champions olympiques de 1984, dirigés par Henri Michel. Le directeur était resté sourd à nos demandes. Un soir, Fabrice Grange, l'entraîneur adjoint des gardiens, et Robert Duverne, le préparateur athlétique, décidèrent d'épingler un poster de l'équipe de 2006 sur les murs soignés du château. Ils ont lancé cette idée à table, nous les avons mis au défi, et Robert a lancé : « Maintenant, on est obligés de le faire. Si on ne le met pas, on ne se qualifie pas. » L'affiche est restée cinq jours accrochée au mur. Elle en a été enlevée dès la fin de notre stage.

Au-delà de quelques hostilités personnelles, je ne suis jamais parvenu à trouver la cause réelle de la sensation de rejet que nous éprouvions. Il est possible que je n'aie pas su, ou mal, garder le contact avec les gens de Clairefontaine, en particulier ceux de la Direction technique nationale avec lesquels j'avais pourtant travaillé durant plus de dix ans. Mais cela n'explique pas tout. Même avec le recul, certains faits demeurent incompréhensibles.

Quand je suis arrivé au poste de sélectionneur, en 2004, le système de primes en vigueur concernait seulement le staff technique de l'équipe de France, à l'exclusion des membres de la DTN. Par souci d'équité, j'avais décidé de l'élargir à ces derniers, une grande première. Chacune des quinze personnes concernées toucha donc une somme importante. Peut-être les membres de la DTN n'ont-ils pas su que l'initiative venait de moi ? Un seul d'entre eux m'a remercié. En revanche, après la Coupe du monde, les mêmes ont signé une pétition contre ma nomination au poste de DTN. Solde d'anciennes jalousies suscitées par mon élection en 2004 et le choix de mes staffs successifs ? Travail de sape de quelques-uns ? Absence trop longue de Clairefontaine, les bureaux du sélectionneur se trouvant à Paris ? Quand vous êtes présent, vous informez, vous faites passer le message ; mais en votre absence, ce sont les autres qui le font, et le message n'est pas le même.

Pour en finir avec l'espionnage, dont le soupçon reviendra sur le devant de la scène lors de l'affaire Anelka en pleine Coupe du monde, ne pensez pas qu'il fut pour autant un sujet de conversation permanent. La plupart du temps, nous nous en sommes allègrement moqué. De fait, la stratégie des fausses rumeurs, sur le long terme, accorde trop d'importance aux journalistes. J'aurais simplement préféré qu'ils accomplissent leur travail correctement et fournissent les mêmes renseignements sur nos adversaires. Ces informations-là, je les attends toujours.

*

On m'a reproché ma communication. Je peux le comprendre. Mais, c'est un constat, la Fédération n'a jamais disposé d'une cellule de gestion de communication de crise à la hauteur de la résonance médiatique de l'équipe de France. Pendant la Coupe du monde 2010, une grande entreprise confrontée à un séisme médiatique de cette ampleur aurait mis au point une stratégie pour maîtriser la crise. Mais la FFF en était – et fut – incapable. La communication de l'équipe de France repose uniquement sur les épaules du sélectionneur, donc elle se voit soumise à la fatigue et à l'exaspération que les journalistes savent susciter. Face à eux, je n'ai pas forcément réagi comme j'aurais dû, et j'y vois une raison supplémentaire pour que la communication des Bleus ne soit pas assumée par une unique personne… *a fortiori* lorsqu'elle possède mon caractère !

*

Le combat avec les joueurs a continué. D'ailleurs, il n'a jamais cessé. J'ai rencontré Franck Ribéry à Munich le 15 février, avec Alain Boghossian, qui avait rejoint le staff à la fin de l'été 2008. Voilà ce que j'en ai écrit, le soir même. Les nuages s'amoncelaient déjà, je les reconnais tous :

« Au centre d'entraînement du Bayern, on croise Franck avant l'entraînement, puis Van Gaal, son entraîneur. Il m'explique comment il travaille, et ses soucis avec Franck. Il ne me déclare pas qu'il n'en peut plus, mais évoque l'énergie dépensée juste pour lui. Je vois très bien ce qu'il veut dire. Quand Franck est venu nous saluer, il avait l'air de demander ce qu'on venait chercher. À la fin de l'entraînement, on ne peut pas dire qu'il se soit pressé pour arriver au rendez-vous. Ce n'était pas grave ; j'avais décidé d'être d'une patience infinie. Mais c'était un mauvais présage. Franck est apparu vers 13 heures 30. Dire que l'entrevue n'a pas été une réussite est un euphémisme. Il est buté sur son poste, et toutes les tentatives pour lui faire comprendre que le collectif serait plus important pour gagner ne l'ont pas vraiment touché. J'ai eu le sentiment permanent que je tapais dans le vide. Ses remarques : "J'ai donc 99 % de chances de jouer à droite ?" Ou pire encore : "Coach, vous avez pensé, euh… libre ?" J'ai fait semblant de ne pas comprendre afin qu'il confirme ; c'est bien ce que je n'avais pas voulu comprendre : il veut être libre de jouer comme il veut.

Inutile de lui rappeler qu'il a toujours été très présent à droite. Rien à faire, il se ferme. Je lui lance : "Je te l'ai déjà dit et je pourrais te faire croire que tu vas jouer ailleurs, mais je ne suis pas comme ça. Je te le répète, et je sais que c'est le pire pour toi : maintenant, il va falloir te mettre au service de l'équipe." Je suis arrivé à l'assener sans rire. Il parvient à nous répondre qu'il y en a qui ne jouent pas le jeu et qu'il faut que je les vire ! J'ai failli lui parler de France-Roumanie et de sa manière de traîner les pieds, ce soir-là, sous prétexte qu'il ne se trouvait pas de son côté préféré alors que toute l'équipe jouait son avenir. Mais du calme, du calme, je dois être positif, construire une équipe. Je lui ai répondu que je traitais le problème en direct avec les joueurs, donc avec lui, mais que s'il ne comprenait pas, je ne le reprenais pas, c'est tout. Je ne sais même pas s'il a réalisé que cela s'adressait aussi à lui.

Je lui ai aussi parlé du Bayern, de lui, de son entraînement du matin : "J'ai vu ton visage pendant la séance, tu te fais chier c'est évident. Tu as perdu ton rayonnement, et si les cadres ne rayonnent pas, on est morts. C'est toi, avec Titi (Henry) et Nico (Anelka) qui pourront porter l'équipe. Il faut que vous discutiez ensemble pour équilibrer votre jeu. Chacun doit accepter l'autre." J'ai ri en silence. On a évoqué sa situation en club : il ne veut que le Real ou Barcelone. Il rêve : pour jouer à la place de qui ? Il a recommencé à nous parler de Van Gaal et je ne l'ai pas laissé nous décliner la litanie de ses griefs. Un jour, je sais que ce sera mon projet : « Vous êtes trois des meilleurs joueurs du monde. Qui d'autre peut présenter une attaque pareille ? Mais cela sous-entend que vous compreniez votre rôle. Le collectif est plus important que chacun d'entre vous. Je comprends que vous préféreriez occuper un autre poste, mais en vérité seul l'ensemble importe. » Chacun attendait la réaction de Franck. S'il reprit son laïus habituel sur l'amour qu'il portait à l'équipe de France, pour le reste il se sentit coincé : comment dire devant les deux autres qu'il ne voulait en rien jouer à droite. J'ai essayé de le pousser dans ses retranchements pour qu'il proclame ouvertement son adhésion à cette stratégie, mais il a fui, comme prévu. Alors, j'ai asséné que la rencontre France-Espagne, le soir même, apporterait – ou pas – la preuve de son investissement.

*

Nous avons échoué face à l'Espagne (0-2) à cause de deux pertes de balle évitables. Offensivement, le match fut une catastrophe. Et les trois attaquants au cœur du problème. Ribéry ne fut pas bon, mais pas le pire. Mon jugement à chaud fut assez froid. « Anelka : celui des mauvais jours, qui ne fait rien, ne tente rien et joue tous les coups à l'envers. Henry : je l'ai rarement vu aussi triste dans le jeu. Rien, ni les courses, ni les contrôles, ni l'engagement : totalement absent. S'il ne se remet pas en cause, il ne jouera plus au Barça du tout. » Résultat, Gourcuff, lui, ne se libéra que lorsque les autres sortirent.

À la mi-temps, j'ai tenté de recadrer Anelka avec diplomatie, mais sans rien comprendre à sa réponse. Cette fois, notre échange ne se retrouva cependant pas dans un journal ! À la fin du match, planait sur contre moi. Je l'ai regardé partir, il est comme un chien battu, n'a plus de joie, plus d'envie.

Finalement, je suis sorti totalement dépité. J'ai dit à Alain Boghossian qu'on était venus pour rien, que tout cela n'avait servi à rien. Comment régler le problème ? Je pense que France-Espagne apportera déjà, au moins, une réponse. Si c'est une confirmation qu'il n'est pas au service de l'équipe, je serai confronté à un dilemme : est-ce que je peux me passer de lui ? J'ai discuté avec "Bogho". Notre verdict ? Il faut absolument l'isoler, qu'il ait seulement des contacts avec les cadres de l'équipe, ceux qui jouent, parce qu'il est capable de tout. Il peut se saborder. Et nous avec. »

*

Deux jours avant d'affronter l'Espagne en match amical au Stade de France, j'ai retrouvé les Bleus. Soit le lundi 1er mars. C'était la première fois depuis la tempête soulevée par la main de Thierry Henry, en novembre précédent. Et aussi la première fois depuis l'annonce par « mon » président de mon futur départ.

La causerie a duré quarante-cinq minutes au sein du vestiaire de Clairefontaine. J'ai commencé sur le thème de la solidarité, de la responsabilité et de la maturité.

« Je n'ai pas apprécié qu'en dehors de Flo (Malouda) et Bak (Sagna), personne n'ait soutenu officiellement Titi (Henry) après le barrage. Ç'aurait été le courage et la solidarité, alors que nous nous sommes qualifiés ensemble, et que tout le monde en profite. J'aurais aimé une réaction d'équipe, qui n'avancera que si vous êtes adultes et responsables. Le projet de la Coupe du monde sera le vôtre. En 2006, j'avais moi-même pris l'initiative de donner rendez-vous à tout le monde au

225

9 juillet, le jour de la finale. Cette fois, j'attends de vous un véritable engagement. Assumez vos ambitions en adultes responsables. L'équipe est plus importante que chacun de vous ; et comme je ne veux pas revivre ce que j'ai supporté à l'Euro, je ferai tout pour l'empêcher.

Autre chose : j'aurais aimé vous annoncer moi-même que j'arrêtais après la Coupe du monde, mais mon cher président a préféré s'en charger. Ce n'est pas grave, mais cela peut avoir des répercussions sur vous parce qu'au mois de mai, pendant la préparation, le nom du futur sélectionneur sortira. Pour autant, je ne serai pas le seul pour lequel cette Coupe du monde sera la dernière : ce sera aussi le cas pour certains d'entre vous ; aussi vous aurez le devoir de ne pas vous laisser bouffer par les autres. Les cadres de l'équipe doivent intervenir au quotidien, mais entre nous, en nous arrêtant à la porte du vestiaire. Ici nous pouvons tout nous dire, même nous mettre des baffes s'il le faut, mais pas hors d'ici. Nous devons rester en famille, entre nous. »

En relisant mes notes, je constate avoir réellement utilisé la formule : « Tout s'arrête à la porte du vestiaire. » Visionnaire, vraiment.

Le lendemain, il me faut encore une fois gérer les états d'âme de Franck Ribéry. Cette fois, il avait mal mais s'est tout de même entraîné. Pendant la séance, je l'ai pris à part et lui ai répété qu'il ne serait bon ni pour lui ni pour l'équipe de jouer à gauche. Comme toujours, il a répondu « oui, coach, pas de problème », mais ses yeux trahissaient le contraire. Dans la soirée, des membres du staff ont entendu la conversation téléphonique qu'il a eue avec son agent, Jean-Pierre Bernès. Ribéry lui affirmait qu'il refusait de jouer contre l'Espagne s'il se trouvait à droite, qu'il avait sa fierté, et n'irait pas à la Coupe du monde. À ceux qui lui rappelaient qu'il avait occupé ce poste durant toute la Coupe du monde 2006, il rétorquait : « Je m'en fous, l'année prochaine, je jouerai au Real Madrid ou à Chelsea... » Impossible de reproduire ici la totalité de ce que j'ai noté sur lui, ce soir-là, mais sachez que « Malade de prétention » fut l'une de mes formules les plus sympathiques. Je comprenais que, pour des raisons diverses, il traversait une phase psychologique difficile, mais il était inenvisageable à mes yeux de céder à son caprice.

Le jour du match, on m'a rapporté qu'il daubait sur moi, racontant à qui voulait l'entendre que je l'avais trahi ; je ne voyais pas en quoi, mais puisque mon bagage de bouc émissaire s'alourdissait de jour en jour, à quoi bon s'en soucier ? J'ai juste écrit : « Confirmation. Nous allons galérer. Mais s'il faut en passer par la rupture, je le ferai sans remords ni regrets. » Si mon instinct aura été, parfois, atténué par mon sens du dialogue, avec le recul je reconnais que cela n'a pas toujours été une bonne chose. Mais mon boulot de sélectionneur n'exigeait-il pas de comprendre, recoller, avancer ? Du moins d'essayer ?

Pour recoller les morceaux et « avancer », j'ai vu Thierry Henry en tête à tête le jour du match, avant de déjeuner. Lui-même se rendait compte des dégâts : « Si on ne règle pas les problèmes, on file droit dans le mur. » Cette phrase revint plusieurs fois dans sa bouche. Je lui ai présenté mon projet d'organisation d'équipe avec Anelka avant-centre, lui à gauche, Ribéry à droite. Il était d'accord, encensant les qualités d'avant-centre de « Nico ». Alors je l'ai averti que je provoquais une réunion avec les trois attaquants après le déjeuner afin de crever l'abcès, quitte à aller au clash.

Face à Henry, Anelka, Ribéry, j'ai donc présenté

le vestiaire le poids d'un lourd non-dit. Qui ne tenait pas à la déception d'une équipe ayant tout donné, mais relevait d'un malaise rampant. Rapidement, j'ai compris que les autres joueurs étaient excédés par le comportement des trois attaquants.

J'ai aussi parlé à Yoann. « C'est à toi de donner les ballons selon ce que demande le jeu et ce que je demande. J'aurais voulu que tu cherches la profondeur…

– Mais personne ne bougeait…

– Je sais, mais c'est là où ton rôle s'avère capital. Tu es le patron technique, tu choisis. C'est toi qui commandes. Tu mets le ballon dans la profondeur, même si tu sais qu'ils n'iront pas. À force, ils iront ! Et pourquoi as-tu mieux joué en fin de match alors que tu étais cuit ?

– Parce que là, il y avait du mouvement… »

Nous étions d'accord.

*

France-Espagne avait étalé – sans fard – les problèmes d'*ego* minant l'équipe de France, et plus précisément ceux de ses joueurs offensifs. Verdict, sans circonstances atténuantes, dans mon journal de bord : « Le plus grave, à mes yeux, est qu'il n'y a pas de vrai patron capable de remettre tout le monde à niveau, les stars surtout. Pat Vieira pourrait, mais il faudra qu'il soit au top. Or c'est loin d'être sûr. »

Dix jours plus tard, à Lyon, lors d'un séminaire du staff, nous avons reparlé de France-Espagne. Du groupe remontait la certitude que le fossé se creusait entre les attaquants et le reste des Bleus. J'ai donc placé d'emblée le débat sur la nécessité d'un équilibre, faute de quoi nous tomberions de haut, l'été prochain :

« Oui, ils sont chiants ; oui, ils étaient à côté de la plaque contre l'Espagne, mais n'oubliez pas que, pour devenir champion du monde, il faut de grands joueurs, et que ce sont eux qui nous permettront de gagner. Les autres font leur travail, mais cela ne suffira pas. Alors, attention à ne pas nous focaliser sur un match ou une attitude. Il faut ramener tous les joueurs vers le collectif, même ceux ayant de vraies raisons de se plaindre. »

Mais, en mon for intérieur, je me demandais si je devais réellement suivre cette politique et si l'intérêt général ne devrait pas plutôt me pousser à en abandonner quelques-uns en touche, voire chez eux. Si j'ai fini par ne pas sélectionner Benzema et Nasri, c'est aussi, d'une certaine manière, précisément en raison de l'attitude de Ribéry. Parce que Nasri et ce dernier ne s'adressaient plus la parole, fâchés pour une histoire d'argent et de famille ; et parce que je ne tenais pas à superposer trop de registres individuels – ou individualistes, disons-le ainsi. J'ai commis des erreurs, je continuerai à les reconnaître, mais sur ce point, je ne crois pas que l'Euro 2012 m'ait donné tort.

Dans les jours qui suivirent France-Espagne, Henry et Anelka ont joué les sourds en ne répondant à aucun de mes textos. Mes interrogations ne cessèrent de s'amplifier. « Est-ce que je peux me passer des deux ? s'interroge mon journal. Est-ce que cela aura un effet libérateur sur les autres ? Mais les autres, justement, possèdent-ils le niveau pour devenir champions du monde ? Et est-ce à moi de préparer la suite en faisant le ménage ? Mon but, mon rôle, est de gagner la Coupe du monde. Alors patience, encore. »

*

Les semaines précédant l'établissement de la liste des vingt-trois et notre préparation à la Coupe du monde me virent gagné par une lassitude grandissante. La longueur, l'étirement même, de ce combat difficile effritait mes convictions et épuisait mon énergie. Contre l'Espagne, à la mi-temps, je ne m'étais pas trouvé dans le ton. À la fin du match, entre mon désir de positiver et le mal-être qui traversait le vestiaire, je ne sus trouver les mots justes.

Avec le recul, je date ma baisse d'énergie de l'Euro 2008. Est-ce de ma faute puisque j'ai tenu à rester ? Oui, mais je ne fus pas le seul à le vouloir, et je pensais vraiment, alors, quelle que soit mon usure, que je réussirais la transition d'une génération à l'autre. J'avais réussi une phase finale, manqué la deuxième, je voulais que la troisième soit à nouveau une réussite.

Certains diraient que je choisis toujours les combats les plus difficiles et les fais durer jusqu'à l'insupportable. Sans doute. De fait, aucun entraîneur n'a coaché l'Olympique Lyonnais aussi longtemps que moi depuis que Jean-Michel Aulas en est le président ; et aucun sélectionneur n'a dirigé autant de matches de l'équipe de France. Dans les deux cas, il me faut bien admettre, à tête reposée, être resté trop longtemps à mon poste. Mais cette lucidité vient seulement en temps de paix. Quand on se trouve au cœur du combat, même à bout de forces, même en guenilles, peut-on, sans déshonneur, faire demi-tour ?

Sélectionneur est un travail à plein-temps obligeant à gérer les parenthèses puisque l'on y a, régulièrement, de longues périodes sans réunir les joueurs. Moi qui aime me plonger avec passion dans l'observation des footballeurs, j'ai adoré toutes les facettes de ce métier. Il m'a offert des soirées intenses dans les plus grands stades européens, parce que c'est le rôle et le pur bonheur d'un sélectionneur que d'aller voir ces grandes équipes. Il m'a permis de vivre de beaux moments au Parc des Princes. Il m'a incité à défendre des causes utiles dans les couloirs de la Fédération où je me rendais presque chaque jour. Et si je me suis incliné dans des combats perdus d'avance, j'en ai gagné d'autres et n'ai jamais cessé de me soucier de l'intérêt du football français, présent comme futur.

Pour autant, dans l'intervalle entre les matches, il arrivait que la fatigue me gagne et que l'énergie me quitte, symptômes classiques d'une décompression face à l'absence de rencontres. Mais dès que sonnait l'heure des matches, l'envie de me battre revenait au galop.

J'avais déjà éprouvé cette sorte d'alternance émotionnelle dans le passé, à l'époque où je pratiquais le théâtre en amateur, à Lyon, au Petit Théâtre de la Croix-Rousse. C'était en 1990. Et je ressentais le trac comme une agression, tant à cause du stress de la représentation, des spectateurs, que de la peur du trou de mémoire, du sentiment de panique survenant au moment d'entrer en scène et paralysant tout. Néanmoins, je ne pouvais pas m'en passer. La représentation terminée, je m'attendais à ressentir une libération, mais alors le manque m'envahissait et, à nouveau, le désir de jouer renaissait. J'avais mal au ventre en pensant à la représentation future, comme au match à venir, mais vivais uniquement dans cette attente. J'ai probablement recherché, et aimé, les mêmes émotions au théâtre qu'au foot : éprouver, au sein d'une équipe, une chaleur, des sentiments irremplaçables, réaliser que la vie collective s'écroule lorsqu'un seul élément ne tient pas sa place.

À travers cette comparaison, je cherche à faire comprendre que je ne suis pas resté aussi longtemps en poste par orgueil, ou pour une mauvaise raison, mais parce que c'était l'expérience d'une vie, parce que les émotions sont incomparables, parce que la recherche d'une alchimie collective, avant un match comme avant une pièce, relève de la quête fascinante. J'en ai payé le prix puisqu'elle a fini par me submerger, mais je n'ai pas encore tranché la question de savoir si… je le regrette complètement.

*

J'avançais vers l'élaboration de la liste et la préparation de la Coupe du monde sans connaître une seule semaine tranquille. Il me fallut prendre en compte les problèmes relationnels de fond, comme la fâcherie entre Ribéry et Nasri ou la jalousie teintée de haine du même Ribéry envers Gourcuff et ses relations difficiles avec Malouda.

J'étais également envahi, de façon plus classique, par les soucis sportifs. Aucune défense centrale stable ; un niveau de forme désormais très incertain de Thierry Henry ; des blessures, comme celle de William Gallas au mollet. Je le savais fragile, le 31 mars, en allant voir Arsenal-Barcelone (2-2). Une heure avant le match, Fabio Capello, le sélectionneur italien de l'équipe d'Angleterre, m'avait fait entrer dans l'espace où Arsenal avait invité le sélectionneur anglais, mais pas le français ; c'est ainsi que j'avais pu échanger deux mots avec Arsène Wenger, avec lequel les contacts étaient froids depuis longtemps. J'ai eu la surprise d'apprendre de sa bouche que Gallas jouait. Abasourdi et en colère, j'ai immédiatement pensé aux risques de rechute et aux conséquences pour nous, tant son mollet ne pouvait supporter le rythme de Barcelone et la vitesse de ses attaquants. Ça n'a pas loupé, William est sorti au bout de quarante minutes.

Si le même incident s'était produit en équipe de France, j'aurais à coup sûr eu la tête tranchée sur-le-champ et la presse, comme son entraîneur, m'auraient voué aux gémonies. Pouvant beaucoup se permettre, Arsène Wenger a pris ce risque, mais tout le monde l'a laissé tranquille. Le fruit de l'impunité médiatique inexplicable dont il bénéficie ! Combien de fois s'est-il pourtant permis de donner des leçons à l'équipe de France alors que son poste et son histoire en font un entraîneur fondamentalement opposé aux sélections ! Je ne lui dois qu'une déclaration positive à mon égard, à la télé, en 2010, lorsqu'il a souligné qu'on ne pouvait rien faire avec une équipe ne possédant pas le niveau.

À quoi tient le froid entre nous ? Au passé. Je l'ai connu en fait à Strasbourg, à la fin des années 70 ; il était un libéro à l'ancienne avec l'équipe réserve, en troisième division, où son aura sur les jeunes footballeurs s'avérait utile. Il a joué quelques matches avec nous, en pros, quand il y avait une épidémie. Mais je me suis fâché avec lui lorsque j'officiais comme entraîneur de Lyon. Il m'avait en effet recommandé James Debbah, qu'il dirigeait à Monaco, mais je m'étais vite rendu compte que ses qualités étaient discutables. Lorsque je lui avais fait remarquer que je n'aurais jamais agi ainsi avec un copain, il m'avait rétorqué qu'il défendait avant tout les intérêts de son club. D'où fâcherie. Suivie d'aucune réconciliation depuis.

*

J'ai maintenu mon soutien à Thierry Henry. Je n'arrivais pas à le joindre après France-Espagne, mais il m'appela un jour, après une remarque à la télé sur son « petit jeu » à Barcelone. Il écoutait tout, regardait tout, mais n'avait pas besoin d'explications, seulement que je le rassure, ce que j'ai fait tout en fixant le cadre de mes encouragements : « J'ai pris ta défense, mais tu devras affronter la campagne des médias qui veulent que je t'écarte. Avec le Barça, quand tu entres en cours de jeu, il faut que tu sois prêt. Comme tu es un diesel, et à ton âge, il faut te préparer mieux, travailler plus à l'entraînement, pour compenser le manque de compétition. »

Je me suis creusé la tête à la recherche de solutions et, à force, peut-être ai-je fini par creuser ma propre tombe. Car les nuits sans sommeil s'ajoutèrent à la fatigue nerveuse et à l'incertitude entourant la moindre décision ; puisque tout se valait, rien ne valait grand-chose, et comment dormir paisiblement quand on n'est plus sûr de rien ? Or mon rôle consistait à ne pas laisser un instant croire que ma décision pouvait être remise en cause et à transmettre ma force à l'équipe. Résultat, tandis que je ne me suis jamais senti réellement installé dans une posture, j'ai toujours été agacé, amusé ou blessé – selon les périodes et mon humeur – par les accusations d'arrogance. Un décalage vécu aussi quand on me reprochait à la fois d'être un sélectionneur têtu et un stratège changeant. Il faudra que l'on m'explique… même si, franchement, je crois que j'ai compris.

On glosera, sûrement, que ne voilà pas un vrai *mea culpa* puisque ce que je me reproche concerne plutôt d'autres personnes. Pourtant, je me sens réellement fautif d'avoir idéalisé les capacités des joueurs de l'équipe de France. Des grands compétiteurs, comme ceux de la génération précédente, obsédés par la victoire, auraient su se prendre en charge et communiquer sur le terrain leur révolte. Même si eux-mêmes avaient échoué en 2002 et en 2004, de telles figures sortent toujours d'une crise par le haut. Les Bleus de 2010 contestaient, mais se laissaient couler par manque de caractère. Faute de l'alchimie nécessaire entre les différentes générations, ils ne formaient pas un véritable groupe. Leur céder les aurait enfoncés encore plus, parce qu'ils étaient incapables de construire quoi que ce soit par eux-mêmes. Et comme aucun leader capable de les fédérer n'émergeait, tout retombait vite. C'est pourquoi, entre 2006 et 2010, les moments magiques furent rares ; et si l'état de grâce a parfois duré une mi-temps, il s'est rarement éternisé un match entier. Cette équipe avait des étincelles, mais pas vraiment de flamme.

*

La pression n'est jamais retombée. Mes doutes et mes insomnies sont restés en l'état. Mais, s'il y avait bien ce que je redoutais d'avance – la remise en cause par l'extérieur de mes choix, de ma communication et de mes compétences jusqu'à la Coupe du monde –, comment aurais-je pu envisager devoir un jour affronter un scandale judiciaire : l'affaire Zahia ! Or, en ce printemps 2010, quand a éclaté cette histoire, je n'ai pas su être le bouclier des internationaux impliqués. Tel était pourtant mon rôle.

On peut me reprocher ce que l'on veut, mais pas de n'avoir aucun souci de mes joueurs. Quand je vois certains confrères s'attribuer le mérite des victoires à grands coups d'analyses mettant en valeur leur *management* fabuleux, puis déplorer, à la défaite suivante, que leurs joueurs n'aient pas le niveau requis ou pas respecté les consignes, je ne sais trop si je dois m'indigner ou les envier. On me reproche d'avoir été un peu léger sur le *mea culpa*, mais je n'ai jamais publiquement montré du doigt les footballeurs afin de me décharger de la responsabilité d'un échec. J'ai toujours endossé la pression à leur place. Je ne veux certes pas en faire un titre de gloire, car telle est ma manière de fonctionner. Mais était-elle adaptée aux situations inattendues et nouvelles ? C'est la question que je continue à me poser.

Dans la soirée du 16 avril 2010, un texto m'a annoncé la tempête. Dans l'instant, j'ai su que je serais impuissant à la calmer. M6 s'apprêtait à sortir une info impliquant quatre joueurs de l'équipe de France dans ce que l'on allait appeler « l'affaire Zahia ». Leurs noms seraient vite jetés en pâture pour détourner l'attention, alors que toutes sortes de personnalités médiatiques, artistiques et politiques figuraient dans le dossier. À long terme, le décalage entre le buzz médiatique et l'issue de l'enquête démontrera aux yeux des moins aveugles la volonté de nuire à l'équipe de France à l'approche de la Coupe du monde qui anima sans doute certains auteurs des fuites. Tel est, du moins, mon sentiment. Je ne nie pas que certains joueurs incriminés se soient réellement mis dans ces bien sales draps à cause de conduites inconséquentes ; mais force est de constater que l'histoire sortait à point nommé pour nous ébranler. Ceci dit, j'avais mis en garde les joueurs contre ce type de dangers, ne me plaçant pas sur le terrain moral mais évoquant les éventuelles conséquences pour leur vie, leur carrière et l'équipe de France de céder à ce genre de tentations.

Toujours est-il que, très vite, les attaques se sont concentrées sur Franck Ribéry. Celui qui était capable, pour faire rigoler les copains, de se mettre au volant d'un car dans la cour du Bayern et d'arracher tout un côté de la carrosserie contre un arbre parce qu'il ne savait pas tourner, était aussi capable, donc, de ne pas réfléchir une seconde au meilleur moyen de protéger sa vie privée. Ce week-end-là, je note : « Allez, ça continue. Si les équipes qui ont le plus souffert avant la Coupe du monde vont loin, selon le théorème historique, on sera champion toutes catégories… Même les matches perdent leur saveur. Thierry Henry est entré en jeu à la 58e minute avec Barcelone, mais, dans son résumé, Canal + n'a pas trouvé une seule image de lui à montrer. C'est grave… Govou ne joue pas avec Lyon : tout est teinté de l'affaire qui éclate. »

Le lundi suivant, le buzz médiatique atteignit son zénith. Avec mon président, nous avons apporté la preuve de notre confiance réciproque : chacun envoya un messager à l'autre pour s'assurer que celui-ci ne parlerait pas. Je savais où se situait le danger. Quant à lui, s'il envisageait que je puisse intervenir, c'est qu'il me prenait vraiment pour un débile. Car il n'y avait rien à faire ni à dire pour calmer cette tempête surpassant l'immobilisation au sol des avions européens à cause de l'éruption d'un volcan islandais.

Pour autant, malgré le maelström, les médias ne m'ont pas oublié. Afin de me mettre plus encore en difficulté, ils ont isolé une phrase d'une interview de Michel Platini. Alors qu'il expliquait longuement que l'équipe de France manquait de joueurs de haut niveau, les journalistes en ont fait des tonnes sur un court passage résumé par : « Domenech est nul. » Or Platini n'évoquait ni mon bilan, ni mon *management*, ni mes compétences, mais ma fameuse demande en mariage. La phrase n'étant ni replacée dans son contexte, ni expliquée, l'amalgame devint plus tentant, voire irrésistible. Et ils le firent.

En plein ouragan Zahia, j'ai essayé du mieux possible de protéger l'équipe de France afin qu'elle soit la plus performante possible lors de la Coupe du monde. Car se posait – on posait – la question de la sélection de Ribéry. L'agent de Franck, Jean-Pierre Bernès, très inquiet, m'appela à ce sujet alors qu'il se rendait à Munich en voiture, nuage islandais oblige. Il voulait que je rassure Franck, ce que j'avais déjà fait par texto. J'ai donc recommencé par téléphone. En l'écoutant, je compris que le footballeur était totalement dépassé par les événements. Il me fallut le remobiliser pour sa demi-finale de Ligue des champions du lendemain, face à Lyon ; je lui ai même proposé de venir s'isoler en Bretagne, dans ma maison. Mon rôle de sélectionneur exigeait d'envoyer des messages positifs et apaisants.

Mais contre Lyon, il s'est fait expulser, confirmant son malaise ; il ne souriait plus, subissait le scandale de plein fouet. Comment le faire redevenir un joueur de haut niveau un mois plus tard, quand viendrait l'heure de la préparation à la Coupe du monde ? Trois jours plus tard, je lui ai envoyé un nouveau texto : « Le sort s'acharne, mais se profile le renouveau. Tu dois travailler pour. » Je me suis demandé si le message servirait à quelque chose. Moi, personne ne me rassurait.

*

La fameuse Zahia, de son côté, m'a adressé une lettre, en imaginant sans doute que j'allais la diffuser. Comme je ne l'ai pas fait, elle a fini par s'en charger elle-même. Elle s'y excusait tout en cherchant à dédouaner tout le monde. Mais la mise en scène ne changeait rien au problème. Le mal était fait !

*

Sur le terrain, les joueurs se retrouvaient dans un sale état. Chaque rencontre de Manchester City, où il avait signé en janvier, confirmait que Patrick Vieira n'était pas revenu au niveau international. Les matches de Barcelone nous inquiétaient sur le statut et les jambes de Thierry Henry. Et je voulais vraiment savoir ce que Nicolas Anelka avait dans la tête, ayant toujours aimé les causes perdues.

Je suis allé déjeuner avec lui à Londres, le vendredi 7 mai. Je souhaitais qu'il développe ce qu'il m'avait lancé à la mi-temps de France-Espagne : « Il n'y a pas de décalage. » Son explication était la suivante : ses coéquipiers devaient faire des décalages en venant de derrière car cela lui donnerait de l'espace pour toucher le ballon tandis qu'il jugeait usant et difficile de jouer seul en pointe, sans se créer la moindre occasion de but ; en même temps, il refusait d'œuvrer sur le côté. Bref, Anelka ne cherchait pas à régler un problème, mais posait une revendication : il voulait jouer « libre », libre de toucher le ballon quand il le voulait, dans la zone où il le voulait, sans un regard pour les intérêts ni les équilibres des Bleus.

Comment répondre à un tel individualisme ? En hochant la tête comme si je me trouvais face au mystère d'une conscience, voire un difficile problème moral, puis en revenant aux refrains de l'organisation et du collectif. Je lui ai répété que j'attendais des attaquants qu'ils soient des moteurs et se déplacent en respectant l'organisation. Après une longue discussion sur les

240

chemins du ballon dans différentes organisations, il m'a de lui-même cité l'exemple de son club de Chelsea en matière de mouvement et de replacement. Je lui ai alors demandé pourquoi il n'agirait pas ainsi en équipe de France. Il n'a pas vraiment répondu : j'ai alors senti poindre un reproche, celui de ma responsabilité. En somme, il voulait à la fois être libre et que moi je devienne directif. Et ce sans qu'il discerne l'incompatibilité entre les deux. Sans doute, à ses yeux, aurais-je dû être « directif » avec les autres en leur imposant de se mettre au service d'un joueur qui, lui, agirait comme bon lui semblerait.

Je lui ai fait remarquer : « Personnellement, je veux que vous soyez capables de vous prendre en charge sur le terrain. Et en dehors. Qui va le faire ? Les primes, qui les a discutées ? Personne. C'est comme les amendes : si elles n'existent pas, c'est fini, c'est comme s'il n'y avait pas de règles dans le groupe. Mais personne n'est capable d'imposer quoi que ce soit. Sur le terrain, qu'est-ce que vous allez vous dire ? Pendant un match, il faut se parler, s'adapter. Tu es d'accord, mais quand toi tu choisis de décrocher pour toucher le ballon, qui va plonger de l'arrière dans l'espace que tu libères ? »

Recul aidant, je suis sûr que chacun lira avec ironie la double conclusion que j'ai tirée de ce voyage londonien, formalisée sur le papier le soir même en ces termes : « Il veut que je définisse le cadre des autres mais pas le sien. Voilà, j'ai un *ego* de plus. Et maintenant, je sais qu'il souhaite jouer devant, pas sur le côté, et qu'il désire toucher le ballon. Super : j'ai un avant-centre de pointe qui va jouer en retrait, un de plus. Heureusement, le déjeuner était sympa. Je lui ai parlé de sa biographie, dans laquelle il me complimente

241

plutôt, en écrivant que je suis le premier sélectionneur à l'avoir compris. Au moins, le relationnel passe. Je pourrai jouer avec. »

*

Maintenant, je devais songer aussi à la troisième star de l'équipe, Thierry Henry. Or ce n'était pas le plus facile puisque je me sentais proche de lui, histoire commune oblige. Alors qu'il jouait avec moi en sélection Espoirs, au printemps 1998, j'avais poussé Aimé Jacquet à le retenir pour la Coupe du monde. Tout n'avait pas été simple lorsque j'étais moi-même devenu sélectionneur, notamment parce qu'il m'avait fallu gérer les influences parfois négatives en provenance d'Arsenal. Mais en ce printemps 2010, une autre vérité posait problème : le constat de sa saison fantomatique avec Barcelone : « Titi » avait perdu son haut niveau et éprouverait beaucoup de mal à le retrouver.

À l'approche de la grande réunion du staff destinée à débattre de la sélection des vingt-trois joueurs retenus, les matches auxquels j'assistais, partout en Europe, ne dissipaient en rien le brouillard ; ni pour Thierry Henry, ni pour Patrick Vieira. En fait, jusqu'au bout j'ai attendu l'éclaircie. La veille de la réunion décisive, je suis ainsi allé voir jouer Vieira à Londres, parce que je désirais en avoir le cœur net. Le verdict est tombé, retranscrit dans mes notes : « Le Vieira habituel de ces derniers mois. Il court à sa vitesse, tranquille, perd tous les duels. J'aurais pu partir au bout d'un quart d'heure. C'est insuffisant et j'ai meilleur à son poste. »

*

Le grand barnum de l'annonce de la liste a été planifié pour le mardi 11 mai, avec révélation au journal de 20 heures de TF1 présenté par Laurence Ferrari. On attendait vingt-trois joueurs ; la mienne en comptait trente. Dès lors, tout le monde m'est tombé dessus. Une habitude. Or ces critiques ne comptaient pas face aux risques de présenter vingt-trois footballeurs comptant les blessés Gallas, Abidal, et sans Thierry Henry. Je n'ai aucune raison de le cacher : après deux jours de réunion avec le staff durant lesquels nous nous étions posé mille questions, nous avions décidé de ne pas emmener ce dernier en Afrique du Sud.

Je ne veux en rien trahir les affinités ou convictions des uns et des autres, et me contenterai d'évoquer les miennes. Voici donc, tel que je le retrouve dans mes notes, l'essentiel de ce débat.

« On commence par discuter du nombre. 30, 25, 23 ? Il faut écrire des noms, ligne par ligne, pour pouvoir réellement débattre. Derrière, le souci, c'est Gallas, blessé au mollet : on ne sait pas s'il pourra jouer. Et Abidal, quand sera-t-il rétabli ? Notre premier débat est là, en défense centrale : l'option Toulalan lancée par l'un d'entre nous me convient, c'est mieux selon moi que tous les autres. Je crois en Escudé, mais il est trop poissard. Je ne sais plus qui évoque Planus : je suis pour, un autre s'avoue réticent à cause du manque de vitesse ; c'est vrai, mais son profil et son intelligence de jeu m'intéressent pour un probable remplaçant. Je n'ai pas oublié qu'en 2006, les deux défenseurs centraux remplaçants, Boumsong et Givet, n'ont pas joué.

Les latéraux : à gauche, Cissokho se voit écarté pour des considérations diverses, ce sera Clichy avec Evra ; à droite, il y a débat entre Réveillère et Fanni derrière Sagna. J'opte pour le premier, les autres ne sont pas d'accord ; par rapport à la logique, au passé. Mais la seule question qui compte est : qui faire jouer si Sagna se blesse ? Moi, c'est Réveillère. On en reparlera plus tard.

Au milieu, on part avec Lassana et Alou Diarra. Va-t-on jouer la Coupe du monde avec un milieu récupérateur ou deux ? Je suis partisan d'un milieu à trois, avec Malouda et Gourcuff sur les côtés. Cela permet de placer Ribéry à gauche, Anelka dans l'axe, et un récupérateur-travailleur à droite, donc Govou, ce qui pose déjà le problème Henry. L'unanimité se fait pour ne pas prendre Patrick Vieira. Mais si Toulalan passe en défense centrale, il faut trouver un remplaçant par poste : on opte pour Diaby et Mvila. On devait choisir Mvila contre l'Espagne, mais il était blessé. Dans un milieu à trois, Lassana Diarra peut jouer côté droit à la place de Gourcuff.

Sur les côtés, c'est plus simple. Ribéry jouera à gauche, même si j'ai défendu l'idée qu'il ne faut pas lui donner raison tout de suite, ni trop vite. C'est le meilleur joueur, il faut le mettre dans les meilleures conditions. Dans l'axe, Anelka et Gignac se détachent, mais il nous en faut un troisième : Cissé ou Briand ? Je ne veux même pas entendre parler de Benzema, vu son comportement et sa faible saison avec le Real. À droite, pas facile : Valbuena et Ben Arfa restent en lice, mais on a traîné longtemps là-dessus. Pour les gardiens, nous sommes d'accord : Lloris, Mandanda, Carrasso. On préviendra Micka Landreau qu'il sera le quatrième. On ne le fera que pour lui.

Le débat le plus long porte sur Thierry Henry. Les questions fusent : à quoi sert-il ? Sera-t-il au niveau ? Ne vient-il pas seulement pour entrer dans l'Histoire et disputer sa quatrième Coupe du monde ? Ne sera-t-il pas inhibiteur, voire manipulateur ? Faute d'être au niveau, ne deviendra-t-il pas un poids mort ? Compromis possible : l'emmener en stage et lui annoncer ensuite, selon son attitude ? Je n'y suis pas favorable. Soit on le prépare pour jouer, soit on ne le prend pas. Sur cette base surgit une autre question : où le faire jouer ? Il a confié à Alain Boghossian n'avoir plus vraiment envie de jouer à gauche : donc il veut être dans l'axe, ce qui complique encore les choses. Je prends la décision : selon moi, il ne doit pas venir. Je ne sais en revanche pas quand le lui dire. Sur le fond, je suis certain de mon choix. Sur la forme, je l'avais préparé en lui recommandant de ne pas se blesser et de s'entraîner plus ; il ne s'est pas blessé, mais son dos et ses tendons l'ont empêché de s'entraîner plus.

Ne pas retenir Thierry Henry aurait été la bombe du journal de 20 heures, ce mardi soir. Quelqu'un a donc eu l'idée de l'atténuer en livrant plutôt une liste de trente joueurs, et d'attendre avant de l'officialiser, en cas de blessure d'Anelka avec Chelsea, par exemple. On annoncera donc une liste de trente et j'irai à Barcelone voir "Titi". »

*

La fameuse liste des trente fut donc finalisée le lendemain matin. Sans Benzema : trop d'épisodes m'avaient déplu, et sportivement il n'était plus le même joueur que deux ans auparavant. En 2008, je l'avais emmené comme meilleur attaquant du championnat de France et parce qu'il incarnait l'avenir, précisément cette Coupe du monde 2010. Il y aurait donc trouvé sa place après une saison réussie au Real. Mais, deux ans plus tard, il n'était pas titulaire et avait pris du poids, ce qu'il reconnaîtra ensuite. Si nous l'avions vu en forme, il n'aurait pas eu de concurrent. À cette époque, l'entraîneur du Real Madrid, Manuel Pellegrini, ne savait pas quoi faire de lui. Heureusement pour lui, Benzema, talent exceptionnel, a su se remettre en cause lorsque José Mourinho est devenu coach du Real. Karim sera un grand joueur tant qu'il restera dans la compétition, stimulé par la concurrence.

Le cas Henry est revenu sur le tapis. Je me souviens avoir exprimé un doute, non sur le fond, mais la forme ; je ne lui accordais aucune chance – alors que j'avais entretenu l'idée que la préparation avec nous l'aiderait peut-être à retrouver le rythme de la compétition – mais ma bonne conscience pensait qu'il n'avait pas forcément accompli tous les efforts. Il fallait donc tenter le coup.

Si bien que, le soir venu, j'ai livré mes trente noms au 20 heures et répondu aux questions durant quinze minutes. TF1 a enregistré une pointe d'audience à douze millions de téléspectateurs.

*

En vérité, j'aurais mieux dormi si cette liste avait contenu vingt-trois noms, m'empêchant ainsi de revenir sur mes choix. Jusqu'à la rencontre avec Thierry Henry à Barcelone, dimanche 16 mai, j'ai pesé, soupesé, repesé les options le concernant. Le vendredi, j'écris : « Je suis rongé par l'indécision. Les plus de sa présence : aucun. Sauf que les autres ne sont pas des stars, ni des joueurs ayant déjà prouvé quelque chose à ce niveau. On part à l'aventure avec un groupe solide mais peu talentueux. Je dors mal. Mais il va falloir aller à Barcelone et je suis de moins en moins sûr. Au matin, j'ai fini par trouver une parade : je vais discuter, mais ne lui dirai pas directement. J'attendrai ses réponses, ce qu'il dégagera. J'ai décidé que j'avais besoin de cette conversation pour confirmer ou infirmer mon jugement sur sa capacité à fédérer et à transcender. »

Le samedi soir, j'ai envoyé un texto à « Titi » lui annonçant mon arrivée pour le lendemain. Il m'a appelé trois fois en masqué ; je n'ai pas bougé, dans l'attente de son propre SMS. Comme il voulait savoir pourquoi je venais à Barcelone, j'ai juste répondu : « Rien de grave. » Nous avons fini par nous parler de vive voix parce qu'il souhaitait lancer la discussion, mais j'ai préféré attendre de l'avoir face à moi pour entrer dans le vif du sujet. Thierry m'a envoyé son adresse en ajoutant, une nouvelle fois : « Rien de grave, j'espère ? » Son inquiétude devenait plus que palpable ; un autre texto chercha ainsi à confirmer que j'avais bien reçu le précédent. Quel métier !

J'en étais malade. Comment lui annoncer la mauvaise nouvelle ? Qui plus est chez lui plutôt qu'en terrain neutre ? Le soir même, Thierry a passé quelques coups de fil à des membres du staff pour comprendre ce qui se tramait, preuve de son angoisse légitime.

*

Il a été écrit que, ce dimanche-là, Thierry Henry m'a supplié de l'emmener à la Coupe du monde. Tout faux. Les choses furent en fait beaucoup plus simples. En voici le compte rendu tourmenté, et scrupuleux.

« Je suis parti à six heures. En avance, mais je n'ai jamais réussi à m'endormir, j'ai la tête qui va exploser. Que faut-il faire ? Que vais-je lui dire ? Comment va-t-il réagir ? Est-ce la bonne décision ? Je suis arrivé à Barcelone à 10 h 15, l'avion a eu du retard, après avoir remis les gaz en raison de la présence d'un autre appareil sur la piste. C'est un signe, il ne faut pas que j'y aille ; la décision est prise, casse-toi !

Il habite sur les hauts de Barcelone. C'est un palais qui donne sur le stade et la mer, un havre de paix total. Il m'attendait. D'ailleurs, il m'avait déjà envoyé un texto pour savoir si j'étais là : Thierry est vraiment inquiet.

J'ai su en le voyant afficher un grand sourire que je ne pourrais pas le virer comme ça. J'ai fait le job, mais avec retenue. Je lui ai expliqué qu'il n'avait jamais été question que je ne le prenne pas, mais j'ai orienté la discussion afin de lui faire comprendre qu'il lui serait impossible de jouer comme contre l'Espagne, qu'il nous fallait plus qu'une seule pointe et, qu'en ce moment, il n'était pas au niveau. Je lui ai posé la question : "Comment gérerais-tu ça, d'autant que tu n'es pas un joker susceptible de rentrer en fin de match ?" Il a vite admis qu'il serait remplaçant, trop vite, peut-être, sous l'effet de la peur de ne pas être sélectionné. Il est prêt à faire ce qu'il faut pour ne me poser aucun problème sportif, à se battre, mais aussi à créer une vie autour de l'équipe. Il a reconnu que, quand il est bien, il peut tirer les autres vers le haut, mais à l'inverse aussi. Il m'a même dit qu'il était honnête et lucide, qu'il ne méritait pas d'être le premier choix et que si je l'avais choisi pour jouer cela aurait été une folie. Thierry veut bien accepter le statut de remplaçant, il me l'a répété dix fois, prêt à aider les autres. Tout au long de notre conversation, il n'a pas changé de registre. Son instinct lui a fait comprendre que sa sélection tenait à un fil. Le soir même, rentré à Paris, il m'a rappelé : il voulait répéter qu'il était prêt à jouer le jeu du remplaçant et se mettre au service de l'équipe. »

Le lendemain, au moment de passer du groupe de

trente à la sélection définitive des vingt-trois, j'ai expliqué ma décision au staff en m'attachant à convaincre ses membres que nous ne disposions d'aucune solution solide à la place de Thierry Henry, juste des paris hasardeux sur des joueurs sans expérience.

Ce débat ne s'est pas éternisé plus d'une heure. À un instant, nous nous sommes demandés s'il fallait protéger la position de Yoann Gourcuff, rejeté par les autres joueurs offensifs. La réponse fut rapidement négative : il lui revenait plutôt de s'imposer. Impossible d'établir une liste sur ce seul critère-là.

Comme le rétablissement de Gallas demeurait incertain, nous avons conservé vingt-quatre joueurs. Ensuite j'ai prévenu les autres, en direct ou par texto, et, concernant Micka Landreau, via message vocal. Quid du maintien de Djibril Cissé ? L'équipe avait vraiment besoin d'insouciance.

*

Mais revenons à Thierry Henry. Compte tenu de ce qui est survenu ensuite en Afrique du Sud, je ne peux me contenter de la transcription de notre rencontre de Barcelone telle que je l'ai vécue. Ce livre, comme les événements ultérieurs, imposent une analyse plus profonde.

Thierry, je le connaissais depuis 1998 ; après sa première apparition en équipe de France, à l'automne précédent, je l'avais récupéré en sélection Espoirs alors qu'il vivait une relation un peu agitée avec l'AS Monaco. Il fallait le relancer et j'étais heureux d'y parvenir en ayant convaincu Aimé Jacquet de le retenir au dernier moment parmi les vingt-deux sélectionnés pour la Coupe du monde se déroulant en France. J'entretenais avec lui une relation quasi filiale, qui s'était enrichie avec le temps de nombreux échanges.

Mais la vérité m'oblige à admettre que, précisément, cette proximité m'a empêché de prendre la bonne décision. Quand je suis monté dans l'avion pour Barcelone, tous les moments endurés en commun ont défilé. Je n'ai pas eu la force ni le courage de lui dire que c'était fini, et c'était une erreur. Quatre ans plus tôt, je sais que je n'aurais pas éprouvé de difficulté à trancher. Lorsque j'ai évincé Mickaël Landreau en 2008, alors qu'il était peut-être le joueur le plus proche de moi, je l'ai fait. Face à Thierry, j'ai été influencé par la reconnaissance et l'affectif, alors qu'être sélectionneur consiste à chercher l'efficacité. Il aurait fallu que je ne me rende pas en Espagne, diront certains. Certes, mais cette fuite m'apparaissait lâche et je refusais de procéder de cette façon avec lui.

Sportivement, il était injuste de sélectionner Thierry Henry, mais affectivement impossible de le laisser à la maison. Et puis, alors qu'il nous avait qualifiés, je l'aurais écarté précisément en raison de cette main contre l'Irlande ? Trop dur. Ce choix fut l'un des rares épisodes de ma vie de sélectionneur où l'affectif l'emporta sur le sportif. Je ne l'avoue pas comme une excuse, mais comme la preuve de ma fragilité à cette période précise, comme de la charge psychologique complexe que fait peser ce métier.

*

Nous voulions que la préparation ne soit pas monotone : Tignes, Lens, Paris, la Tunisie, la Réunion, avant d'atterrir en Afrique du Sud. Ce fut le cas.

Le stage de Tignes s'est remarquablement bien

passé. J'ai même cru avoir enfin trouvé, avec lui, la solution aux problèmes, d'unité notamment, qui nous pourrissaient la vie depuis des années. Je me souviens de la première causerie collective après le dîner, où je reprenais les petites phrases et maximes que le DRH du staff, Jean-Pierre Doly, avait affichées au mur.

La première, *Le pire n'est jamais sûr*, me fournit un bon départ :

« Beaucoup de gens attendent notre chute. Ils disent que la victoire est impossible avec des joueurs dans votre état et un sélectionneur comme moi. Pour eux, nous ne pouvons espérer qu'un miracle. Mais vous savez, comme moi, que nous casser la figure ferait plaisir à trop de monde. Je suis convaincu que vous avez un autre objectif ; pas franchir le premier tour, les huitièmes, les quarts, les demies, la finale, mais remporter la victoire. Cela viendra de vos tripes.

Le moyen pour y parvenir ? La seconde recommandation : *Tous pour un, un pour tous*. Vous devez dépasser les *ego*, car personne ne peut gagner seul. C'est l'entraide permanente qui marquera la différence. Le staff et moi, nous ne sommes là que pour vous encadrer. C'est de vous, et de vous seuls, que viendra la vérité. S'il n'existe pas d'énergie au sein de l'équipe, vous pouvez déjà prévoir vos vacances à partir du 23 juin. Je ne me défile pas : en 2006, j'avais promis que nous irions en finale. Mais aujourd'hui, c'est à vous d'exprimer clairement vos ambitions et de vous donner les moyens de la réaliser. »

Et d'enchaîner en donnant la parole au responsable de la communication chargé d'évoquer les relations avec la presse. Il commençait à énumérer les contraintes médiatiques pesant sur l'équipe lorsqu'Anelka posa une question :

« Est-ce qu'il y a toujours des amendes ? »

Un moment de silence suivit. J'ai pris ma respiration et répondu sèchement :

« Non, il n'y a pas d'amendes. Notamment parce qu'il faudrait que je sache combien tu gagnes pour en fixer le montant. Pour autant, ce n'est pas parce qu'on ne parle plus d'amende que les règles vont disparaître ; car s'imposer des règles – et les faire respecter – est une force pour tout le monde. Impossible de dire à un joueur de se replacer sur le terrain et d'entreprendre des efforts si on n'ose pas lui faire remarquer qu'il arrive en retard. »

Le système des amendes constituant la vie intime d'une équipe, illustrant sa capacité à faire appliquer une discipline et préfigurant d'autres comportements, ma réponse, ce soir-là, les surprit. J'avais surréagi, et Anelka, au lieu de se crisper, s'en est presque amusé : « C'était juste une question… ». L'atmosphère se détendant, j'ai conclu :

« Tout partira de vous. Si en sortant d'ici, et dans les jours qui viennent, il ne se passe rien, vous connaissez la date de votre retour. Mais si vous pensez aux mots et maximes que nous avons inscrits, vous vous en imprégnerez pour les transformer en actes et *faire d'une aventure un accomplissement*, comme dit cette autre phrase. Alors nous donnerons tout son sens à la dernière : *J'ai fait tous les calculs, c'est impossible, mais nous allons le faire.* »

J'avais expliqué, argumenté durant plus d'une heure ; restait à attendre la suite. Mais, ayant l'habitude de lire à travers leurs regards ce qu'ils pensaient – ou pas – leur adhésion factice me laissait toujours dans l'expectative ; le doute, quoi.

*

Parenthèse sur les amendes. Après l'Euro 2008, il avait été question de faire signer aux joueurs une charte énumérant leurs devoirs et les conséquences en cas de manquement. À l'occasion de France-Argentine, à Marseille, la Fédération avait remis à chaque footballeur un livret reprenant ce texte ainsi qu'un carnet où figurait leur nombre de sélections. Mais le président de la FFF a eu tellement peur de la réaction des Bleus qu'il a réussi l'exploit de leur faire signer un papier où figuraient leur photo et le nombre de leurs sélections, mais pas le montant des amendes en cas de manquement ! Seul le capitaine se voyait au courant de ces amendes, or il n'en a jamais parlé aux autres. Une hypocrisie honteuse. Comment responsabiliser les joueurs en leur demandant d'apposer une signature sur une feuille avec photo ? Pour eux, cela revenait à un autographe, non à un engagement.

*

À Tignes, pendant la préparation, la soirée et la nuit dans le refuge d'altitude ne ressemblèrent pas à celles vécues en 2006. Le groupe avait changé, ses profils psychologiques aussi.

Lassana Diarra s'est plaint de maux de ventre sur lesquels les médicaments ne produisaient aucun effet. J'ai longuement parlé avec lui au retour pour le contraindre à venir sur le terrain d'entraînement. Sans doute somatisait-il à cause de son conflit avec Pellegrini, l'entraîneur du Real, et de l'angoisse de la Coupe du monde. Le lendemain, ne se sentant pas mieux, il partit à l'hôpital subir des examens complémentaires. Au vu de ceux-ci, le médecin ne souhaita pas qu'il remonte et ne laissa aucun espoir : Lassana ne pourrait venir avec nous en Afrique du Sud. Avant l'entraînement, le 22 mai, je suis donc allé le voir à l'hôpital de Bourg-Saint-Maurice. Même sans mon journal, je n'aurais pu oublier ce que j'ai ressenti alors : « C'était touchant, émouvant. Il a compris que c'était cuit pour lui. J'ai essayé de minimiser, de lui dire que l'important demeurait sa santé, et qu'il pourrait rejouer très vite. Il m'a répondu : "Coach, je voulais tellement la gagner avec vous, et venir vous le dire à l'oreille le soir de la finale…" J'avais la larme à l'œil. Il n'a pas été nécessaire d'évincer un joueur : la liste des vingt-quatre devenait d'un coup celle des vingt-trois. »

Signe encourageant : quelques jours plus tard, nous avons battu le Costa Rica (2-1) à Lens, et même les médias ont apprécié et salué la joie, l'envie, les enchaînements techniques. Dans mes notes, le verdict ne se révélait pas aussi favorable. « Ne pas se leurrer. C'était plaisant, mais il faut tenir compte de l'adversaire, et du contexte. »

*

En Tunisie, les familles ont rejoint les Bleus. L'idée était de vivre tous ensemble, comme dans un club de vacances, et de se retrouver entre joueurs uniquement à l'occasion de l'entraînement et du match. Nous avions expérimenté ce type de séjour un an plus tôt, à Lyon, avec bonheur. Hélas, cette fois, l'affaire Zahia occupait autant de place dans les esprits qu'un éléphant dans un couloir. Les femmes et les compagnes se sont repliées sur elles-mêmes – ce qui n'a pas favorisé la bonne ambiance –, ne parvenant pas à admettre que cette histoire ne concernait en rien les vingt-deux autres Bleus. Il y eut des tensions dans certains couples, des piques assassines, en tout cas pas l'harmonie dont nous avions rêvé avant le grand départ.

Pour le reste, rien à signaler sinon le casse-tête habituel. Des discussions sur le jeu, parfois positives, souvent lassantes et stériles. Des dérapages sur l'argent lors de palabres relatifs aux primes : celui-ci s'étonne de ne pas bénéficier d'un chariot rempli et gratuit chez Carrefour, sponsor de l'équipe de France ; celui-là se plaint qu'un partenaire lui offre seulement 1 000 euros de communication par mois, alors qu'il vient de refuser un contrat à 95 000 euros la semaine. Je suis effaré ! Qu'espèrent-ils, en plus de tout ce qu'ils touchent déjà : faire leurs courses sans payer, mettre ce qu'ils veulent dans un panier, téléphoner sans limites ? Ces garçons sont déconnectés de la réalité. Et parfois, j'ai honte de les entendre et de me trouver au milieu d'eux.

Nous avons obtenu un match nul en Tunisie (1-1). L'absence de lien fédérateur, d'unité entre les joueurs à cause des tensions conjugales s'est répercutée sur le terrain ; notre jeu a été moins généreux que quelques jours plus tôt contre le Costa Rica. Une dégradation qui m'inquiéta. Dans une préparation, il faut monter en puissance, non stagner, encore moins régresser. Deux lignes de mon journal attirent mon regard : « Anelka décroche toujours. Il touche le ballon dix fois avant de le donner et n'accepte pas les critiques à la mi-temps. » L'avenir était déjà écrit.

*

Nous avons discuté tous les deux à la Réunion, lors de la dernière escale de notre voyage vers l'Afrique du Sud, et avant notre défaite accablante contre la Chine (0-1). Nicolas Anelka est venu me voir avant le déjeuner pour « me parler ». Je lui ai rétorqué immédiatement :

« Cela tombe bien, moi aussi, parce que cela fait deux fois que je te parle de tes décrochages, et visiblement, on ne se comprend pas. Je vais te montrer des images…

– Mais coach, c'est ce que nous travaillons à l'entraînement !

– Oui, mais pas dans ces zones-là, et pas tout le temps. Et tu ne peux pas décrocher comme à Chelsea, où Drogba reste en pointe. En équipe de France, quand tu décroches, il n'y a personne en pointe. »

Anelka me semblait moins dans la revendication qu'en attente d'explications ; sans doute avait-il entendu les critiques des journalistes. Le soir même, nous avons visionné des images prouvant que ses décrochages dans l'axe n'avaient aucun intérêt, mais que ceux sur le côté s'avéraient utiles. Manifestement, comme il l'avoua, il n'avait pas saisi le problème. Grâce au montage, il venait de prendre conscience des situations où lui ne servait à rien à l'équipe et de celles où il devenait utile. L'ensemble n'avait pas pris plus d'une demi-heure. J'eus l'impression qu'il partait satisfait.

Parallèlement, je gérais les états d'âme de William Gallas – dont l'attitude insupportait tout le monde – comme de Thierry Henry, blessé par les médias prétendant qu'il m'aurait supplié de venir à la Coupe du monde pendant que, moi, je m'étais moqué du public en conférence de presse. C'était le seul point à peu près exact dans les nombreux articles aux contenus généralement fantaisistes publiés alors. Je rencontrais les journalistes par obligation, mais rien ne m'obligeait en effet à leur raconter quelque chose d'intéressant.

La défaite contre la Chine (0-1) à la Réunion fut

douloureuse. Avant de nous envoler pour Johannes-bourg, j'ai écrit : « Peu de maîtrise. On ne sent pas la sécurité, on est toujours limite. Il y a trop de joueurs sans influence. Nous avons de l'énergie, mais pas de classe : il faudra fermer si on veut avoir une chance d'aller loin. J'ai déjà choisi d'enlever Henry pour ça ; maintenant, il faut continuer de solidifier le milieu de terrain. À la fin, il était difficile de trouver les mots. J'ai attendu un peu, mais comme les joueurs étaient effondrés et ne disaient rien, je suis intervenu pour les rassurer, leur expliquer que ce serait comme ça jusqu'au bout, que seuls la solidarité, la constance et les efforts nous feraient passer, pas les commentaires. On ferme sa gueule, on sait que c'est vendredi prochain contre l'Uruguay que tout se joue. Voilà, c'est fait, maintenant on attaque la réalité. »

Je ne prévoyais pas que j'allais devoir affronter l'irréalité.

Ainsi, je dus gérer le cas Gallas. Qui réclamait le poste de capitaine et voulait décider seul de son temps de jeu, alors que, durant cette période préparatoire, il se remettait tout juste d'une blessure. Rêvant du capitanat depuis longtemps, il m'en voulait depuis mai 2005 et un match amical contre la Hongrie (2-1), à Metz, rencontre où j'avais demandé aux joueurs de choisir eux-mêmes leur capitaine, lesquels avaient désigné Boumsong. Comme quoi, quand j'affirmais que les joueurs étaient souvent d'accord avec moi, je n'avais pas tort.

Gallas faisait donc ostensiblement la tête. À tout un chacun et plus encore à moi. Tout ça parce que j'avais clairement exprimé qu'il ne serait jamais un capitaine en attribuant le brassard à Patrice Evra, et parce que je refusais son plan, lequel envisageait de ne pas jouer le premier match de préparation contre le Costa Rica, puis de disputer une demi-heure en Tunisie et enfin une mi-temps à la Réunion contre la Chine. Une entrée en scène progressive, en somme. C'était oublier que j'allais publier la liste des vingt-trois après la première de ces trois rencontres ! Je me suis donc montré fort clair avec lui : « Tu feras ce que je te dis. J'ai besoin de savoir très vite si tu peux jouer la Coupe du monde. Et si tu n'es pas content, tant pis, c'est comme ça. Par ailleurs, je te le répète, tu ne seras jamais capitaine. » À mes yeux, il était essentiel de connaître sa condition physique. S'il n'était pas en état de jouer, Jérémy Toulalan serait devenu défenseur central et j'aurais enrôlé un milieu de terrain supplémentaire.

Résultat, Gallas a boudé pendant toute la Coupe du monde, ne cessant de ronchonner qu'on avait saboté sa préparation. À mon tour de lui renvoyer le compliment ; son objectif ne se résumait-il pas surtout à atteindre les cent sélections ?

Quant à Patrice Evra, il s'est montré un capitaine actif. Certes, je lui en ai sacrément voulu, le jour du bus, de ne pas m'avoir averti ce qui se tramait tant nous aurions peut-être pu éviter la catastrophe en inventant un compromis aidant les joueurs à exprimer leur colère sans salir l'image de l'équipe de France et se mettre le pays à dos, mais Patrice a assumé cette charge autant que possible. Je sais aussi qu'il a parlé à Gallas pour l'inviter à changer d'attitude. Et il ne fut pas le seul. Sans succès, on l'a vu.

8

Le désastre africain

Knysna est décrit comme le Saint-Tropez de l'Afrique du Sud, ce qui explique sans doute que l'on y ait croisé un si grand nombre de gendarmes. Autant plaisanter tout de suite puisque, dès les prochaines lignes, je n'en aurai plus le goût. Même la dérision m'ayant toujours tenu compagnie a fini par me quitter. Je n'ai pas eu le temps de déguster les huîtres locales sur une terrasse ni de savourer une promenade en bateau ; je suis allé de l'hôtel à l'entraînement, de ma chambre à la salle de réunion, tournant en rond dans un paysage magnifique, avec mes compagnons de route d'alors : les doutes et les tourments.

L'hôtel ? Nous devions disposer de deux terrains d'entraînement, l'un dans un vrai stade situé en ville, en bas de la colline qui protégeait le Pezula Resort des regards, l'autre dans l'enceinte de l'hôtel comme aire de remplacement. Mais, à deux mois de la Coupe du monde, la FIFA attribua la bonne pelouse aux Danois. Il a fallu refaire en urgence celle de l'hôtel. Première erreur : si nous n'avions pas enclenché ces travaux, la FIFA aurait été contrainte d'accepter un partage du « beau » terrain entre les Danois et nous. Au lieu de cela, nous avons hérité d'un espace rendu impraticable par les pluies, qui contraignit, avant chaque séance d'entraînement ou presque, à passer un rouleau chassant l'eau dont il était gorgé. Qui a dit qu'au plus haut niveau la différence se loge toujours dans les détails ?

*

Nous avons préparé notre premier match contre l'Uruguay dans une atmosphère tendue. S'il y a peu de pressions et de stress venant de l'extérieur dans mes souvenirs ou mon journal, ce dernier me rappelle à chaque ligne combien j'étais totalement immergé dans le combat à mener. Car il me restait de l'énergie, sans doute liée à l'espoir gagnant tous les sélectionneurs avant une compétition internationale.

Je relève aussi, à chaque page, l'impact des flèches, piques et polémiques qui m'ont blessé et nous ont affaiblis. Mais mon carnet de bord contient également des signes d'espérance. En voici un relevé parcellaire mais chronologique, jusqu'au lendemain de la rencontre France-Uruguay. J'en ai ôté quelques noms d'oiseau et insultes, généralement à usage personnel purement thérapeutique, ainsi que le compte rendu complet de nos séances d'entraînement avec la durée des exercices et le temps de récupération, comme tout ce qui, à mes yeux, n'a plus de sens ni d'intérêt aujourd'hui. Mes considérations sur le temps, les autres matches de la compétition et les livres que je lisais ne passionneraient guère plus le lecteur. Elles ont donc disparu. Mais j'ai bien laissé tout le reste. Y compris les débordements de colère qui me font – parfois – écrire dans un langage assez peu châtié.

*

« LUNDI 7 JUIN – Pendant que "Titi" tente de fédérer les autres, il me glisse : "Comme vous ne tenez pas compte de moi…" Il sent qu'il va vraiment être remplaçant. Quand on fera rentrer Gignac à sa place, il y aura clash. Et comment veut-il que je tienne compte de lui ? Il a joué un match entier dans l'année, ne devrait pas être là, fait la gueule, n'assume pas son rôle, et moi je devrais faire quoi, tenir compte de lui ? Je ne comprends pas ce que cela veut dire…

À l'entraînement, il y a du rythme. Ils ont tellement de jus que j'ai failli arrêter la séance. Dans l'engagement, c'était limite, parfois.

MARDI 8 JUIN – Trop d'intensité à l'entraînement : il faut gérer maintenant la fatigue des uns et des autres. Ribéry est insaisissable, dans le bon sens, et Anelka toujours aussi dilettante : il a très peu marqué pendant la séance.

J'ai appris que Gallas avait refusé de se rendre en conférence de presse. Le problème, c'est que Lloris a dû assumer seul radios, presse écrite, télés, et qu'il est sorti vidé par les questions. Cela s'est vu à l'entraînement. Je décide de limiter le temps de parole et de grouper les médias : on n'est pas là pour faire parler les footballeurs, mais pour les faire jouer.

Tard dans la soirée, Robert Duverne, notre préparateur physique, a frappé à ma porte. Il avait appris que Yoann Gourcuff avait reçu un coup de fil l'informant de la parution, le lendemain, dans *L'Équipe*, d'un article affirmant que quatre joueurs seraient venus me voir pour expliquer qu'ils ne voulaient pas jouer avec lui. Il s'agirait de Gallas, Henry, Evra et Anelka. On verra ça demain. Je fatigue de leurs conneries à tous.

MERCREDI 9 JUIN – J'ai attrapé Gourcuff pour lui dire, d'une part qu'il aurait dû m'avertir directement, d'autre part que s'il pensait réellement que je construisais l'équipe en fonction des pressions des uns et des autres, il me décevait. J'avais envie de lui mettre des gifles, avec son air de garçon candide, de pauvre petit malheureux à qui on veut du mal. Un meneur, c'est un guerrier, pas un suiveur. Réveille-toi Yoann.

Nous avons organisé une séance vidéo à 11 heures sur l'Uruguay. Il fallait rentrer dans la Coupe du monde par ce biais, parce que la pression monte et que je sens tout le monde sur les nerfs. Mais je me demande si nous n'en faisons pas trop sur l'adversaire d'un jour.

[…]

Il pleut à verse, notre terrain est à peine praticable, mais celui des Danois ressemble à un billard. Merci encore.

[…]

En début d'après-midi, j'ai reçu un appel de Nicolas Sarkozy. Depuis Dublin, je prends toutes les précautions d'usage quand on m'annonce le président de la République au téléphone. En même temps, cela ne m'arrive pas chaque semaine. Il est très chaleureux, comme toujours avec les sportifs. "Les problèmes avec les médias ne sont pas graves ! me dit-il. On connaît ça, Carla et moi…" Il me parle comme si j'étais un ami de la famille, me demande ce que je vais faire après. "D'abord la Coupe du monde, monsieur le Président." Il précise qu'il l'a lu dans *L'Équipe* et ajoute : "Si vous avez besoin de quoi que ce soit, vous pouvez m'appeler samedi après le match…" On parle de ses ministres, et je lui conseille de dire à Rama Yade, sa secrétaire d'État aux Sports (qui vient de lancer une polémique sur les chambres d'hôtel des Bleus), de rester chez elle. Il tranche : "Je lui avais dit de se taire, vous croyez que ça me fait plaisir ?"

Et il promet de voir ce qu'il peut faire, ajoutant qu'il est avec nous, qu'il aimerait venir.

Dix-neuf minutes au téléphone avec le chef de l'État, quel autre boulot permet ça ? Mais je ne me prends pas pour un autre, je sais qu'il a appelé le sélectionneur, pas moi.

[...]

Avant l'entraînement, j'adresse un petit discours aux joueurs, en deux volets : "Ce qui compte, c'est nous, ne vous focalisez pas sur les forces de l'adversaire, vous les connaissez. L'événement n'est pas de rencontrer l'Uruguay, mais de disputer son premier match en Coupe du monde. Il faudra jouer avec nos armes, se libérer." Le second volet concerne les répercussions sur l'équipe des propos tenus dans les médias : "Je vous le répète : ceux qui rapportent ce qui se dit à l'extérieur ne sont pas vos amis. Souvenez-vous de l'Euro 2008. Fermez tout ; ce qui se passe entre nous reste entre nous. Je ne veux pas d'infos qui sortent, mais je ne veux pas d'infos qui rentrent non plus."

[...]

Sur le terrain, je mets en place le groupe qui doit jouer face aux remplaçants organisés comme l'Uruguay. Mais si l'Uruguay joue comme ces remplaçants, nous n'avons aucune chance…

Il me faut régler, surtout, le problème Malouda-Gourcuff. Pourquoi ne veulent-ils pas ou ne peuvent-ils pas comprendre ? Ils doivent jouer ensemble dans un milieu à trois, mais l'un fait la tête parce qu'il refuse de jouer milieu défensif et l'autre boude parce que c'est sa nature et qu'il ne peut comprendre, avec son sens aigu du collectif, le positionnement de Florent Malouda. Voilà le métier de sélectionneur : assumer ses choix. Mais sont-ils les plus judicieux ? J'avoue qu'à la fin de la séance, un gros doute m'a gagné. Lequel virer, l'un, l'autre, les deux ?

L'exercice consistait à échapper au pressing de l'adversaire. Bilan : Ribéry l'ouvre en insultant les autres qui ratent une passe ; Anelka râle parce qu'il n'est pas suivi ; Gourcuff dort ou ne sait plus ce qu'il faut faire pour ne pas déplaire ; Malouda se plaint que les autres ne lui donnent pas le ballon assez vite. Soyons sérieux : je suis inquiet. Même si je viens de finir un livre sur le pouvoir de la suggestion, la réalité visible n'incite pas à s'enflammer.

JEUDI 10 JUIN – Entraînement du matin, chagrin. C'est la veille du match, la concentration et l'implication devraient être maximales, mais non. Les états d'âme de Malouda perturbent la mise en place tactique. Cela déteint sur l'esprit du groupe : tout le monde a son mot à dire, chacun croit savoir mieux que les autres ce qu'il doit faire et surtout ce que les autres doivent faire.

Florent fait la gueule à chaque fois que je lui donne un conseil. Il en est même arrivé à tacler Valbuena puis Diaby sans raison, juste parce qu'il venait de perdre le ballon. En fait, il ne supporte pas de ne pas être le leader d'attaque et veut être le numéro 10, un point c'est tout. Je l'ai repris de volée devant tout le monde : "Si cela ne te va pas, tu peux te casser... Si tu crois que fracasser tes potes réglera ton problème, casse-toi !" Il n'a pas répondu ; heureusement, sinon il prenait l'avion du retour.

Anelka, lui aussi, a toujours quelque chose à dire. Il m'a ressorti qu'il n'y avait pas de décalages. Cours, et ça viendra ! J'ai les boules. Je sens ma causerie de demain toute prête : "Allez vous faire foutre !"

Même chose pour le travail sur les coups de pied arrêtés : ils font ce qu'ils veulent, "Titi" regarde de loin, il n'est pas concerné ; tout le monde rigole et fait n'importe quoi. Enfin, pas tout le monde, surtout les prétendues stars. Même Evra s'est fâché, en criant : "Depuis tout à l'heure, on rigole, tout le monde rigole, on verra demain comment on va rigoler !" Govou a été le seul à répondre, mais parce qu'il travaillait normalement, lui. J'en ai marre de cette inertie collective. Je n'ai qu'une envie : les envoyer chier. Qu'ils se démerdent.

Après le déjeuner, on débat de la meilleure manière de contrer l'Uruguay : jouer avec deux milieux défensifs pour contrôler les décrochages de Forlan. J'envisage de ne pas faire jouer Malouda. Ça créera des vagues, mais au point où j'en suis…

VENDREDI 11 JUIN – Jour de match au Cap. Au déjeuner, avec le staff, on retravaille la stratégie. Est-on sûr de notre choix ? Je le suis. Après le déjeuner, je préviens les cadres, Evra, Henry et Ribéry. "Vous vous rendez compte vous-mêmes qu'on ne peut pas y aller comme ça. Flo ne veut pas jouer milieu défensif, il me l'a dit, même si moi je lui répète que c'est un équilibre à trouver entre lui et Yoann Gourcuff. Je ne vous demande pas votre avis pour savoir ce qu'il faut faire, j'assume, je veux juste vous informer que je l'écarte afin de laisser jouer Diaby." Ils n'ont l'air ni déçus ni surpris.

J'ai prévenu Diaby à 14 h 30 alors qu'il se trouvait sur la table de massage. Je l'ai fait venir et j'ai senti que j'avais raison : aucun doute en lui, mais une force et une certitude qui m'ont réconforté.

J'ai vu Flo avec Pierre Mankowski : "Puisque tu refuses le travail défensif nécessaire pour ce match, je ne te fais pas jouer. Une disposition liée à notre adversaire et pas définitive. Maintenant, à toi de voir ce que tu veux en faire…"

[...]

L'altercation de l'entraînement est sortie dans *L'Équipe*. Il y a une taupe dans le groupe, quelqu'un qui raconte. Je n'écarte aucune piste.

[...]

À 17 heures, causerie d'avant match. Elle est brève. "On rencontre l'Uruguay, pas le Brésil. Regardez où ils jouent, vous n'avez rien à leur envier." J'axe sur le bonheur et la chance d'être là, dans cette Coupe du monde qui n'arrive que tous les quatre ans, mais aussi sur notre jeu : se lâcher, se faire plaisir ensemble, et non du chacun dans son coin en se prenant pour Zorro. Évidemment, faire durer ce plaisir jusqu'au 11 juillet.

[...]

Dans le vestiaire du stade du Cap, à l'américaine, immense, les joueurs ont mis la musique à fond. J'observe et répète les dernières consignes. Je dis à Gourcuff : "Je t'ai donné les clés, à toi de jouer !" Se rend-il compte qu'il joue une partie de sa Coupe du monde ? Je ne sais. Le pire, à ce moment précis, est le regard de Franck Ribéry : je me fais peut-être du cinéma, mais j'ai vu dans ses yeux la haine, le mépris, ou la jalousie. Il ne l'aime pas, c'est certain, et lorsqu'il dit le contraire c'est un langage de circonstances. J'ai observé Govou : lui, ça va. Et j'ai interrogé Toulalan : sa réponse confirme qu'il a compris ; il est rassurant d'en avoir des comme ça...

[...]

L'attente a été interminable. La Coupe du monde commence par une transversale trop longue pour Ribéry. Et au final on fait 0-0, comme d'habitude lors d'une première rencontre, comme en 2006 en Allemagne, comme en 2008 en Suisse. Sauf que, cette fois, le match a été de qualité, et abouti d'un point de vue tactique.

Malheureusement, notre carence offensive nous laisse toujours sur notre faim. »

Et je dresse le bilan de certains des joueurs.

« Ribéry : il s'est obstiné dans des raids solitaires, sans succès. Deux débordements, mais sans construction, donc sans prolongement. Quand je l'ai replacé dans l'axe après la sortie de Gourcuff, il est parti directement sur le côté droit. Va comprendre... J'aurais dû le sortir, mais ce n'est pas encore le moment.

Gourcuff : j'allais l'oublier. Il subit. Il court mais n'apporte rien. Trop lent, et pas serein. Malouda – qui l'a remplacé – a fait une bonne rentrée, sans état d'âme. Il pourrait apporter plus s'il n'était pas aussi bourricot.

Anelka : une énigme. Rien. Il ne se passe rien. Quatre matches de suite comme titulaire et pas une occasion construite. Il ne fait rien pour les autres et rêve de dribbler tout le monde pour aller marquer seul. Il ne donne jamais un ballon en première intention. Il a même réussi à nous bloquer une belle occasion pour Govou en étant hors jeu. Là aussi, il va falloir réagir vite, sinon... »

Ensuite, je conclus :

« SAMEDI 12 JUIN – On est revenus à Knysna dans la nuit. Encore un mois à tenir. »

*

Nous avons vécu les jours suivants en équilibre sur un fil. Quand elles commencent par un match nul, toutes les équipes plongent dans la même attente, la même incertitude ; résultat, c'est toujours le deuxième match qui donne un sens à leur parcours.

Les dirigeants restaient dans notre hôtel, totalement transparents. Heureusement, les épouses des joueurs sont venues et ont apporté leur sourire. Nous avons visité un *township* en choisissant un autre jour que Rama Yade, la secrétaire d'État aux Sports nous ayant reproché le luxe de notre hôtel. Pour que ses actes s'accordent à ses mots, elle-même a dû annuler sa réservation initiale d'un hôtel très étoilé pour une chambre d'hôte confortable, mais sans pouvoir récupérer, dit-on, l'argent déjà versé. Magnifique démagogie. Je n'ai pas aimé l'idée de visiter un *township*. On ne nous a pas laissé le choix, mais me retrouver dans le rôle du voyeur et distributeur de fonds pour des gamins recevant l'aumône du monde civilisé, lequel les laisse tranquillement mourir le reste du temps, m'a sacrément gêné.

Entre les matches, chaque dimanche, j'étais obligé de participer à Téléfoot. Après France-Uruguay, j'ai profité d'un « Que faut-il changer ? » pour mobiliser l'antenne le plus longtemps possible et éviter d'autres questions. Bixente Lizarazu a quand même posé la sienne, mais comme elle est systématiquement interminable et qu'il fait les questions et les réponses en même temps, j'ai pu noyer l'affaire sans difficulté. Même moi, à la fin, je ne me souvenais plus de ce qu'il avait demandé.

J'ai pris à part Gourcuff et Gignac, invités dans la seconde partie de l'émission. Objectif : leur préciser ce qui les attendait sur le plateau : des questions très individuelles. Je leur ai recommandé de rester collectifs et généralistes. Il n'y a eu aucun problème avec Gignac, mais à la deuxième question posée (« Pourquoi est-ce que, offensivement, cela marche moins bien ? »), Gourcuff a trouvé le moyen de répondre : « C'est parce que le bloc n'est pas remonté assez vite et n'a pas donné de solutions. » J'étais défait. Les attaquants ne le supportaient plus et il y ajoutait maintenant les défenseurs. Sans oublier toutes les fois où lui-même disait, assez fort pour que je l'entende, qu'il n'en pouvait plus, qu'il était persuadé que Franck Ribéry et Nicolas Anelka faisaient exprès de ne pas lui donner le ballon. L'équipe de France a souvent confondu Coupe du monde et cour de l'école.

Entre ces deux matches, j'ai espéré en la force des images pour résoudre nos problèmes et avancer. Je voulais susciter des réactions ; d'Anelka, par exemple, en montrant une action où il partait seul en oubliant Ribéry et Gourcuff de l'autre côté. Mais il a fallu couper certaines parties du montage parce que je me suis rendu compte qu'à chaque mauvais choix, ou presque, la balle aurait dû être donnée à Gourcuff. Je ne pouvais pas insister dans cette direction tant je l'aurais plus encore isolé ; les autres auraient eu plus que jamais envie de l'accrocher au portemanteau. J'ai répété à Ribéry qu'il ne devait pas rester coincé sur le côté gauche ; comme d'habitude, il a répondu oui, qu'il allait bouger.

Ces images ne m'ont en rien rassuré. Je me suis senti fatigué, je l'avoue, devant le peu d'énergie collective qu'elles présentaient et la nature des propos qu'elles déclenchèrent. Les joueurs passèrent plus de temps à critiquer les autres qu'à réfléchir sur eux-mêmes. D'un coup, j'en eus plein le dos de leurs jérémiades.

Or il me fallait réfléchir à la meilleure équipe à aligner contre le Mexique, notre deuxième match. Nous en avions débattu avec le staff. Aussi j'ai proposé Franck Ribéry dans l'axe et annoncé que j'hésitais entre Henry et Anelka en pointe. À l'entraînement, l'option a bien fonctionné, puisque même Anelka joua comme on l'attendait.

*

Mercredi 16 juin, direction Polokwane. Nous avions tous envie de changer d'air mais, dès l'entraînement du soir, j'ai compris que l'éclaircie serait de courte durée. Rédigé le soir, dans ma chambre du Pezula, mon compte rendu de la séance traduisait à la fois l'attitude incompréhensible des joueurs et ma perte d'énergie, cette disparition des ressorts qui auparavant me faisaient réagir.

« J'ai aligné l'équipe qui jouera contre le Mexique. Quel ennui ! Je les ai laissés tranquilles. Comme je n'ai rien bousculé, il ne s'est rien passé, entre Ribéry qui a dû faire cinq mètres en courant, "Titi" qui arbitre et dirige, Malouda qui fait ce qu'il veut et Anelka qui joue en marchant… Ils me fatiguent aujourd'hui, et même si je sais combien seul demain compte, je n'ai plus d'énergie. Je ne les aime plus. Leurs caprices me gonflent. »

La séance confirmait aussi le problème que Gourcuff posait aux autres. Dans la première opposition, sans lui, ils avaient appliqué les consignes avec sérieux ; mais quand Yoann a été réintégré dans l'équipe des titulaires, ils ont saboté l'affaire et plus rien n'a fonctionné. Le soir même, nous avons regardé l'Uruguay battre l'Afrique du Sud (3-0), ce qui signifiait qu'une défaite contre le Mexique nous éliminerait pratiquement. Je n'ai presque pas dormi la nuit précédant ce deuxième match, même si un bon livre m'a fait oublier mon angoisse. Quel pouvait bien être mon état d'esprit en 2006, en Allemagne, à ce même moment de la compétition ? Je crois que je ne dormais pas plus. Mais alors je me posais la question de l'après, non pas pour moi, parce que j'avais presque choisi, mais pour Estelle et les enfants.

La journée suivante fut identique : je me suis senti

exténué et nauséeux, le stress total. Après la sieste, j'ai lu quelques textos de soutien en me répétant que ce métier offrait un grand bonheur, qu'il ne fallait pas abdiquer, que j'allais me battre jusqu'au bout ; puis je me suis rasé et suis rentré dans ma peau de sélectionneur. J'ai tracé mentalement les grandes lignes de ma causerie et, comme par enchantement, le stress s'est évanoui.

*

Je n'aime pas les pages de mon journal qui suivent. En général, lorsque je le parcours au hasard, certains passages retraçant un événement oublié m'arrachent un sourire. Mais les écrits des jours à venir continuent à m'arracher le cœur. Chaque ligne provoque le même malaise, le même désespoir, et fait remonter en moi un fond de haine que je ne parviens pas à contenir face à l'évidence du naufrage près de surgir.

*

L'incident avec Nicolas Anelka va arriver. Mais avant de le raconter, je souhaite expliquer – et montrer – que rien n'est linéaire dans le lien unissant un sélectionneur et un footballeur. J'ai envie de rappeler – et presque de *lui* rappeler, si la chose avait encore de l'importance à mes yeux – que je n'ai cessé de me battre pour lui et avec lui. Un coach n'entretient pas de relation suivie avec ses joueurs majeurs parce qu'il apprécie leur conversation – si c'est le cas, par bonheur cela arrive, il doit juste le considérer comme un supplément –, mais pour des raisons sportives. Cette proximité, je l'ai appréciée, au fil de ma carrière de sélectionneur des Espoirs et de l'équipe de France, avec des personnalités comme Mickaël Landreau, Lilian Thuram, Claude Makelele, Jean-Alain Boumsong, Vikash Dhorasoo, Willy Sagnol ou Jérôme Bonnissel. Mais avec les autres joueurs, la relation tient d'abord au devoir du sélectionneur, qui reste guidé par l'intérêt de l'équipe de France.

Avant qu'il ne m'insulte à la mi-temps de France-Mexique, j'ai donc beaucoup discuté avec Nicolas Anelka, l'ai souvent apprécié et toujours défendu, tandis que lui-même, après trois Coupes du monde ratées avec trois sélectionneurs différents, a écrit dans son autobiographie, au printemps 2010, que j'étais le premier sélectionneur à l'avoir vraiment compris.

Pour mieux replacer le fameux incident dans le contexte d'une relation au long cours, j'ai pris soin de relire mon journal au fil de mes six années de mandat afin d'y trouver des signes, avant-coureurs ou contradictoires, de la conduite à venir d'Anelka. Où on constate surtout le côté irrégulier de ses jeu et comportement.

Octobre 2006, après France-Îles Féroé (5-0) : « Encore des moments où il s'arrête et joue facile, mais quelle puissance… »

Novembre 2006 : « J'ai discuté avec lui pour qu'il se sente compris. Je lui ai dit que j'avais vu ses derniers matches. "Tu as la meilleure frappe de balle au monde, la plus pure, sans armer, comme Ronaldo, et tu ne tires jamais ! Pars du côté gauche, rentre à l'intérieur et frappe…" Il est réceptif, mais il faudrait l'avoir sous la main toute la journée pour être sûr qu'il avance. »

Novembre 2006, France-Grèce (1-0) : « L'intérimaire du match. Il joue quelques coups, mais ralentit le jeu par trop de touches de balle et ne percute pas. Du vent. »

Mars 2007, Lituanie-France (0-1) : « Comme on l'aime. Actif, buteur, remiseur, passeur. Beaucoup de puissance et très disponible. S'il avait pu être tout le temps comme ça… Je l'ai vu pour le féliciter. »

Mars 2007, France-Autriche (1-0) : « Encore un bon match, mais à surveiller pour qu'il n'en rajoute pas trop. Mais quelle puissance et quelle qualité dans les prises de balle… »

Juin 2007, France-Ukraine (2-0) : « C'est quand même la pointure au-dessus. Facile, trop parfois. Utile. Même dans le replacement, il fait les efforts. Il appelle le ballon, le garde quand il le faut et marque. Que demander de plus ? »

Octobre 2007, entraînement : « Le plus triste dans l'exercice de frappes a été Anelka, qui donne l'impression de ne pas oser se mettre en difficulté en ratant des frappes. Donc il ne frappe pas. »

Février 2008, Tottenham-Chelsea (2-1), vu à la télé : « Il jouait. Il paraît même qu'il est resté jusqu'au bout sur le terrain. J'ai du mal à le croire. Il ne sert à rien. »

Juin 2008, préparation à l'Euro : « Je lui ai signalé que si je n'étais pas là pour lui dire d'accélérer, il ne le faisait pas. "Quand on voit ton potentiel ! Si le Bon Dieu m'avait donné un dixième de tes qualités…" Il a souri, je l'ai senti regonflé. »

Juin 2008, France-Roumanie (0-0) : « On aimerait qu'il redevienne le mauvais caractère d'avant. Il est gentil, comme son jeu. »

Juin 2008, France-Pays-Bas (1-4) : « Je devrais vraiment me faire confiance. Il y en a qui ne pourront jamais être remplaçant. Lui boude parce que je lui ai demandé de jouer sur le côté droit, ce qu'il avait très bien fait quand on a répété l'organisation la veille. Tant pis pour lui. »

Juin 2008, France-Italie (0-2) : « Le fantôme. Et dire

que personne ne l'a critiqué après. J'en suis effaré. Son comportement est proprement honteux. »

Septembre 2008, France-Serbie (2-0) : « Je l'ai fait entrer à la mi-temps. J'avais des doutes, mais pas d'autre solution. Des appels, un but, des combats gagnés. Un vrai avant-centre de haut niveau. J'ai appris qu'il voulait faire des déclarations, qu'il ne se sentait pas un cadre, pas considéré, qu'il en avait marre de jouer des bouts de matches et que les petits cons le fatiguaient. Makelele et Thuram l'ont un peu découragé, mais pour combien de temps ? »

Septembre 2008, rendez-vous avec son agent : « Intéressant. Il me raconte que Nico ne vit qu'à travers sa relation personnelle avec l'entraîneur : j'avais remarqué, merci. Qu'il m'a répondu sur le terrain parce que j'avais, sans le vouloir, fait ce qu'il fallait pour le vexer : dans les mises en place, n'ayant jamais été avec l'équipe des titulaires, il souhaitait me répondre sur le terrain. Qu'il continue, surtout. Mais pourrais-je trouver à chaque fois un truc pour obtenir ça ? Une heure de discussion. Je sais que l'agent traduit tout à Nico, qui attendait ce rendez-vous avec impatience. Il aurait mieux fait de répondre à mes textos. J'ai donc fait passer le message que je comptais sur lui, sur les bases de France-Serbie il était le seul à ce niveau, que nous ne jouerions plus en 4-4-2, que "Titi" (Henry) irait sur le côté, mais qu'il devait aussi se prendre en main et ne pas toujours attendre l'énergie des autres. »

Janvier 2009, chez lui, à Wimbledon : « Il est différent en famille, avec son fils, plus ouvert. Il y a Doug, son agent, qui répond aux textos. Après une discussion à bâtons rompus, j'ai parlé de son positionnement et comme par enchantement, tout le monde est parti dans la cuisine. J'ai essayé d'évoquer l'Euro. "Ce n'est pas facile…" Il a enchaîné : "J'observais et j'ai tout de suite vu que ça ne marcherait pas. Je n'ai pas aimé l'attitude des jeunes. Il y avait des clans entre les jeunes et les vieux." Je lui ai expliqué que j'aurais dû plus aller vers lui, ne pas le laisser s'endormir. J'ai jeté un pont vers la suite : "La concurrence n'existe que parce que tu descends d'un cran. Si tu joues à ton niveau, il n'y a pas de concurrence." J'ai été clair : "À toi de jouer. Je ne le redirai pas." Il avait l'air heureux, je l'ai même trouvé déterminé. Voilà, c'est fait. Il fait partie de ceux qui peuvent nous faire gagner ou perdre. À ne pas négliger. »

Février 2009, Chelsea-Juventus (1-0) : « J'ai vu le fantôme d'Anelka jouer à gauche. Une catastrophe, le même qu'avec nous. Il s'emmerde. Non, il emmerde les autres. Il ne joue qu'avec le ballon, n'anticipe rien. »

Mai 2009, Chelsea-Barcelone : « Il reste une énigme. Comment peut-on continuer à le faire jouer ? Il n'apporte rien. »

Juin 2009, contre le Nigeria et la Turquie : « Des à-coups, des décrochages inutiles, aucun travail défensif. Ce n'est pas de la mauvaise volonté, mais il ne parviendra jamais à jouer dans un collectif. Il fait son truc avec talent parfois, mais s'il défend sur un côté, il lui faudra revenir en deuxième semaine pour l'apprentissage. »

Septembre 2009, Serbie-France (1-1) : « Passé avant-centre après la sortie prématurée de Gignac pour l'expulsion de Lloris, il a fait un grand match. Des courses, des batailles et une qualité de vitesse intacte au fil de la rencontre. Bravo. Au service des autres. C'est lui qui frappe sur le but de "Titi". »

Octobre 2009 : « Je lui ai d'abord confirmé ma satisfaction de le voir se positionner en *leader* en dehors du terrain. Oui, il faut parfois mentir. »

Novembre 2009, barrage en Irlande (1-0) : « Je cherchais par qui et comment le remplacer tant son placement posait de problèmes. Il attend le ballon et joue arrêté, bloque les espaces. Mais il a marqué et provoqué ce qui aurait dû être le deuxième but, raté par Gignac. Le lendemain, en conférence de presse, il a été plutôt maladroit en déclarant qu'il jouait comme il le sentait. Ça, on l'avait compris. »

Mars 2010, France-Espagne (0-2) : « Celui des mauvais jours, qui ne fait rien, ne tente rien et joue tous les coups à l'envers. Pour avoir des raisons d'espérer, il faudra que je règle le problème des stars. À la mi-temps, j'ai tenté d'expliquer pourquoi ça ne marchait pas dans le secteur offensif. La vraie raison, c'était que Nico n'avait fait aucun appel sur les côtés. Je lui ai demandé diplomatiquement de se situer du côté du jeu pour permettre les ballons longs vers la ligne et avoir le soutien des milieux. Il a répondu, bougon : "Je ne peux pas, il n'y a pas de décalage !" J'ai fait celui qui ne comprend pas, et suis passé à autre chose ; ce n'était pas le moment de provoquer. »

12 mars 2010 : « Pas de nouvelle d'Anelka. »

14 mars 2010 : « C'est son anniversaire. Je lui ai envoyé un message. Toujours pas répondu. »

21 mars 2010, Blackburn-Chelsea : « Anelka, qui ne m'a toujours pas répondu, est toujours dans le même état. Il erre sur le terrain, comme souvent quand il n'est plus seul en pointe et partage la gloire. »

7 mai, Londres, chez lui : j'ai déjà raconté ce rendez-vous. Et l'espoir qu'il avait suscité en moi.

*

La nuit qui suivit notre nette défaite face au Mexique (0-2), à Polokwane, je n'ai rien pu écrire avant le petit matin. Nous étions le 18 juin. Et mes lignes prirent les teintes du désespoir. « C'est l'appel. L'appel de la curée. Nous avons perdu et c'est sans espoir. On a senti une équipe incapable de se transcender et j'y suis certainement pour quelque chose. C'est évident. C'est d'ailleurs ce qu'il y a de plus minant, se dire que l'on s'est trompé, totalement. Mais où ? Comment ? Je vais essayer de trouver, ce matin, dans le désordre le plus complet. Je suis dans le trou, vidé, laminé, épuisé. Le téléphone sonne de messages de soutien mais je n'ai même pas envie de répondre. Nous sommes rentrés à cinq heures du matin. Ce n'est pas l'idéal pour préparer un troisième match qui aurait dû être décisif. Mais il ne l'est pas. Il ne l'est plus. »

*

Mon plus ancien souvenir du vestiaire de Polokwane, avant la rencontre, est musical. Ceux qui ne foulaient pas le terrain, Thierry Henry et Djibril Cissé, s'amusaient à jouer aux disc-jockeys. Remplaçant, « Titi » n'a pas fait un mètre pour s'échauffer. Il n'était plus là, et voilà mon erreur : je l'ai rayé de ma mémoire pour ce match, nié même, alors qu'on ne met jamais un joueur de sa trempe sur la touche sans avoir au préalable une conversation avec lui. Je le reprochais à certains de mes entraîneurs et voilà que j'agis pareillement avec Thierry et Gallas. Mais Gallas est mort à petit feu dans ma tête depuis le début de la préparation, à force de m'épuiser par ses complications. Avant, je les supportais. Plus maintenant.

Je me souviens que Gérard Houllier est apparu au

bord du terrain au moment où je sortais. Je me suis demandé, dans la nuit ayant suivi notre défaite, comment lui-même avait fait pour vivre et rebondir après son échec de sélectionneur et la non-qualification des Bleus pour la Coupe du monde 1994. J'ai conclu que mon cas était différent, que j'étais en Afrique du Sud, loin, et que j'aurais un peu de temps avec l'été, les vacances. Lui, c'était en novembre, au cœur de la saison, à Paris, et il devait continuer à vivre, à supporter d'affronter tout le monde dès le lendemain matin en sortant de chez lui. Dans cette nuit amère, au fond de ma chambre de Knysna, sans autre horizon immédiat que l'échec et ses conséquences, je ne me sentais pas la force d'endurer ça.

Depuis la fin de ce France-Mexique (0-2), je n'étais pas parvenu à discuter avec les joueurs. J'ai même tout fait pour les fuir ; non parce que j'étais en colère contre eux, mais, pire, parce que je me sentais responsable. Or cette culpabilité m'empêchait d'affronter les moindres contact ou discussion, dans un après-match qui se transformait en long malaise, du banc au vestiaire, du vestiaire à l'aéroport, de Polokwane à l'aéroport de George, de George à Knysna, du hall de l'hôtel à ma solitude. J'avais l'impression de devoir quelque chose aux autres et que cette dette se dressait entre eux et moi, telle une barrière.

Quelqu'un me demanda, dans la nuit, si je n'avais pas l'impression d'avoir été trahi. Non, même pas ; seulement humilié de m'être trompé à ce point, d'avoir cru ou voulu faire croire que j'avais raison, que mon idée était la bonne, que les choix et les joueurs sur qui je m'appuyais étaient les bons. Étais-je vraiment sûr de chacune de mes options ? Avais-je eu le courage de prendre les bonnes décisions ? Non. Bien sûr que non. Mais je n'étais en rien certain d'avoir eu d'autres choix !

En rembobinant dans ma tête le film de ce fiasco, en remontant vers les origines de ce monde en ruines, en refaisant et défaisant l'histoire du naufrage, j'ai fini par identifier ce qui nous avait conduits dans le mur, l'équipe de France et moi. Cette nuit-là, j'ai écrit : « Cela se résume, en fait, à deux cas ayant pollué le groupe. Trois, peut-être, qui sont liés. Entre Anelka et Henry, qui aurait été le plus solide, le plus utile ? Maintenant, je le sais, c'est facile : ce n'était pas Anelka. Il a uniquement joué sa carte personnelle, comme toujours ; et tu le savais, Raymond, tu le savais... L'autre cas, c'est Ribéry. Vu la manière dont il s'était comporté en Serbie (1-1) lors de son entrée, que pouvais-je attendre de plus de lui ? Il est semblable aux deux autres : tout tourne autour de leur nombril. Quand tout marche, ils marchent avec les autres, mais ne sont pas des moteurs ; ils ne font pas tourner l'équipe, mais lorsque ça coince ils sont les premiers à quitter le navire. »

*

En toute franchise, j'avais réalisé très vite que nous n'arriverions jamais à marquer contre le Mexique, aussi je m'étais accroché à l'espoir d'un 0-0. Je l'avais même compris dès la première action, quand Ribéry a récupéré le ballon et qu'Anelka, à dix mètres, n'a pas bougé, rien créé, pas même demandé le ballon en profondeur. J'ai tenté de les orienter, mais comme avec le bruit du stade et des vuvuzelas il était impossible de se faire entendre, j'ai crié dans le vide, sachant que rien n'arriverait à leurs oreilles... et que, de toute façon, ce que je leur disais entrait par une oreille pour ressortir de l'autre.

Comme d'habitude, les joueurs ont fait tourner le ballon sans trouver la moindre solution, entre ceux qui voulaient le recevoir dans les pieds sans courir et ceux qui le portaient parce qu'ils ne scrutaient pas le jeu ou car il n'y avait rien à voir. Quant à Gallas, mort de trouille, il a plombé en beauté notre secteur défensif par sa fébrilité et son absence. Pour autant, ce n'est pas lui mais Éric Abidal qui a joué le hors-jeu à l'envers et provoqué le penalty qui nous a tués. Patrice Evra, lui, mais je le pressentais déjà, confirma qu'il peinait à enchaîner les matches de haut niveau. Et de s'épuiser dans des discussions de capitaine avec les uns et les autres, pour rameuter, regrouper, fédérer. Sans doute s'est-il usé à arborer et assumer des galons trop lourds.

La première période fut vraiment quelconque. Mais elle s'avéra magnifique en regard de la seconde. Et ce qui m'a fait le plus mal, bien sûr, est survenu entre les deux. L'affaire de l'insulte, chacun en a raconté sa version. Voici la mienne, telle que je l'ai formalisée devant mon ordinateur, le lendemain, sans savoir si j'écrivais pour ne rien oublier ou me débarrasser des mille pensées qui m'assaillaient et me rendaient fou.

*

« Je suis arrivé dans le vestiaire désemparé. Ne sachant quoi dire. Ou, alors, j'allais répéter les mêmes choses. Je me sentais vide. Il est vraiment temps que j'arrête ; ce sera mieux pour tout le monde. Si j'ai attendu longtemps avant de leur parler, c'était pour me calmer ; Toulalan venait de prendre un carton jaune, obligé de se sacrifier pour réparer l'incroyable

280

indifférence d'Anelka qui, lui, perdait un ballon sans faire le moindre effort pour le récupérer, sur un coup franc pour nous ! Je suis rentré dans le vestiaire avec cette colère, et j'ai espéré que quelqu'un la calme en engueulant Anelka pour cette irresponsabilité et son indifférence. Personne ne l'a fait ; problème d'une équipe sans leaders. J'ai donc commencé par déclarer :

"Je ne sais pas si je dois vous dire quoi que ce soit, puisque lorsqu'on décide de faire quelque chose, il ne se passe rien. J'avais demandé de la profondeur, et toi, Nico, sur le premier ballon, tu restes là, sans bouger. Vas en profondeur, vas-y !

– C'est ça, toujours moi…

– Oui, toujours toi. Parce que c'est toi qui décroches et qui ne vas pas en profondeur. »

Il se tenait baissé, sur sa chaise.

« Mais si, j'y vais.

– Non.

– Si. J'ai essayé.

– Mais non ! Ne dis pas ça ! On est dix sur le banc à voir que tu n'y vas pas ! »

Il s'est remis à parler, mais à Ribéry, sans me regarder, comme si je n'étais pas là :

« Il m'emmerde ! C'est quoi, ça ? Toujours moi ! »

Patrice Evra a alors essayé d'éteindre le feu qui couvait : « Ça va les gars, on se calme, il reste une mi-temps à jouer, on est bien… »

Mais Anelka ne s'est pas calmé, et a lancé : « Enculé, t'as qu'à la faire tout seul, ton équipe de merde ! J'arrête, moi… »

Je n'ai pas tout entendu. La fin de la phrase m'a échappé dans le brouhaha. Bizarrement, j'ai été moins choqué par l'insulte que par le tutoiement, qui cassait une barrière, celle des fonctions, des âges, de la hiérarchie.

« C'est ça, arrête, c'est mieux. Pierre, fais s'échauffer Dédé. » Après que j'ai demandé à Pierre Mankowski, mon adjoint, d'envoyer Gignac se préparer, Anelka a continué à bougonner. Je n'ai pas entendu ce qu'il disait. D'autres insultes ?

J'ai compris trop tard l'erreur que j'étais en train de commettre : il fallait faire entrer Thierry Henry. Il aurait senti la possibilité de s'imposer, de changer notre destin et de devenir un héros. Il aurait peut-être fait pencher la balance du bon côté. P... de métier où même les autocritiques n'avancent pas à grand-chose, ou la seule alternative à un mauvais choix reste une supposition. On ne refait jamais un match.

Je suis sorti des vestiaires deux minutes avant la reprise. Au bout du rouleau. La seconde mi-temps fut un enfer. Anelka avait tué le groupe. Nous avons fait n'importe quoi.

La suite ? La conférence. Ma tristesse. Mon désarroi. Mais je pense que j'étais déjà ailleurs. Du reste, dans la salle de presse, en me voyant par instants sur l'écran, je regardais quelqu'un d'autre et je le trouvais très loin de ce match.

Je ne parle même pas de mes dirigeants. Ils sont venus mais, à leurs yeux, je n'existais déjà plus. Je sais que je suis le bouc émissaire parfait. J'ai fait beaucoup d'efforts pour.

Au terme de ce naufrage, une image m'a réveillé – un peu : Gallas et Anelka en train de rigoler, juste après le match. Quelle inconscience ; ils semblaient heureux de la défaite. Et, en riant, ils se dédouanaient... Comment ai-je pu me tromper à ce point ?

*

« Il est midi, nous avons perdu hier soir, et j'ai seulement écrit le centième de ce qui me passe par la tête. Mais tout est trop confus. J'essaie d'analyser l'échec, de dégager des tendances. Tout est perdu quand les cadres lâchent (Anelka, Henry, Ribéry, Gallas, et par ricochet Abidal et Evra, c'est trop), quand les remplaçants ne sont pas au niveau, quand des joueurs n'évoluent pas à leur poste ou sont en retard dans la préparation (la charnière Gallas-Abidal et éventuellement Ribéry), et quand on n'écoute pas les conseils des anciens. C'est mon erreur, l'une de mes erreurs. Un joueur cadre de l'Euro 2008 m'avait prévenu au sujet de Ribéry, et moi, je lui ai donné les clés ! Quel con je suis... Voilà ce qui me mine le plus : je savais, mais n'ai rien pu faire ; je me suis voilé la face, j'ai fait rempart pour être... Pour être quoi, connard ? Le protecteur, le père, le héros racinien ? Un con, oui. Parce que tout cela, tout ce que j'écris, je ne pourrai même pas le dire pour expliquer.

Je n'en peux plus. Envie de craquer, envie de pleurer. J'ai peur d'affronter le regard des autres. Il faut aller déjeuner à 13 heures et moi j'ai envie de disparaître loin d'ici, loin de tout.

J'y suis allé à midi et quart pour assumer et être sûr d'être parmi les premiers. Une bonne idée. Du coup, les joueurs doivent passer devant moi et me dire bonjour. Ils l'ont tous fait, sauf Anelka qui a marché sans me regarder. Il ne veut pas me dire bonjour ? Il m'insulte et en plus il confirme ? Au moins, il simplifie les choses : je n'aurai aucun état d'âme pour le virer. Sa Coupe du monde est terminée. La nôtre aussi, bientôt, sûrement. En fait, je n'espérais pas vraiment qu'il s'excuse, je le connais trop : il oublie tout, seul lui compte, il se fiche de tuer l'équipe pour une affaire personnelle. On ne peut pas compter sur lui.

J'ai croisé Thierry Henry aussi, mais, cette fois, c'est moi qui n'avais pas envie de parler. Que dire ? Que je comptais sur lui pour le troisième match, ou que je le virais vu son comportement ? C'est vrai, quand j'ai su qu'il ne s'était pas échauffé je l'ai écarté de mes options de changement. En fait, il est entré s'habiller dans le vestiaire pendant que les autres terminaient l'échauffement. Pierre Mankowski, mon adjoint, qui me connaît bien, a fait exprès de ne pas me prévenir, sachant que je risquais, sous l'effet de la colère, de ne pas le faire jouer. Alain Boghossian, qui me connaît moins, me l'a dit. Il n'aurait pas dû et, dans tous les cas, j'aurais dû faire entrer Henry en jeu, au lieu de Gignac. Une erreur. Si la mi-temps s'était déroulée normalement, si j'avais eu deux minutes pour réfléchir au lieu de devoir choisir un remplaçant dans la seconde ayant suivi l'insulte d'Anelka, j'aurais sûrement fait entrer Thierry Henry. Il aurait adoré incarner le sauveur. Et il représentait le seul choix qui aurait pu changer quelque chose.

J'ai aussi vu Gourcuff. Pour lui dire que sa colère dans le vestiaire, à la fin du match, était la manifestation qu'il en était capable, mais que j'aurais préféré qu'il montre ce trait de caractère beaucoup plus tôt, notamment envers les autres joueurs offensifs. Et que lorsqu'il critiquait l'animation offensive de l'équipe, il ne devait pas oublier qu'il en faisait partie. Il m'a répondu : "Je l'ai dit aussi. Mais c'est à vous d'expliquer. Vous n'avez pas le droit de laisser passer ça avec ceux qui jouent seulement pour eux. Vous ne dites rien. Et ce n'est pas à moi de le faire." Je lui ai répondu que sa vision et celle du staff étaient divergentes, mais qu'il était normal qu'il juge la situation en fonction de lui. Quand je lui ai demandé ce qui était arrivé en seconde mi-temps contre le Mexique, il n'a pas été capable de l'expliquer. J'ai évoqué l'entraînement de l'avant-veille, quand Ribéry et d'autres avaient tué la séance parce que Gourcuff se trouvait dans leur équipe : il n'a rien vu, il a subi, et je me suis dit qu'il restait dans son monde des bisounours.

Il a ensuite abordé le montage vidéo où j'ai coupé la moitié des séquences lui donnant raison. Gourcuff a la rage en constatant ce qu'il a subi sur le terrain alors qu'il était là uniquement pour l'équipe. Je lui ai dit, enfin, que celle-ci allait continuer avec des jeunes de qualité, mais que lui-même devrait faire une différence entre sa vie en club et en sélection : "En équipe de France, le pouvoir ne se donne pas, il se prend. Personne ne te donnera la place."

[…]

Déjeuner à 13 heures. Anelka s'assied sans un mot, sans une excuse, sans un remords.

J'ai essayé de dormir, ensuite, mais les images passent en boucle dans ma tête, inlassable vidéo. Impossible de fermer les yeux sans ruminer : "et si j'avais fait ça et si…"

[…]

J'ai eu Noël Le Graët au téléphone. Effondré, comme moi. Il n'essaie pas de me rassurer, mais de m'orienter : "Les Français attendent de l'offensive. Il reste une chance, il faut la jouer à fond." Il cherche avec moi des solutions. Son constat est un reproche, mais celui-ci reconnaît en même temps mon travail en amont avec les cadres : "Vous êtes parti avec vos vieux, vous leur avez fait confiance…" Il ignorait encore ce qui était survenu à la mi-temps. Pendant quarante minutes, nous avons refait l'équipe et les schémas possibles. J'ai apprécié ce vrai soutien. Merci. Il a fini en conseillant : "Terminez la Coupe du monde par des buts. Après, ce sera le grand balayage…" Je n'ai pas relevé, parce que là, maintenant, je m'en fous complètement de l'après. J'ai l'estomac qui commence à remonter jusqu'au bord des lèvres. Je ressens la haine, tout au fond. Il faut que je la maîtrise, vite.

[…]

À 16 h 45, départ au stade. La meute est là. Heureusement, nous sommes arrivés juste avant. Je me suis tourné pour parler aux joueurs et les laisser face au public. Cela leur fera des photos sans moi, ou de dos. J'ai prononcé un discours simple : "Il y a des moments difficiles dans la vie, pour tous, vous, nous. Chacun fait ou fera son bilan. Mais nous sommes des professionnels et il reste un espoir infime : nous nous devons de le jouer à fond avec ceux qui le voudront. Les autres peuvent venir me voir et s'en aller, aucun problème. Voilà le programme, et soyez certains que nous ferons tout, comme d'habitude, pour vous mettre dans les meilleures conditions possibles." J'ai indiqué le programme afin qu'ils entendent bien que nous rentrerions à Knysna après le match, quoi qu'il arrive.

Durant l'entraînement, j'ai discuté avec une partie du staff de tout et de rien. Tous sont frappés, eux aussi, par le peu d'intelligence des stars. En revanche, comme moi, ils dressent l'éloge de certains autres. Mais ce ne sont pas ceux qui jouent.

[…]

À 19 h 30, réunion avec le staff. Je tiens à les remercier de leur soutien. Au moins, avec eux, je sais ne pas m'être trompé. Quand j'ai commencé en disant "c'était dur, hier soir…", j'ai senti la boule dans ma gorge et les larmes remonter, mais j'ai maîtrisé. Nous avons évoqué l'exclusion d'Anelka. J'ai pensé que la nuit porterait conseil.

Mais la nuit, je n'ai pas vraiment dormi. Parce que j'ai regardé l'Algérie, contre l'Angleterre (0-0), infliger une leçon à nos stars : quelle énergie, quel sens du sacrifice ! Parce que l'abattement a doucement laissé place à la colère, ce que je préfère bien que je m'en méfie, notamment pour les décisions que j'ai à prendre. Enfin parce qu'à 1 h 30 du matin, j'ai appris par le chef de presse que l'altercation avec Anelka se retrouverait dans *L'Équipe* du lendemain. "Allez, je vais dormir ; demain sera un grand jour", me suis-je dit. »

*

Il n'y a pas de décalage horaire entre la France et l'Afrique du Sud. Nous avons donc reçu la « une » de *L'Équipe* au même moment que tout le monde et de plein fouet. Un titre sur huit colonnes, la photo d'Anelka et la mienne face-à-face, et cette phrase entre guillemets, en caractère gras, vraiment gras : « Va te faire enculer, sale fils de pute. » À la minute où j'ai vu ce titre, j'ai compris que nous sortions d'une affaire de vestiaire pour rentrer dans un scandale politique. Le branle-bas de combat a été décrété à l'hôtel Pezula.

J'ai informé le président, Jean-Pierre Escalettes. Il n'a pas eu l'air plus surpris que ça. Le chef de presse est allé voir Anelka. Sa réponse fut claire : non seulement il refusait de s'excuser, mais il ne voulait plus adresser la parole aux membres du staff. J'ai rappelé le président pour que l'on se voie avant midi afin de prendre une décision. Il se montra formel : « Il faut le renvoyer chez lui, pour le futur, pour l'image et pour l'exemple. »

Nous avons fini par joindre Patrice Evra. Qui se réveillait à peine et n'était au courant de rien. Devant son incompréhension d'une décision aussi radicale, je lui ai refait le film des deux jours écoulés : le refus d'Anelka de me serrer la main alors que je l'attendais devant la porte, son rejet de toute discussion, ce matin encore, quand il avait ignoré le staff. Dans la discussion, parce qu'il était capitaine, Evra a proposé : « Si je le vois et qu'il s'excuse, est-ce qu'il peut rester ? » Le président a répondu : « c'est possible », et nous avons fixé la condition : qu'Anelka s'excuse publiquement, devant le staff et l'équipe.

Evra nous a alors raconté l'histoire d'une star de Manchester United qui avait répondu à Ferguson. Ce dernier lui avait lancé : « La prochaine fois que tu me coupes la parole, tu ne joues plus ici. » C'était en interne. Et en interne, tout peut se régler, se contenir. Mais quand une affaire devient médiatique, impossible de la contrôler. En sortant de cette entrevue, j'ai demandé à Patrice Evra qu'il me pardonne de lui avoir donné le rôle de capitaine ; s'investir totalement dans cette équipe s'avérait une perte d'énergie puisqu'il s'est usé dans des tentatives perdues d'avance pour recoller les morceaux. Mais, au moins, il l'a fait.

Sa première question ? Savoir qui avait balancé. Il avait son idée. Chacun possédant la sienne, moi aussi. Lui soupçonnait Thierry Henry, sans aucune preuve bien sûr. J'ai évacué l'hypothèse : « C'est possible. Comme il est possible que ce soit quelqu'un d'autre. Et comme il peut s'agir de plusieurs autres. Mais on n'en sait rien. Donc on s'en fout. »

*

J'ai en fait rapidement compris que nous n'abritions pas une seule taupe, mais tout un bataillon ; chacun était relayé à l'extérieur par un entourage qui parlait. Le processus ? Un joueur a, semble-t-il, raconté à un journaliste ami, après le match, qu'il s'était passé quelque chose dans le vestiaire à la mi-temps, sans autre précision. Lorsqu'ils en ont entendu parler, les journalistes de *L'Équipe* ont recoupé diverses sources qui, à en croire les versions présentées par d'autres journaux, ne s'accordaient pas sur les mots exactement prononcés.

Je m'en fiche, des termes précis. Je n'ai pas entendu la phrase telle qu'elle a été imprimée à la « une » de *L'Équipe*. Tout ce que j'ai entendu, encore une fois, c'est : « Enculé, t'as qu'à la faire tout seul, ton équipe de merde. » Le titre aurait été un peu plus long, il aurait fallu une ligne supplémentaire, or ce ne sont pas vraiment les propos qui ont créé le cataclysme, mais la mise en scène.

Puisque l'on s'apprêtait à renvoyer Anelka chez lui, nous lui avons trouvé un avion. Comme il décollait à 14 h 30, il fallait aller vite. Et, là, la machine a déraillé. Nous aurions dû le convoquer illico, lui demander de s'excuser, et en cas de refus, l'exclure immédiatement. Le matin, j'avais lancé au président Escalettes : « Je ne veux plus le voir, qu'il s'en aille », mais j'ai surestimé sa capacité de décision. À un moment, Mohamed Sanhadji, le responsable de la sécurité, est venu vers moi : « Nico ne veut pas partir, raconta-t-il. Il veut dire au revoir aux autres. On ne peut quand même pas le faire partir de force… » Si, nous aurions dû.

Car c'est le sursis arraché par Patrice Evra qui a créé le malaise. Chacun a voulu dénicher la source de l'information, tout le monde a soupçonné tout le monde, et le débat s'est éloigné de la faute initiale : un joueur avait insulté le sélectionneur et refusait de s'excuser.

Le groupe s'est en effet engagé dans des discussions sans fin. D'autres ont proposé de se joindre à Evra pour rencontrer Anelka. Ils ont demandé à me voir seul, d'abord, puis dans une option postérieure, avec Evra, Anelka et moi réunis. Je refusais ces prétendues solutions, voulant qu'Anelka réponde à une seule question : était-il prêt à faire son *mea culpa*, et en public ?

À 15 h 30, Patrice Evra nous a informés n'avoir obtenu aucune réponse précise de ce dernier. En fait, Anelka acceptait de s'excuser auprès des joueurs et de moi, mais pas en public parce que son avocat lui avait conseillé d'intenter un procès à *L'Équipe* ; dès lors, des regrets officiels auraient affaibli sa position. Son avocat, d'ailleurs, se tenait aux portes de l'hôtel, soi-disant pour lui faire signer son nouveau contrat avec Chelsea ! En pleine Coupe du monde ? J'ai pris la décision définitive de l'exclure, le président étant d'accord avec moi. Anelka n'a pas essayé de me voir, confirmant qu'il ne se rendait compte de rien. Quand le président l'a averti de son exclusion, il n'a pas réagi : « J'accepte. Je serai toujours un incompris. » Voilà, lui, lui et encore lui ; tout le reste, par exemple la notion d'équipe, le dépasse.

Tandis qu'Evra et le président se rendaient à la conférence de presse, j'ai réuni les joueurs sur le stade, juste avant l'entraînement de fin d'après-midi, pour les informer. « J'ai décidé d'exclure "Nico" du groupe pour ses propos à la mi-temps de France-Mexique, mais surtout parce qu'il n'a pas voulu s'excuser et a refusé de me serrer la main le lendemain, leur déclarai-je. J'ai 58 ans, je ne pourrai jamais admettre d'être traité d'enculé par qui que ce soit. Je suis le sélectionneur jusqu'au bout, c'est moi qui prends les décisions et je n'accepterai pas cette attitude. Maintenant, s'il y en a qui ne sont pas d'accord et veulent aussi partir, aucun problème : c'est le moment, je vous attends. Mais le plus important reste le match que nous avons à jouer. »

J'ai eu l'impression de clarifier la situation en montrant que la sanction découlait non d'une réaction d'orgueil personnelle, mais du refus d'Anelka de s'excuser. Soit. Mais si l'entraînement fut plein de vie, la parenthèse se révéla bien courte. Car l'affaire, évidemment, a continué. Elle s'est emballée, même. Lorsque nous sommes revenus de l'entraînement, l'après-midi, Anelka se trouvait toujours là, et pas vraiment prêt à partir. Tout au long de la soirée, j'ai senti la montée en puissance de sa résolution qui aurait pu se résumer par un : « Je reste, et je vous emmerde. »

*

À la demande de certains joueurs, Abidal, Henry et Ribéry notamment, Anelka a pu dîner avec les autres. En fin de repas, ils se sont retrouvés dans un salon de l'hôtel, réunion terminée vers 22 heures. Même en ces circonstances, ils ont été incapables de susciter chez eux un petit élan de solidarité puisqu'il a fallu rameuter ceux déjà remontés dans leur chambre. À mes yeux, en toute franchise, ces derniers ne sont pas les moins coupables ; j'en veux autant aux joueurs ayant subi qu'à ceux qui ont lancé le mouvement.

Dans cette réunion, selon mes informations – comme disent les journalistes –, Thierry Henry aurait mené la danse. Les autres le soupçonnaient d'être la taupe mais lui les aurait retournés. Il serait même parvenu à souffler l'idée que j'aurais pu être la balance. J'ai du mal à y croire sans voir encore s'écrouler un peu de mes fondations. Pas « Titi », non, impossible ! Personnellement, je n'ai en fait jamais cru à l'existence d'un seul « corbeau », même si les joueurs s'en sont persuadés, conviction d'autant plus absurde que la plupart tenaient le récit d'un autre. À leurs yeux, il était en fait moralement plus confortable de charger une taupe hypothétique que d'admettre une responsabilité collective : tous ont parlé un peu à différentes personnes. Même dans la délation, ils se montraient donc incapables de jouer en équipe !

*

En marge des adieux à Anelka, les autres se réunissaient. Un conciliabule ici, une discussion là... Quand j'approchais, je voyais les regards fuyants, j'entendais les conversations s'interrompre. Quelque chose de lourd se préparait, mais rien ne filtrait. L'équipe s'était bouclée sur elle-même. Les palabres tournaient au complot.

Abidal est venu me voir en compagnie d'Evra. Depuis la veille, il voulait me livrer sa vision des choses et exprimer son ras-le-bol. De mon côté, j'en avais par-dessus la tête de ressasser les mêmes arguments depuis des heures, mais je lui ai patiemment expliqué l'enchaînement des faits. Il m'a écouté, visage tendu, regard sombre. Comme il était en désaccord avec notre décision, j'ai tenté de l'apaiser.

« Est-ce que tu peux comprendre que je ne partage pas ton point de vue ? Est-ce que l'on pouvait réagir autrement dans la mesure où Nico ne voulait pas présenter d'excuses publiques ? Après la parution dans *L'Équipe*, ça devenait une affaire politique et c'était au président de décider...

– Mais pourquoi la taupe n'est pas virée ?

– Si tu la connais, je suis d'accord avec toi. Mais il faut des preuves. Et des preuves, tu n'en as aucune. Et personne n'en a. Il faut se méfier des rumeurs, Éric, elles ont fait suffisamment de mal à l'équipe. »

Alors, il a ouvert les vannes en grand et la rancœur est sortie. Abidal a repris tout ce qui n'allait pas selon lui depuis 2008 : il n'éprouvait plus de plaisir à venir en équipe de France et ne supportait plus certains de ses coéquipiers, Gallas, notamment, alors que j'avais misé sur leur association pour ma charnière centrale. Il a par ailleurs avoué qu'il se sentait coincé entre jeunes et anciens et s'ennuyait à tous les entraînements, que la vidéo lui pesait et ne servait à rien, qu'en un mot il n'en pouvait plus.

Je l'ai laissé dérouler ses reproches et récrimination jusqu'au bout afin qu'il se libère. Puis j'ai répondu :

« Dommage que tu ne m'aies pas dit tout ça avant ! Mais je t'ai écouté, et il doit y avoir du vrai dans ce que tu dis. »

J'ai tenté de le récupérer et de le faire jouer le mardi suivant contre l'Afrique du Sud à la place de Gallas, mais il était au bout du rouleau, répétant qu'il ne fallait pas compter sur lui. J'ai essayé de lui montrer qu'en renonçant à jouer il m'enlevait tout choix et allait dans le sens de ceux qu'il rejetait, mais il n'entendait rien. Lui aussi, avec ses mots et son ressenti, s'effondrait, victime de la déliquescence de l'équipe et de la perte du sentiment collectif. Comment lui en faire grief ?

Avec le recul, je le craignais au bord de la dépression, tant alternaient chez lui des instants de grande excitation et d'autres d'abattement rongeant son énergie. Peut-être n'avait-il pas la carrure pour supporter les tensions de l'équipe de France, et je me dis, sans avoir recours à la psychologie de comptoir, qu'il s'agissait sans doute des raisons de ses expulsions et des erreurs qu'il avait commises avec nous. Il s'est rendu compte, en Afrique du Sud, qu'il ne pouvait supporter une telle situation alors qu'à Barcelone, l'équipe assumait la pression pour lui. Éric n'est pas bête, il est sympa, mais n'a pas vu qu'il déversait sur les autres la tension qui le submergeait, insufflant la révolte dans le bus en tapant sur les vitres. Je pense qu'il n'était pas en état de recevoir ce qu'on lui montrait, et son rejet de la vidéo en était le symbole. Contre l'Italie, à l'Euro 2008, il y avait un seul adversaire à surveiller, Luca Toni, mais Éric s'est fait prendre sur l'action qui a provoqué le penalty et son expulsion. Ne pas regarder dans la bonne direction, à ce moment de l'histoire, en Afrique du Sud, consistait à rechercher seulement la taupe. C'est ce qu'il faisait.

*

Le lendemain matin, impossible de sortir l'affaire Anelka de ma tête. Elle polluait tout.

La preuve, ce dimanche-là, je me suis rendu sur le plateau de Téléfoot rejoindre Bixente Lizarazu et Vincent Duluc, de *L'Équipe*. Évidemment, le sujet occupait tous les esprits. À ma propre surprise, je me sentis calme, résolu à expliquer les événements. Sans cesse j'ai tenté de ramener la discussion au match à venir et à notre objectif : battre l'Afrique du Sud par deux buts d'écart en espérant un nul entre le Mexique et l'Uruguay.

Tout le monde s'en souvient : Franck Ribéry a alors déboulé au milieu de l'émission, quand personne ne l'attendait. Il est arrivé en claquettes, s'est installé à côté de moi, a pris le micro et ne l'a plus lâché. Il n'était pas là pour défendre l'équipe, mais en colère parce que des chaînes de télé affirmaient en boucle qu'il s'était battu dans l'avion du retour de Polokwane avec Yoann Gourcuff. La scène était surréaliste. Sur le coup, quand je l'ai vu exprimer la souffrance d'avoir déçu la France, demander pardon et promettre de se battre lors du prochain match, j'ai trouvé qu'il avait fait preuve d'une certaine émotion. Mais je ne sais toujours pas, aujourd'hui, si celle-ci fut jouée ou réellement ressentie. S'il l'a jouée, il s'est moqué du monde puisqu'il savait que, quelques heures plus tard, il ferait la grève de l'entraînement. S'il l'a vraiment ressentie, cela pose un autre problème. Soit il a misé sur toutes les cases pour se protéger, soit il a improvisé cette apparition télévisée dans une impulsion dénuée de la moindre logique. Option possible en vérité : Ribéry est capable de défendre avec la même sincérité deux positions inverses à cinq minutes d'intervalle.

Après son show, j'ai essayé d'enchaîner : « Vous voyez bien que les joueurs sont conscients de leur faute. » J'aurais pu me dispenser de cet élan d'optimisme.

*

À la sortie du plateau, en croisant Patrice Evra, son air fuyant et gêné m'a alerté. Il fallait d'emblée le mettre en garde :

« Faites bien gaffe à ce que vous allez faire, les gars. Réfléchis et demande aux autres de peser leurs actes. N'oublie pas que vous portez le maillot de la France, que vous représentez votre pays, et qu'en tant que capitaine tu es responsable de l'équipe. »

Nous avons alors engagé une vraie discussion. Mais lui est resté mystérieux : « Je ne peux pas vous dire. Mais vous n'imaginez même pas... » Il s'apprêtait à revoir les joueurs, et je sais qu'il a transmis le message.

L'épisode du car a débuté deux heures plus tard.

9

Dernier acte

Après les mises en garde, les prises de bec, les engueulades, les hésitations, tous mes efforts infructueux et les étonnants propos d'Escalettes, après surtout la lecture du texte qui annonçait la grève, il était impensable que je monte dans le bus avec les joueurs. Je suis donc rentré en voiture à l'hôtel, seul.

L'équipe de France venait de se crucifier ; en public, direct et mondovision. Jusqu'à présent, le combat ne concernait qu'Anelka, moi, la Fédération et les médias. Mais, en une heure, il était devenu celui du monde entier contre eux. Peut-être les joueurs s'en rendraient-ils compte ; peut-être pas. De toute façon, il était trop tard. La machine infernale s'était mise en marche et entraînait tous les Bleus vers l'abîme. Personne ne pourrait l'arrêter.

En rentrant à l'hôtel, les joueurs ont réalisé ce qu'ils avaient fait. Leur grève venait d'être diffusée en direct sur toutes les télés françaises et leurs téléphones débordaient maintenant de messages honteux ou scandalisés de leur famille et de leurs proches. Je ne risquais pas de les plaindre de ce douloureux retour sur terre.

Par-dessus le marché, ils ont trouvé le moyen de faire la grève des massages et des soins, à quarante-huit heures de notre troisième match de Coupe du monde. Je me trouvais dans le hall de l'hôtel quand je l'ai appris, et j'ai explosé. Je suis parti en disant assez fort pour que tout le monde m'entende : « Je me casse ! Je n'ai plus rien à foutre de cette bande de débiles… » J'ai même demandé qu'on me trouve un billet d'avion et suis allé dans ma chambre. Mon annonce a provoqué une sorte de ballet à ma porte. Les membres du staff et un joueur ont eu le courage de venir frapper, dont Djibril Cissé :

« Coach, je voulais vous dire que j'avais un peu honte de n'avoir rien dit, rien fait. Les joueurs n'étaient pas tous d'accord avec cette grève. On regrette tous, maintenant. Personnellement, je ne veux pas que vous partiez, pas comme ça…

– C'est sympa, merci, mais le mal est fait… Qui était en faveur de la grève ?

– Deux ou trois joueurs, au départ, pas plus… »

Je ne lui ai pas demandé les noms, ça n'avait plus d'importance ; j'en voulais autant à ceux qui avaient lancé le mouvement qu'à ceux qui l'avaient suivi. Djibril a confirmé la thèse de la terreur indirecte que je pressentais, bien que je la considère comme une explication et sûrement pas une circonstance atténuante.

J'ai fini par quitter ma chambre et par retrouver quelques membres du staff et de la délégation au bar de l'hôtel où j'ai noyé mon désespoir dans la bière, avant d'annoncer que ce n'était qu'un mouvement d'humeur, que mes mots avaient dépassé ma pensée et que je resterais avec l'équipe jusqu'au bout.

*

J'ai tenté de comprendre les joueurs, mais seulement le temps de les infléchir. Après la radicalisation de leur mouvement, je n'ai plus eu envie de comprendre, ni de pardonner. Même s'ils n'avaient pas agi directement contre moi, mais contre la décision prise par la Fédération, je ne risquais pas de leur trouver la moindre excuse. Aucun joueur n'a le droit de saboter une Coupe du monde, même si une injustice a été commise. Alors, quand il n'y a pas d'injustice…

Lorsqu'il était le président de la Ligue amateurs, un marchepied pour accéder à la présidence de la Fédération française, Jean-Pierre Escalettes avait toujours senti les choses en établissant un bon contact avec les jeunes générations. Mais confronté à un autre monde, à des enjeux très lourds et à une pression médiatique auxquels son histoire personnelle ne l'avait pas préparé, il n'a pas su s'adapter à ce monde-là. La crise de Knysna a été aussi, ou d'abord, une crise du pouvoir. Face à la certitude de mon remplacement par Laurent Blanc, le mien était devenu éphémère ; celui du président était défaillant. Celui-ci s'est avoué dépassé par les événements, et pour sa défense, il y avait de quoi.

L'absence des dirigeants majeurs du football professionnel a pesé dans cette vacance d'un pouvoir fort. S'ils avaient été présents sur place, comme auprès de l'équipe de France en 2006, Jean-Michel Aulas et Noël Le Graët auraient désamorcé la bombe ; car eux savent négocier des indignations passagères. Jean-Michel Aulas, en tant que président de Lyon, n'aurait pas laissé ses joueurs atteindre indirectement l'image de son club. Les joueurs auraient senti les limites à ne pas franchir, ainsi que les conséquences. Quant à Noël Le Graët, il aurait aplani les problèmes. Mais les grandes catastrophes sont toujours le résultat d'une succession de petits événements. J'ai repensé à sa proposition de nous rejoindre quelques jours plus tôt. Je lui avais répondu de venir au troisième match parce qu'il n'y avait rien d'urgent à gérer. Je m'en mords encore les doigts, pour être poli.

Face à eux, dans ces jours poisseux dont le souvenir ranime le même malaise en moi, les joueurs n'ont trouvé qu'un pouvoir fédéral mou. Livrés à eux-mêmes et à l'influence de quelques-uns, sans cadre ni repères, ils sont redevenus des enfants perdus capables de tout, en l'occurrence de n'importe quoi.

*

À Bloemfontein, il était impossible de penser au match ; du moins de ne penser qu'au match. Chaque discussion ou attitude nous ramenaient à ce que l'on venait de vivre. Mais ma tâche consistait à préparer une dernière rencontre de Coupe du monde ; mathématiquement, tout était envisageable, même si concrètement, un miracle me semblait impossible.

En arrivant à l'entraînement, alors qu'Abidal m'avait confirmé sa décision de ne pas disputer ce troisième match, j'ai prévenu Patrice Evra que je n'allais pas le faire jouer parce qu'il était cuit physiquement ; c'est le seul que j'ai averti, par respect pour ce qu'il avait subi en tant que capitaine. Sa réponse est sortie comme un aveu : « Vous me lâchez, coach… » J'ai compris que, malgré l'état de sa forme, il voulait effacer l'image de la grève. Il a ainsi fourni la preuve que le seul capitaine possible de cette équipe était Thierry Henry, ce qu'Evra ne doit pas prendre mal : dans cette équipe, il était impensable d'être performant soi-même tout en s'investissant dans les querelles ou états d'âme des autres, et lui s'était vraiment investi. Thierry Henry était le seul à pouvoir être capitaine parce qu'il se serait peu occupé des problèmes des autres.

Je n'ai pas laissé les joueurs s'ébattre en descendant du car maudit : « J'espère et je sais maintenant que vous mesurez l'impact de votre décision. Je regrette de ne pas avoir trouvé des mots assez forts pour vous faire descendre de ce bus. On a tout essayé, sauf la force. Je faisais trop confiance à votre intelligence et à votre lucidité. Quelqu'un a dit que c'était votre meilleure action collective de toute la Coupe du monde. C'est exactement ça. Mais il reste un match, celui qui permettrait de tout rattraper, de tout racheter. Pour cela, il faut le jouer et si certains ne s'en sentent pas capables, c'est le moment de le dire. »

Patrice Evra est intervenu :

« Et pour ceux qui veulent jouer et que vous ne voulez pas faire jouer ?

– Ce n'est pas la question. Je suis sélectionneur jusqu'au bout et je composerai l'équipe qui me paraît la meilleure. La seule question que je pose est : qui ne veut pas jouer ? Personne ? Très bien. »

*

Certains joueurs qui sont passés devant moi, à l'entraînement, m'ont glissé un mot. Je les sentais catastrophés par la situation. À la fin de la séance, Bacary Sagna a même rétorqué à Thierry Henry : « Tu dis que je ne dis jamais rien, eh bien là, je parle ! » C'était la première et la dernière fois que je l'entendais élever la voix ainsi ; dommage qu'il ne l'ait pas fait plus tôt.

En descendant de l'avion à Bloemfontein, Patrice Evra voulait participer avec moi à la conférence de presse d'avant-match. J'ai tranché et dit à François

Manardo, mon attaché de presse : « Je ne veux aucun joueur là-bas. Ils ont proféré assez de conneries. » Le ridicule peut tuer, parfois. Je suis parti immédiatement, parce que j'étais assis au premier rang de l'avion. Mais quand je suis monté dans la voiture qui nous attendait sur le tarmac, Manardo regardait autour de lui :

« Raymond, attends, Pat' arrive…

– Je m'en fous, je ne veux pas de joueurs ! »

Pendant le trajet, Evra a appelé Manardo sur son portable, à qui j'ai lancé, avant qu'il prenne l'appel : « Dis-lui que je refuse qu'il vienne… » Mon attaché de presse a préféré expliquer que nous avions dû partir vite, et avec un immense courage suscitant chez moi une bouffée de mépris, a dit à Evra : « Le coach est à côté de moi, je te le passe… »

Je n'ai pas dévié : « Je ne veux pas que tu viennes, c'est vrai. Tu peux me dire tout ce que tu veux, j'y vais seul. Déjà que vous vous faites la guerre… Et puis, tu te feras bouffer par la presse, tu n'auras pas les épaules assez larges pour supporter ce qui te tombera dessus. Si c'est pour dire que tu t'excuses comme Franck Ribéry dimanche matin avant de faire la grève l'après-midi, laisse tomber. »

Je me suis donc présenté seul devant les journalistes auxquels j'ai expliqué être solidaire de la Fédération dans la sanction contre Anelka, donné les raisons pour lesquelles j'avais lu le communiqué, et parlé du match contre l'Afrique du Sud.

*

La journée n'était pas terminée. La ministre, Roselyne Bachelot, désirait nous voir à Bloemfontein.

Elle devait nous transmettre un message du président de la République.

Avant la Coupe du monde, Nicolas Sarkozy m'avait invité à l'Élysée pour une discussion tellement informelle qu'à la fin, je m'étais demandé ce qu'il voulait. Je pense qu'il me sondait, en fait, pour savoir si l'équipe de France avait une chance, s'il devait, politiquement, anticiper la victoire ou la défaite. Nous avions parlé de l'équipe, des joueurs. Il a suivi son intuition ; il ne s'est pas rendu en Afrique du Sud, très certainement parce qu'il avait senti que je ne maîtrisais pas la situation. Il avait laissé Rama Yade, la secrétaire d'État aux Sports, assurer le job en compagnie de Roselyne Bachelot, sa ministre de tutelle. C'était à celle qui se montrerait le plus.

À Bloemfontein, la ministre a donc vu le staff, puis les joueurs, avec lesquels elle a voulu converser hors de notre présence. Elle avait donc besoin de séparer l'équipe de France du staff pour parler de solidarité ? Personne n'a été dupe de quoi que ce soit, sauf peut-être elle. Un de ses conseillers a dit, en sortant : « Elle a été parfaite, elle leur a parlé comme une mère, j'avais les larmes aux yeux. » J'ai su très vite que certains joueurs, effectivement, avaient senti des larmes leur monter aux yeux, mais elles n'étaient pas vraiment dues à la même émotion. Ni la ministre, ni ses conseillers n'appartenaient à ce monde. « Comme une mère ? » Je ne sais toujours pas s'il faut en rire ou avoir pitié. Quelques jours plus tard, à l'Assemblée nationale, rendue à l'habituelle démagogie, Roselyne Bachelot se présentait encore comme une mère en évoquant « des caïds immatures ». Puis la machine politique s'est mise en marche, et dans ces cas-là, elle tourne toujours dans le même sens. Quand une radio déclenche une pétition pour que les joueurs rendent les primes, on retrouve la même démagogie, le même populisme. Je ne dis pas qu'il ne fallait pas le faire, mais tirer d'abord les leçons de cette catastrophe, et non l'instrumentaliser, s'imposait.

*

Le mardi 22 juin, à Bloemfontein, j'ai vécu ma dernière journée de sélectionneur en exercice. Lors de la causerie, quand j'ai annoncé une composition d'équipe où il ne figurait pas, Thierry Henry se trouvait dans ma ligne de mire. Il arborait un sourire en coin qui signifiait : « Maintenant que tu m'as déclaré la guerre. Tu vas voir… » J'ai bâti une équipe en me demandant si tout le monde aurait les épaules assez solides pour supporter le séisme qui venait de nous secouer. J'ai mis Gignac sur le côté droit en songeant qu'il n'avait sans doute pas les armes pour s'adapter aux subtilités de ce poste, mais qu'il pouvait marquer.

Il n'y a pas eu vraiment de match. À 1-0 pour l'Afrique du Sud, Gourcuff a été expulsé et la Coupe du monde s'est terminée sur une nouvelle défaite (1-2). Nous n'avions bénéficié d'aucune rédemption ni pardon.

*

Je ne veux pas réécrire l'histoire. Je l'ai écrite une fois, déjà, dans la brûlure de ces journées douloureuses. Voici la trace de ce mardi 22 juin, tel qu'il figure dans mon journal de bord se rapprochant des pages blanches finales.

« Après l'expulsion de Gourcuff, j'aurais dû tout de suite sortir Gignac, qui venait de manquer une occasion monumentale et en gâcher une autre pour Cissé. C'est là que je sens que j'aurais dû arrêter… Je voulais faire entrer Govou tout de suite, c'est même ce que j'ai dit à Ribéry qui me demandait comment on allait s'organiser à dix contre onze. Mais derrière moi, une partie du staff a insisté : "Il faut garder un attaquant, nous allons devoir marquer…" Qu'ils puissent le dire de cette manière signifie qu'ils avaient senti mes hésitations. Elles étaient évidentes. J'ai reculé encore et encore le moment de la décision. J'ai attendu la mi-temps, attendu le deuxième but. C'est ce que tout le monde devrait me reprocher, ça, plus que tout le reste : je n'ai plus pesé sur les matches, j'ai subi celui-là et les divergences de mon staff, je n'avais plus d'énergie, je ne voyais plus rien. J'étais usé. Pendant que je flottais, le staff m'a convaincu de faire rentrer Henry, alors que j'avais expliqué avant la rencontre que je préférerais encore mettre Réveillère avant-centre. Mais la messe était dite, ils ont eu raison, c'était son dernier match, c'était contre l'Afrique du Sud, comme pour sa première sélection. Un moment important pour son histoire. La mienne, moi, me conduira sur l'échafaud.

À la fin du match, Thierry ne parlait pas de l'élimination, seulement de son nom figurant dans l'interview d'un dirigeant de la Fédération publiée par *La Charente libre* et le désignant comme un meneur de la grève.

[…]

Retour à Knysna pour faire les valises. J'avais la tête dans le brouillard, mais en arrivant, j'ai convoqué tout le monde pour tirer un trait et surtout les prévenir de ce qui allait arriver, des conséquences du grand déballage. J'ai commencé par : "C'est fini pour moi." J'ai utilisé un peu de pommade en les remerciant de ce que nous avions tous vécu, moments extraordinaires dans les deux sens du terme : "Pour moi, cela fait six ans, et c'est fini, mais pour d'autres, cela continue en août et en septembre. Il faudra se qualifier pour l'Euro 2012 et la meilleure chose à faire sera de se taire. Personne n'a rien à y gagner." Ils ont cru, les inconscients, que je cherchais à me protéger. J'ai eu beau leur expliquer que rien ne me protégerait, qu'il faudrait que je quitte la France pour être en paix, ils n'ont rien saisi. Ils verront eux-mêmes les conséquences. Patrice Evra a avancé qu'il raconterait tout dans une conférence de presse. Que peut-il dire ? Qu'on l'a empêché de parler ? C'est vrai. Qu'ils étaient tous d'accord ? Je m'en fiche.

"Titi" a alors pris la parole. L'atmosphère était lourde, on était éliminés au premier tour, dans des circonstances accablantes, la France avait honte et le monde entier se moquait de nous : lui, les larmes aux yeux, a expliqué que c'était dur de s'exprimer devant tout le monde. J'ai pensé qu'il allait parler de l'équipe ; non, il voulait annoncer qu'il venait de jouer son dernier match en équipe de France. Il a parlé de lui. Et a suscité des applaudissements minimes de politesse. Drôle de moment : lui se voyait comme une référence et un grand frère, mais, à cet instant-là, certains de ses coéquipiers continuaient de se demander s'il n'était pas la taupe. Lui qui avait déjà raté sa centième sélection, qui était sorti sous les sifflets – j'avais trouvé cela honteux de la part du public français –, voir le terme de son immense carrière en équipe de France polluée par un bus, quelle fin injuste. Il aurait mérité un plus beau départ. Même à ce moment-là, je n'ai pu m'empêcher de penser à tout ce que nous avions vécu ensemble et à tout ce qu'il nous avait apporté.

Quand les joueurs sont sortis, Djibril Cissé pleurait.

Je suis allé me coucher après quelques bières. Enfin,

quelques litres. Nous sommes restés ensemble, les membres du staff et moi. Nous n'avons même pas dîné avec les joueurs. Quand on est entraîneur, il faut les aimer, eux ou ce qu'ils représentent ; mais je n'ai plus d'amour. Juste envie de dormir, enfin. »

*

Le lendemain, au milieu des valises, le poids était toujours là. Je ne pouvais toujours pas regarder mes joueurs, ni les aimer. Or il fallait encore simuler pour la cérémonie des adieux. J'ai essayé de convaincre Patrice Evra que l'intérêt des Bleus était de se taire, que leur grève avait eu une portée politique, que le Front national se frottait les mains. Je lui ai rappelé que je n'avais joué aucun rôle dans la divulgation de l'incident Anelka. Puis il m'a lancé :

« Vous m'en voulez ?

– De quoi ?

– De ne pas vous avoir raconté, un peu, ce qu'on avait l'intention de faire…

– Si tu me l'avais rapporté la veille, j'aurais trouvé le moyen de vous faire parler, de crever l'abcès. Au moins, on ne serait pas allés sur le terrain d'entraînement… En tant que capitaine, tu devais me le dire. Maintenant, c'est fini, pars en vacances… »

Nous avons appris peu après que Thierry Henry allait voir le président de la République à sa demande, et nous sommes demandés si nous ne rêvions pas. Lui-même me le confirma lors d'un bref échange.

« Titi, on s'est ratés, toi et moi, ces quinze derniers jours…

– Coach, en étant remplaçant, ma position s'est fragilisée. Ils faisaient des réunions sans moi. Vous m'avez entendu dans le bus, je leur ai dit de mesurer les conséquences. Mais j'étais solidaire, je ne serais pas sorti du car.

– Pourquoi tu avais pris tes chaussures, alors ? »

Il ne trouva rien à répondre, phénomène rare chez lui.

J'ai croisé aussi Gourcuff et me suis inquiété de son avenir quand je l'ai entendu me reprocher à nouveau de ne pas l'avoir protégé des autres joueurs. Comment être un leader ou la figure majeure d'une équipe dans ces conditions ?

Sidney Govou est venu, de son côté, me remercier de tout. J'ai souri :

« De tout ce bordel ?

– Oui, de ça aussi… »

Avant de partir, un joueur s'est approché de moi en rigolant : « Coach, vous ne pouvez pas dire au président qu'il arrête de jouer au flipper ? » En soi, que le président de la Fédération joue au flipper n'était pas grave, mais aux yeux des joueurs, le voir se comporter ainsi dans de tels moments justifiait ce qu'ils pensaient de la Fédération. Une incompréhension de plus.

*

Personnellement, il y avait longtemps que je ne souriais plus. Je n'en pouvais plus d'entendre chacun donner son avis sur tout et tous. J'avais juste envie de vomir, de crier, de partir.

Je m'étais planté, je le sais et l'assume. Mais que je me sois trompé à ce point-là sur les joueurs, je n'aurais pu l'imaginer. Je ne me suis pas seulement planté sur leur niveau, je me suis fourvoyé sur leur mental. Deux ans après, je ne comprends toujours pas comment certains d'entre eux ont pu se montrer aussi faibles et inconscients. Et j'en veux surtout à ceux que j'ai soutenus pendant des mois et imposés en me faisant massacrer par la presse. Je n'ai pas vu une seule lueur de reconnaissance dans leurs yeux, alors qu'ils me devaient tant. Conclusion : je ne suis sans doute plus fait pour ce monde. Les autres, je savais comment ils fonctionnaient, ils ne m'ont surpris en rien. Mais ceux pour lesquels je m'étais battu aussi longtemps auraient dû, au moins, avoir le courage de me dire ce qui n'allait pas.

À l'arrivée, à Paris, les joueurs m'ont salué les yeux dans les yeux, à deux exceptions près. Toulalan, je ne sais pas, je ne l'ai pas vu. Mais Gallas, lui, incapable d'assumer sa détestation, a fait semblant de ne pas me voir.

Je suis rentré chez moi. Les paparazzi attendaient sur la terrasse du restaurant d'en face. Ma carrière de sélectionneur était terminée et l'été ne faisait que commencer.

*

Dix jours plus tard, le 2 juillet, au siège de la Fédération, à Paris, s'est tenu un conseil fédéral de crise. Il fallait raconter, tirer les leçons, se dédouaner, promettre. Je parle des autres. Moi, je n'avais rien à jouer, rien à gagner ni à perdre. Je n'étais déjà plus là. Le président a rappelé le déroulement de l'affaire avant de me donner la parole. Mes propos sont restés dans le vague. « J'espère une chose, c'est que dans quelques mois, une fois l'équipe de France reconstruite, on pourra dire que c'est seulement ma gestion de l'équipe et mon mode de fonctionnement qui ont provoqué ce désastre. » Et de sous-entendre que je n'en pensais pas un mot, puisque, ensuite, j'ai parlé d'éducation et de la nécessité de chercher des solutions réelles – et non se contenter de boucs émissaires – pour qu'une telle catastrophe ne se reproduise pas. Après les événements de l'Euro 2012, j'espère que certains se souviennent de cette mise en garde exprimée sous forme de boutade, mais quasi prophétique.

Gervais Martel, le président de Lens, est intervenu pour me reprocher de n'avoir rien dit au président, juste après France-Mexique, sur l'incident avec Anelka. Comment répondre, devant cette assemblée, que je ne pouvais pas tout raconter au président, ayant trop peur de retrouver les infos dans le journal du lendemain ? D'accord, c'était quand même dans le journal…

Lilian Thuram, alors membre de ce conseil fédéral, s'est livré à un réquisitoire : « Le sélectionneur avait perdu le pouvoir sur les joueurs, et la Fédération sur le sélectionneur. Les joueurs ? Nous avons affaire à des (…), et avec eux on ne sait jamais ce qui va se passer. Plus on leur donne de pouvoir, plus ils sont imprévisibles. » Il en voulait à Ribéry qu'il considérait depuis le début comme dangereux et manipulateur ; mais aussi au capitaine, Patrice Evra, à Thierry Henry, à Éric Abidal. Enfin il s'en est pris au président, l'accusant d'avoir fragilisé le poste de sélectionneur, et révélant lui avoir parlé au téléphone après l'annonce de la venue de Blanc.

« Mais je n'ai pas donné son seul nom, a nuancé Escalettes. Il y en avait d'autres.

– Bien sûr, a enchaîné Lilian. Mais vous vous rappelez sans doute m'avoir dit que vous aviez ouvert d'autres pistes pour noyer l'information… »

J'ai gardé le silence. Le président s'est mis en colère :

« Je sais pourquoi je pars, maintenant ! Si c'est pour être traité de la sorte... »

Thuram a réclamé qu'Evra ne soit plus jamais sélectionné en équipe de France, a demandé à ce que l'on entende tous les responsables un par un et que des sanctions financières soient prises.

À la fin du débat, le président m'a invité à sortir car il allait parler de la gouvernance. Je ne faisais plus partie de la maison, et il venait de me le signifier.

*

Le foot continuait. La Coupe du monde aussi. L'Uruguay était en demi-finale, m'arrachant d'autres regrets. Je venais de comprendre, enfin : nous avions traversé la compétition sans identité de jeu. Seul notre premier match contre l'Uruguay, justement, avait été clair sur ce plan-là : nous avions défendu en restant solides. Après, nous n'avions plus vraiment su si notre point fort se situait en attaque ou en défense. Il aurait fallu faire un choix : défendre, ne pas compter sur la force de nos attaquants, nous soustraire à eux et, ainsi, à une large partie des problèmes. Cela m'est apparu nettement en un éclair. Mais il était trop tard ; la définition même des regrets.

*

Parmi ce que l'on m'a reproché figure en bonne place mon refus de serrer la main du sélectionneur brésilien de l'Afrique du Sud, Carlos Alberto Parreira. Il faut donc que je m'en explique.

Tout le monde a oublié ses déclarations après notre match de barrages contre l'Irlande ; il avait affirmé qu'Henry était un tricheur et que nous devrions avoir honte de nous qualifier dans de telles conditions. Ses propos m'avaient révolté. Comme je l'ai déjà dit, c'est l'erreur d'arbitrage qui avait entraîné cette affaire, pas Thierry Henry.

Certains ont argué que mon geste portait atteinte à l'image de la France alors que celui-ci était une réaction contre un homme qui l'avait traînée dans la boue. J'ai refusé de lui serrer la main afin de demeurer fidèle à mes principes et rester solidaire de mon équipe.

*

J'ai tout connu : conseil fédéral, commission d'information, commission d'enquête, Assemblée nationale, commission de discipline. Au fil de l'été, j'ai pensé que ma colère se calmerait, mais elle s'est transformée en haine. Or je n'ai pas aimé ce sentiment qui ne m'apaisait pas. Sans doute parce que rien n'aurait pu m'apaiser.

Fin juillet, devant la commission d'enquête, j'ai une nouvelle fois répondu aux questions précises par un propos général qui voulait conduire mes interlocuteurs vers une réflexion plus utile. J'ai essayé : « Les joueurs ne sont que le fruit d'une génération, d'une culture. Ce qui a créé le plus de dégâts, ce n'est pas l'incident de la mi-temps. Cet incident était réglé ; il s'agissait d'un simple problème de vestiaire comme il en arrive dans tous les clubs. Et puis la Coupe du monde d'Anelka était terminée, on serait facilement passé à autre chose. Le problème, cela a été la une de *L'Équipe* et l'affaire de la taupe. Ne lancez pas une chasse aux sorcières, mais utilisez cette faute pour recadrer tout le monde et renforcer le pouvoir du sélectionneur et de la Fédération. Les joueurs doivent comprendre qu'ils perdent tout droit et n'assument que des devoirs quand ils sont choisis en sélection nationale. »

Mon passage devant la commission des affaires culturelles de l'Assemblée nationale a été une parodie. À l'extérieur, on a battu un record de caméras au mètre carré, paraît-il, ce qui était me faire beaucoup d'honneur, car j'ai vu ce jour-là plus de photographes que si j'avais monté les marches à Cannes. À l'intérieur, les parlementaires avaient donné leur accord pour que LCP diffuse la séance en direct. Ils étaient bien gentils, mais face à la télé ils se seraient livrés à leur numéro habituel, et je n'avais ni besoin ni envie de ce genre de choses. Il m'a fallu convaincre mon président que les débats ne devaient pas être retransmis en direct, même s'ils étaient filmés.

J'ai été abasourdi par l'ampleur que cette affaire avait prise. Jean-François Copé a posé la première question, suivi par d'autres qui étaient venus faire un show politique à nos dépens même si l'absence de retransmission en direct les décevait. Leur chance est que je ne me souvienne jamais des noms. Les questions s'éternisaient. Quand ils arrivaient enfin au bout, je n'avais aucune idée du point de départ.

Mais sur Twitter, certains parlementaires ont commencé à raconter exactement ce qui se passait, en direct ! C'était donc ça, leur vision d'une commission parlementaire ? Et ces gens-là prétendaient donner des leçons ? Cet été-là, le pays a sans doute eu honte de l'équipe de France ; pour ma part, j'ai eu honte de notre élite politique.

*

Plus tard, lorsque la commission de discipline de la Fédération décida de suspendre Anelka, Evra, Ribéry et Toulalan, j'ai disculpé Abidal du soupçon d'abandon de poste. Je ne pouvais avoir demandé à chaque joueur s'il se sentait prêt et condamner celui qui m'avait répondu avec sincérité. Nos attitudes, la sienne comme la mienne, avaient été claires. La commission de discipline ne m'a d'ailleurs interrogé que sur son cas ; elle ne m'a rien demandé sur les autres.

*

Ma carrière de sélectionneur n'a pas été facile et confortable. Tous mes lauriers avaient des épines. Il me reste le souvenir des polémiques et des tempêtes, surtout entre l'Euro 2008 et la Coupe du monde 2010, avec la remise en cause permanente de ma position et de mes compétences.

La presse ne m'a pas laissé de repos ; il est vrai que ce n'était pas son rôle. Simplement elle a utilisé une méthode à mes yeux discutable en s'appuyant sur les avis d'anciens joueurs devenus consultants. Robert Pires a eu peu d'influence, parce qu'il n'est pas devenu un consultant important. Mais Bixente Lizarazu et Christophe Dugarry ne m'ont pas lâché. J'ai eu droit de leur part à des reproches que je m'adressais à moi-même, sur ma communication et ma stratégie changeante. Mais ils ne connaissent rien du métier d'entraîneur ni de responsable au sens large : ils ont choisi le pouvoir sans la responsabilité, suprême confort. Ils ont passé leur temps à dire après ce qu'il aurait fallu faire avant.

Ils ont oublié leur opinion sur les journalistes et les consultants quand eux-mêmes étaient encore des acteurs du foot. Je me souviens d'une explication avec Bixente

Lizarazu à l'époque où il ne m'épargnait guère. Je lui ai rappelé être venu le voir en 2004 pour le convaincre de reprendre du service dans l'équipe de France, et avoir appris quelques jours plus tard par un tiers qu'il déclinait l'offre.

« Pourquoi tu ne me l'as pas dit toi-même, avec la franchise que tu affiches aujourd'hui dès que tu parles de l'équipe de France ? Tu étais pourtant concerné au premier chef.

– C'est que vos arguments ne m'avaient pas convaincu.

– Je veux bien te croire. Mais tu ne me l'as pas dit en face ; tu l'as fait dire. Comme quoi il est toujours plus facile de parler des autres que de soi-même. Ce serait bien que tu t'en souviennes quand tu expliques ce qu'il faudrait faire aujourd'hui… »

Les anciens joueurs devenus donneurs de leçons ont la mémoire courte. Jean-Michel Larqué se souvient-il de son glorieux palmarès en équipe de France et comme entraîneur de club ? Bixente et Christophe appartenaient à l'équipe de France qui, en 2002, à l'issue de trois matches ratés, n'est pas parvenue à passer le premier tour de la Coupe du monde. Ils savent donc d'expérience combien il en coûte, d'appartenir à des Bleus qui ne savent pas définir une stratégie et n'obtiennent pas de résultats. Ils connaissent les jours de galère où rien ne marche et où tout le monde s'use à donner des conseils qui se perdent dans le vent. Ils savent tout de l'exaspération de celui qui joue face à la suffisance de ceux qui jugent au fond de leur fauteuil ; mais ils ont oublié.

*

Mon journal atteste que j'ai continué de me battre, mais tout en me sentant peu à peu abandonné par l'énergie des premières années. J'ai voulu garder en tête, combat après combat, les vers célèbres de Cyrano :

Ha ! ha ! les Compromis,
Les Préjugés, les Lâchetés !... Que je pactise ?
Jamais, jamais ! – Ah te voilà, toi, la Sottise !
– Je sais bien qu'à la fin vous me mettrez à bas ;
N'importe : je me bats ! je me bats ! je me bats !
(Oui, vous m'arrachez tout, le laurier et la rose !
  Arrachez ! Il y a malgré vous quelque chose
Que j'emporte, et ce soir, quand j'entrerai chez Dieu,
  Mon salut balaiera largement le seuil bleu,
Quelque chose que sans un pli, sans une tache,
  J'emporte malgré vous, et c'est, c'est... Mon panache.)

Je n'ai, certes, jamais eu le talent de Cyrano. Ni d'Edmond Rostand. Mais j'ai accepté tous les combats, même ceux que je n'avais pas choisis.

Il y a quelque temps, à l'issue d'un dîner, une journaliste m'a avoué dans un sourire : « Finalement, vous êtes sympa… Je ne comprends pas ce qui nous a pris quand on a parlé de vous ; on a tous hurlé avec les loups. » J'ai rectifié, en souriant aussi : « Non. Vous avez bêlé avec les moutons, nuance. »

Épilogue

J'ai représenté une cible pour les médias, mais sans jamais vivre cette situation ailleurs que sous leurs regards. Je ne crois pas être l'ennemi public numéro un. Sans doute ma proximité et ma vie d'homme normal m'ont-elles protégé. On m'a soutenu, demandé des autographes. Au-delà du cercle de ma famille et de mes proches, je remercie tous les gens que je ne connais pas et qui m'ont aidé à tenir ; ceux qui, d'un regard ou d'un geste, m'ont montré qu'ils comprenaient ce que je traversais et me soutenaient. J'ai toujours senti un décalage entre ce que je vivais dans la rue, où des personnes inconnues me saluent avec gentillesse, et l'atmosphère qui existait autour de moi dans le contexte sportif.

La tension et les insultes venaient au stade, dans ma fonction de sélectionneur. Dans la rue, je n'ai jamais éprouvé la moindre insécurité. Sauf une fois, lorsque deux supporters du PSG qui me reprochaient d'avoir parlé des « abrutis de la tribune Auteuil », voulaient absolument me montrer que j'avais raison. Je prenais un ticket de Velib', il était lent à sortir, eux m'insultaient et je ne bronchais pas, comme si je n'entendais rien. C'est le seul moment où je me suis dit que si je bougeais, cela pouvait mal se passer. Mais leur colère était liée au PSG, pas à l'équipe de France.

La vie d'un ancien sélectionneur, après les Bleus, reste footballistique ; du moins la mienne. Après l'été 2010, j'ai pris le parti de continuer à suivre le foot et l'équipe de France. Je n'ai pas échappé au vide, comme les anciens sélectionneurs après leur départ. Je l'ai même ressenti avec intensité et violence, mais j'ai voulu continuer d'observer et de comprendre, tout en m'arrachant le mieux possible à l'amertume et à la mesquinerie.

Après la Coupe du monde, j'ai reçu beaucoup de messages de soutien émanant de personnes proches ou moins proches, mais après un tel traumatisme public, tout vous ramène à votre responsabilité, à votre culpabilité. Les autres acteurs de Knysna ont rejoué au foot et sont passés à autre chose. Ils ont tourné la page plus ou moins douloureusement, mais ont continué à exister à travers le jeu, ont recommencé à être jugés semaine après semaine, match après match. Moi, je n'ai pas bougé, je suis resté chez moi, et j'ai continué à être jugé sur cette histoire de bus.

Un tel fardeau est lourd à porter tant que l'on devine une zone d'ombre et de doute dans le regard des autres. Même au sein de sa famille, même avec ses proches. On explique, ou plutôt on essaie d'expliquer, et puis à un moment, on arrête, on n'explique plus.

*

L'Euro 2012 ne m'a pas soulagé. Lorsqu'on se bat aussi longtemps pour l'équipe de France, on a envie qu'elle réussisse, même après soi. Mais cet épisode m'a permis de comprendre, et c'est ce que je cherchais.

Jusque-là, je n'avais toujours pas saisi, ou n'avais pas voulu saisir, pourquoi l'aventure n'avait pas réussi. Par-delà le contexte que j'ai déjà évoqué, l'usure, la perte d'énergie et de lucidité, le parcours de l'équipe de France à l'Euro 2012 a confirmé qu'il y avait un problème de niveau, que je n'avais pas voulu voir, doublé d'une défaillance de *management*, qui était insoluble dans ma position. J'en ai pris conscience petit à petit, jusqu'à ce que cela devienne une évidence.

Je savais que la question du niveau des joueurs était centrale, mais après un échec aussi violent et personnel, je conservais un doute ; j'imaginais que quelqu'un d'autre aurait mieux réussi avec les mêmes éléments. Pendant deux ans, j'ai donc regardé l'équipe de France avec l'envie de comprendre comment on pouvait arriver à la faire fonctionner, et plus exactement comment un autre que moi allait s'y prendre. Parfois, je songeais, à propos de Laurent Blanc : Mais qu'est-ce qu'il peut faire ? Et qu'est-ce que j'aurais fait, moi ?

Certes, la campagne médiatique et politique ayant suivi l'Afrique du Sud a contribué à ce que les joueurs ne se comportent pas tout à fait de la même manière ; c'était déjà un premier changement. Mais leur niveau de jeu reste le même ; un sélectionneur ne transforme pas les gens. Bien sûr, il peut créer un groupe qui progresse tout en bonifiant les individualités, ce que j'avais cherché. Mais je n'ai pas vu d'évolution notoire dans le niveau des footballeurs ; simplement parce qu'on ne peut réaliser l'impossible avec des garçons de ce niveau-là. Ni Laurent Blanc, ni moi.

L'équipe d'Espagne possède cinq joueurs de Barcelone, quatre du Real, un de Chelsea, un de Manchester City. L'équipe de France a choisi les siens à Sochaux, Montpellier, Newcastle. L'explication se suffit à elle-même, inutile de rajouter quoi que ce soit. Le sélectionneur espagnol, Vicente Del Bosque, ancien entraîneur du Real, a construit son équipe en s'appuyant sur une génération exceptionnelle. Chez les Bleus, il n'y a pas plus de génération exceptionnelle que de culture du football dans le pays. C'est l'explication centrale des dernières phases finales. Le reste ne compte pas.

J'ignore pourquoi Laurent Blanc a décidé d'arrêter. Cela s'est passé entre lui et lui, éventuellement entre lui et Noël Le Graët, le président de la Fédération. Mais je sais ce qui l'aurait attendu s'il avait continué. Jusqu'à cet Euro, le débat était centré sur les joueurs, leur niveau et leur comportement. En restant, en s'exposant à l'usure, il aurait vécu la personnalisation du débat autour du sélectionneur, et risqué de se métamorphoser en coupable majeur en cas de nouvelle déconvenue. Deux ans plus tard, le monde médiatique serait tombé sur lui à bras raccourcis pour cette phrase anodine prononcée après le match contre l'Espagne (« On ne s'attendait pas à prendre un but aussi vite »), laquelle était d'abord le témoignage de son désarroi. Il n'a connu que la période où l'on passe entre les gouttes, et a décidé d'éviter l'orage. Il a bien fait. Car je pourrais presque donner des cours sur le basculement mécanique qui nous emporte tous.

Je ne me sens pas coupable d'éprouver de tels sentiments : cet Euro, je l'avoue, m'a fait souffler un peu. Depuis, j'ai commencé à voir autre chose dans les yeux des gens que : « Ah oui, c'est lui… », moi qui avais traversé deux années entières en portant ce fardeau sur les épaules.

Je m'y suis usé. Je souriais aux personnes qui me disaient avec gentillesse : « Ce n'est pas de votre faute. » Et c'est presque moi qui les contredisais : « Mais si, j'y suis quand même un peu pour quelque chose, j'étais le sélectionneur… » Ce côté excessif dans la sympathie me fatiguait autant, parce qu'il me ramenait sans cesse à ce que ces mêmes interlocuteurs avaient entendu et peut-être pensé eux-mêmes.

Si Laurent Blanc était parvenu à gérer ce groupe-là et ces problèmes, franchement, j'aurais dit « chapeau bas », bravo à lui ; moi, je ne suis pas compétent. Voilà qui me semble triste à dire, mais quelque part, les épreuves qu'il a traversées me rassurent un peu.

*

Ne plus être le seul coupable des maux de l'équipe de France va aussi modifier le regard des autres. Je peux désormais redevenir entraîneur ; quand on regardera mon CV, on se souviendra aussi d'une finale en Coupe du monde.

En 2006, il existait des gens responsables et de grands joueurs. Le groupe actuel n'est plus dans ce registre-là. Un sondage a établi que seulement un Français sur cinq apprécie l'équipe de France, signe que les instances ont sous-estimé le rejet par le public des footballeurs comme de leur comportement. Il aurait fallu que l'Euro soit exceptionnel pour oublier une telle évidence. Mais cela n'a pas été le cas.

Après tout ce qui s'est passé, les joueurs n'arrivent même plus à chanter *La Marseillaise*. Mais qu'ils fassent semblant, au moins ! Quand on voit Gianluigi Buffon, à 36 ans, chanter l'hymne italien les yeux fermés, à gorge déployée… Il ne s'agit pas de nationalisme, mais de montrer au public que chacun s'investit pour l'équipe de France et est ému par ce maillot, ses valeurs, son histoire, et l'imminence d'un combat à livrer avec des copains. Si on est capable de se lâcher comme Buffon et de hurler son hymne, cela signifie que l'on donnera tout pour son équipe. Ceux qui marmonnent pour prétendre plus tard qu'ils l'ont chanté n'ont rien compris.

Samir Nasri symbolise cette dérive des joueurs ne pensant qu'à leur gueule. Or il possède un brin d'intelligence qui me pousse à moins lui pardonner. Malgré son talent et son score au 100 mètres, il personnalise les carences de cet Euro. Je ne l'avais pas pris en 2010 parce qu'il m'avait apporté les mêmes problèmes deux ans plus tôt. Au sein d'un groupe, il vient toujours appuyer là où ça fait mal et révèle la faille au lieu de la colmater ; il n'apporte donc rien au collectif. Et dans sa position de meneur de jeu, il fait seulement illusion. Comme par ailleurs son niveau de jeu n'est pas excellent, le bilan s'avère plus que maigre ; et sa mentalité d'agitateur de problèmes use une équipe. En 2010, après avoir évalué les solutions qu'il pouvait m'amener et soupesé les problèmes qu'il créerait, j'avais tranché : sans lui.

Ce que les joueurs renvoient par leur comportement m'incite parfois à me demander si je les aime encore. Certains valent le coup que l'on se batte avec eux et pour eux – car il ne faut pas généraliser –, mais pour d'autres ? Cela vaut-il la peine de les protéger ? La vraie question, bien sûr, est plus précise : est-ce que je regrette d'avoir autant protégé les joueurs de l'équipe de France en 2008 et 2010 ?

Il est probable qu'à la tête de ma prochaine équipe, je changerai ma manière de fonctionner, n'étant pas sûr de continuer à ériger en principe absolu la protection des joueurs et du groupe. Il vaut mieux montrer du doigt un footballeur qui vous en voudra toute sa vie et donnera le meilleur de lui-même sous l'effet de la colère et de la vexation, plutôt que le ménager jusqu'au bout : il fera alors semblant d'être fiable alors que vous ne lui avez jamais expliqué ce que vous pensez réellement de lui. Et vous claquera dans les doigts quand viendra le moment. Avant, un entraîneur pouvait susciter chez un joueur la crainte ou la reconnaissance ; cette dernière n'existant plus, autant privilégier la crainte.

Mais je ne veux pas remplacer un principe absolu par un autre. Mon choix fondamental, aujourd'hui, consiste surtout à continuer d'entraîner, parce que j'aime ce métier, parce que j'aime le foot. Aimer ou ne pas aimer les joueurs ne constituera pas une question centrale. Il s'agira seulement à mes yeux de savoir s'ils sont performants ou non. Mais s'il faut encore faire semblant pour qu'ils le soient, alors non, je ne repiquerai pas au jeu. Ce que j'ai tenté avec Franck Ribéry ou Nicolas Anelka, je ne le tenterai plus. Je serai, au contraire, beaucoup plus direct : « Je n'ai pas besoin de toi, et l'équipe non plus. » Porter ses joueurs en connaissant leurs failles, leurs faiblesses, la contagion négative dont ils sont porteurs, leur servir de béquilles pour les empêcher de tomber dans l'espoir hypothétique qu'ils nous fassent gagner un jour ? Fini pour moi !

La différence entre les vice-champions du monde de 2006 et la génération qui a suivi réside là. Le fossé s'est creusé en 2008, soudainement. On ne sait pas assez – car je ne l'ai pas assez dit – mais en ce qui concerne la gestion du groupe, l'Euro 2008 fut bien pire que la Coupe du monde 2010. En Afrique du Sud, il y eut l'épisode du bus, mais en 2008, les emmerdeurs étaient tous réunis.

*

Avec le recul, force est de constater que l'expérience porte ses fruits. Et que, de tout ce que j'ai vécu, j'ai tiré – on le voit – des leçons. Mais Raymond Domenech je suis, Raymond Domenech je reste.

Ainsi, au reproche souvent formulé d'être un provocateur, je ne peux qu'acquiescer. Pour autant, lorsque je regarde la télévision ou écoute la radio et que j'y entends, quelle que soit la matière, nombre de discours lisses, sans relief, d'une banalité consternante, au fond de moi je suis ravi de déroger par moments au politiquement correct, de ne pas, non plus, utiliser un langage simpliste voire réducteur pour parler à tous. Et puis, ce qui apparaît parfois – aux yeux de certains – comme de la provocation est en vérité la manifestation de traits d'humour. Certes, il est assez personnel, c'est le mien, mais doit-on forcément tout passer à la moulinette du sérieux, du sinistre, dans notre monde déjà bien noir ?

Pour revenir à la question récurrente de mon « goût de la provocation » (au sens noble du terme), il est important d'ajouter que si, par moments, je me suis trompé en provoquant, j'assume ce genre d'erreur de jugement. En revanche, il existe une différence entre la contrition (ne comptez pas sur moi) et l'expérience : durant ces dix années fiévreuses, heureuses puis compliquées, j'ai beaucoup appris mais ne vais pas non plus, à cause du recul et de la vision unilatérale de mes adversaires, conclure que tout fut catastrophique. Pourquoi résumer mon parcours à la seule Coupe du monde 2010 ? Pourquoi occulter les belles réussites de 2006 ? Parce que je serais illégitime, comme beaucoup, dans le milieu, n'ont cessé de le penser, voire de l'écrire ?

Le constat n'est pas une découverte puisque, dès 2004, ce doute m'a gagné. Et la lecture minutieuse des pages de mon journal m'a montré, durant la rédaction de ce livre, combien ce procès d'intention sous-jacent, sournois, ne cessait de me hanter. Les attaques, le manque d'appuis, de soutiens même, les événements, ont confirmé cette faille. Aux yeux des autres, en interne, dans les médias, ailleurs, je n'étais pas légitime. Car ils me voyaient moins comme un ancien joueur qu'un « technicien » issu de la DTN ? Sans doute. Résultat, parce que les médias, certains membres de la FFF, le public parfois, rêvaient à mon poste d'un joueur qui les avait fait rêver dans leur enfance, moi je me voyais ravalé au rang de celui qui ne devrait pas être là. Mais Aimé Jacquet avait-il été un grand joueur, lui qui fut un immense sélectionneur ? Et le même Aimé Jacquet n'avait-il pas, avant de remporter la Coupe du monde en 1998, entendu le même reproche ? Les ex-joueurs sont-ils d'ailleurs, forcément, les personnalités idéales pour cette fonction si complexe ? Le débat n'a jamais cessé d'être ouvert. Et ce livre ne le clôturera certainement pas.

*

Passionné par le foot, j'ai évidemment continué à le suivre. Travailler pour Ma Chaîne Sport à partir de la rentrée 2011 m'a fait du bien. Je regardais les matches avec un but, en recommençant à quêter les évolutions du jeu et à chercher les tendances qui se dégageaient. Je ne voulais pas m'accrocher à quelque chose, simplement rester actif, dans un univers qui constitue ma vie et ma passion. On m'avait proposé deux ou trois postes auparavant, mais c'était trop tôt, il fallait d'abord sortir de Knysna et de la culpabilité pesant sur ma tête. Je remercie Nicolas Rotkoff de ne pas avoir eu peur de m'embaucher et d'avoir misé sur ma légitimité, malgré la vague. Ils sont contents, et je suis content : c'est donc un bon accord. Je m'éclate tous les lundis avec Nicolas Vilas, spécialiste du foot portugais. Et quand je constate que pratiquement chacune de mes paroles a été reprise, notamment durant le dernier Euro, j'ose croire que j'avais le droit de parler de foot, puisque j'ai été entendu.

Durant ces deux dernières années, je me suis également occupé de l'UNECATEF, le syndicat des entraîneurs français. Cela a impliqué de me rendre tous les jours, ou presque, à la Fédération, où je rejoignais Pierre Repellini. Je me suis tenu à ma tâche, laquelle m'a captivé. Elle me maintenait dans l'univers du foot en compagnie d'un ami qui, en m'entretenant des problèmes de cet organisme, me mobilisait sur quelque chose. J'ai vécu la première période ainsi, et jamais je ne remercierai assez Pierrot de m'avoir appelé à ses côtés.

*

La situation revêtait forcément un caractère étrange ; mon bureau se trouvait en effet dans l'immeuble de la fédération, quelques étages plus bas. Soit le bâtiment où j'avais reçu ma lettre de licenciement « pour faute grave » le 3 septembre 2010. On ne me virait pas de mon poste de sélectionneur – j'étais en fin de contrat après la Coupe du monde –, non, on m'écartait de la Direction technique nationale à laquelle j'appartenais, en CDI, depuis l'été 1993. J'ai été convoqué par la DRH, on m'a demandé de rendre mes clés, mon ordinateur. J'ai alors compris, souffle coupé, le choc que ressentent des salariés vivant ce genre de situation violente.

Depuis juillet 2010, bien qu'au courant de rien,

j'aurais dû me douter du sort qui m'attendait. J'avais eu Gérard Houllier au téléphone. Il était alors patron de la DTN, et ses ambiguïtés – ou ambivalences – sont légendaires. Alors que la DTN se réunissait pour élaborer la saison à venir et décider des rôles des différents entraîneurs nationaux, je l'avais prévenu que je ne me sentais guère en forme. Gérard m'avait répondu : « Repose-toi, ce n'est pas la peine que tu viennes. Prends ton temps, et on verra à la reprise, en septembre ou en octobre, comment je t'utiliserai par la suite. » J'ai vite vu. Lui savait forcément, déjà, que j'allais être viré. Je suis même convaincu qu'il était bien placé pour le savoir.

Le 3 septembre, la lettre de licenciement est donc arrivée. Au préalable je m'étais entretenu avec le président de la Fédération du moment, Fernand Duchaussoy. Je me souviens parfaitement de mes propos : « Président, je pensais que nos relations nous dispensaient de passer par là. Vous seriez venu me voir en me disant : "Raymond, je crois qu'il faut qu'on arrête, trouvons un compromis ou une solution", j'aurais compris que réintégrer la DTN était aussi compliqué pour vous que pour moi. » Et nous aurions facilement trouvé un accord. Ensuite nous aurions eu tous les deux envie de passer à autre chose, et j'aurais facilement accepté la moitié de la somme que j'ai obtenue par la suite.

Loin de vouloir mener un combat financier, j'étais prêt à partir simplement et rapidement. Mais en donnant sciemment un cadre juridique et spectaculaire à mon départ, en mettant en scène « une faute professionnelle grave » pour aller dans le sens du vent et de l'intérêt électoral du moment, les instances de la Fédération m'ont atteint publiquement et contraint à me battre. Je ne peux pas leur pardonner, parce que leur attaque a balisé les deux années qui ont suivi. Ces hommes ont mélangé l'échec sportif et la culpabilité morale. J'ai perdu, c'est un fait, c'est du foot, c'est un résultat ; mais prétendre que je suis coupable de faute grave relève d'une autre logique. Cela revenait à me livrer aux lions tout en se lavant les mains de la moindre responsabilité. Ils ont renversé la situation de manière perverse : mon licenciement est devenu la preuve de ma « faute grave », expression ayant des allures d'indignité. Je n'avais pas mérité ça. Fernand Duchaussoy se trouvait lui aussi à Knysna, en tant que représentant des amateurs et vice-président de la Fédération ; quelle a donc été son action morale là-bas ?

Manipulé par d'autres personnages de la FFF, il m'a assuré qu'il s'agissait d'une procédure normale. Il s'est défilé, comme les autres. La procédure normale, comme il disait, a abouti à nous envoyer des courriers et des arguments incroyables à la figure. Lorsqu'un homme qui divorce découvre que sa femme rapporte les pires horreurs sur lui, alors que lui-même a essayé de trouver un compromis, il se trouve toujours quelqu'un pour le rassurer : le jugement réclame ce genre de bassesses pour aboutir à une bonne négociation ; n'empêche qu'un monde s'écroule à la lecture des arguments avancés.

J'ai fait des efforts pour négocier, mais la Fédération avait soudain décidé de me désigner comme seul coupable, ce qui l'arrangeait, et que je ne toucherais rien. Cela ne s'appelle pas une négociation, mais une exécution. Fernand Duchaussoy refusait en fait de devenir le président de la FFF qui me donnerait de l'argent, pensant ainsi flatter le monde amateur et le convaincre de voter pour lui aux élections qui arrivaient : cela lui a si bien réussi que Noël Le Graët a été élu. Pour asseoir une position politique, il a donc balayé l'humain.

« Faute grave » ? Après tout ce qui m'était tombé dessus ? C'était un échec sportif, éventuellement un échec de *management*, mais où résidait ma faute morale ? Quand je songe à tout ça, la colère remonte. Je me suis battu pendant dix-sept ans pour le football français et la FFF cherchait à me massacrer comme l'avaient fait les médias, pour des batailles internes. Quel gâchis !

Si les dirigeants étaient restés en place, je serais allé jusqu'au bout. J'ai transigé parce que mes « agresseurs » sont partis et que je n'en faisais pas une question d'argent. Lorsque Noël Le Graët a été élu à la présidence, le dossier a été réglé très vite : j'ai accepté une somme beaucoup moins forte que celle réclamée par mes avocats. Le Graët a été très clair : « Voilà ce qu'on peut faire. On n'ira pas au-delà. Si cela ne vous convient pas, il y aura procès. » Des propos honnêtes et dignes d'une vraie gestion présidentielle, au surplus preuve d'une intelligente décision politique. J'ai réfléchi deux minutes et accepté. J'ai été soulagé dans l'instant, ou presque, de ne plus être considéré comme le coupable. Ils avaient retiré la faute grave, faisant état d'une responsabilité partagée que j'accepte.

Les dirigeants qui m'accusaient de cette « faute grave » peuvent être heureux d'avoir évité le procès : s'il avait lieu aujourd'hui, je suis sûr que les responsabilités seraient appréciées autrement. Ils ont fait de la politique sur mon dos, sans en avoir les moyens. Et je reste persuadé que Gérard Houllier ne les avait en rien découragés de le faire.

*

Pourquoi n'ai-je pas écrit ce livre plus tôt ? On m'a posé cette question pendant deux ans. J'ai toujours donné la même réponse : « Je l'écris, mais je ne suis pas sûr que ce soit le moment. » Et jusque-là, ce n'était pas le moment. En 2006, j'avais hésité face aux nombreuses sollicitations, mais puisque je restais sélectionneur, il n'aurait pas été honnête, vis-à-vis des joueurs, de publier cet ouvrage. En 2010, j'ai encore hésité, mais je me suis dit que les gens allaient prendre ce livre de plein fouet, sans recul, comme tout ce que j'ai vécu. Je ne tenais pas à enflammer le débat. J'ai toujours voulu que l'équipe de France continue d'avancer, et je ne me voyais pas écrire ce que je pensais, ce que je pense toujours et qui apparaît dans ces pages, à savoir qu'une belle aventure ne peut pas survenir avec certains de ces joueurs-là. Ce n'était pas possible, pas dans ce contexte, pas dans ma position d'alors.

Moi aussi, j'avais besoin de recul. À chaque fois que je songe à ce qui s'est passé depuis deux ans, je sens que l'agressivité et la colère remontent vite. Alors je me dis qu'en novembre 2010, j'aurais sorti un brûlot qui n'aurait servi personne, moi le dernier. Je ne suis pas un juge du football, j'en suis un observateur, un professionnel ayant vécu dans ce monde. Je n'aurais pas seulement voulu jeter ma colère dans le débat ; j'avais d'autres mots à faire entendre. Ou alors j'en aurais fait un fonds de commerce, comme d'autres, j'aurais animé une émission de pyromane du foot à la radio, et me serais assis définitivement sur l'idée de ma légitimité.

Je refusais ces facilités-là. Le football est autre chose à mes yeux : un sport magnifique qui continue de me faire vibrer.

Alors, pourquoi aujourd'hui ? Parce que j'ai, justement, besoin d'en parler maintenant. On m'a fréquemment demandé d'expliquer ce que j'avais vécu, de décrire mon point de vue. Je me suis posé la question de l'utilité de ces réponses, mais ce qui s'est passé à l'Euro 2012, ce sentiment de triste continuité d'une phase finale à l'autre, les rend utiles. Si l'équipe de France avait réussi, je l'aurais écrit quand même, et je sais exactement ce que j'aurais dit : bravo ! Mon livre se serait résumé à être seulement le fruit de ma propre expérience, la trace de mes combats, de ce que j'ai manqué, de ce que j'ai mal géré.

Désormais, cette expérience devient commune, puisque Laurent Blanc a été confronté aux mêmes problèmes et absence de solutions. Car les mêmes causes entraînent les mêmes effets.

L'écriture de cet ouvrage, enfin, répond à un autre besoin, plus familial et intime. Je pense à mes frères, qui ont vécu l'enfer, ces dernières années, parce qu'ils s'appellent Domenech et sont entraîneurs de foot. Albert, ancien joueur professionnel à Lyon, a tout entendu, là-bas, chez lui, dans le Midi. L'un d'eux a arrêté d'entraîner, n'en pouvant plus. Je voudrais qu'ils puissent dire aux abrutis qui les ont découragés de lire ce livre pour, au moins, se faire leur propre idée.

Je pense à ma mère, qui un matin a lu la « une » de *L'Équipe* et ne s'en est jamais remise. Ce livre est une manière de dire à tous : vous pouvez relever la tête et être fiers de vous appeler Domenech.

Je pense à mes enfants, les deux grands, les deux petits, je pense à Estelle, et pour ce cercle rapproché, je ne pouvais demeurer sans agir, me contenter d'attendre que tout glisse dans l'oubli et que reste seulement de moi le souvenir d'un bus. J'avais envie de laisser une autre trace.

Je sais ce qu'a vécu Estelle, amplifié par sa situation professionnelle. Je ne pouvais rien faire tandis qu'elle taisait ses tourments. J'ai, ici, envie de lui demander pardon. Dans ces postes à haute responsabilité et grande exposition, on vit une passion tellement égoïste que l'on ne se rend pas compte du poids que l'on fait porter aux autres. Je regrette que la violence de ces années-là ne se soit pas arrêtée à moi ; j'aurais aimé jouer le rôle de bouclier, mieux les protéger.

Ainsi va le football, et l'époque : j'ai été sélectionneur à une période de transition, celle mêlant des joueurs de niveau incertain et un barnum médiatique infernal. Considérant mes plaies et bosses, je peux dire que j'ai pris les deux en pleine figure. Mais l'évolution du petit monde de la presse ne me dérange guère puisqu'il n'est pas le mien, n'est en rien le cœur de ma passion. Le football, lui, y restera à jamais.

Remerciements

Aux membres de ma famille qui ont eu le lourd fardeau de porter ce nom pendant ces six années.

Aux membres du staff de l'équipe de France qui ont aussi lutté pour garder le cap : Alain, Fred, assistants de luxe, les Pierre sur lesquels j'ai construit mon équipe, les Bruno, gardien et kiné, Robert, le chronomètre volant, Fabrice, notre boute-en-train, Alain, disciple d'Hippocrate, l'autre Alain, Thierry et Eric, cinéastes du football, Yann et Olivier, les frères Karamazoff, François, Manu, fourmi portugaise, Geoffrey, Michel, Patrick, les pétrisseurs de muscles, Jean-Pierre, l'accordeur de talent, Marc, 5 étoiles, Momo, gardien du temple... et tous ceux qui ont œuvré autour de l'équipe pour sa sérénité.

À M. Le Graët et quelques présidents de clubs, de ligues et de districts qui m'ont, avec tact, pudeur mais sincérité, apporté leur soutien dans les moments compliqués.

À ceux qui m'ont aidé à mettre en forme six années de notes en vrac, ce n'était pas évident : Jean-Philippe, Bruno, Vincent, Thierry, Jean-Yves, Pascal et Estelle.